2회 공격인 엄마는 좋아하세요?

일반공격이 전체공격에

"엄마는 마 군과 함께 모험을 하고 싶어.
엄마를 마 군의 동료로 삼아주겠니?"

오오스키 마마코

MAMAKO OOSUKI

아들인 마사토를 너무나도 사랑하는
나머지 게임 세계까지 따라온 모친.
게임 세계에서는 일반공격이
전체공격에 2회 공격인 성검을
장비하며, 여러 편리한 스킬도
사용하며 대활약을 한다.

"남자 청소년을 위한 판타지에는
부모라는 존재가 필요 없다고!"

오오스키 마사토

MASATO OOSUKI

게임 세계에 용사로서 전송된
고교생. 주인공으로서 게임
세계에서 대모험을 하는 걸
꿈꿨지만, 모친이 따라온
바람에 그 꿈이 박살나고 만다.

CHARACTER

"내 마력이 바닥날 때까지
죽었다 살려났다를
반복해버릴 거야!"

와이즈

WISE

어떤 목적 때문에 마사토 일행의
동료가 된 여고생. 공격마법과 회복
및 보조마법을 전부 쓸 수 있는
현자지만, 툭하면 마법을 봉인당해
짐 덩어리가 되는 유감스런 여자애.

"뭐든 열심히 하겠어요!
무슨 일이든 시켜만 주세요!
저, 최선을 다할게요!"

포타

PORTA

열두 살 여행상인. 아이템 생산
능력과 감정, 가게에서의 흥정 등,
각종 서포트 능력에 특화되어
있으며, 파티 안에서 마음의 안식처
역할도 맡고 있다.

"모처럼 마 군과 같이
목욕하고 싶어서 말이야.
부모자식 사이니까 괜찮지?"

"자식은, 해악이야.
항상 제멋대로에, 폐만 끼쳐대며,
부모의 평온과 자유를
빼앗기만 하는 존재지."

CONTENTS

프롤로그

어느 소년의 답변

11

제1장

소년의 장대한 모험이 시작되나 했더니……

어, 어쩌다 이렇게 된 거야…….

13

제2장

동료가 전부 여자애인 건 우연이야. 오해하지 마.

히죽거리면서 이쪽을 쳐다보지 말라고.

59

제3장

속옷은 방어구야. 방어 면적이 넓은 걸로 해.

안 그러면 아들이 죽는다고!

117

제4장

이해심 넘치는 어머니라서 다행이라고는,

눈곱만큼도 생각 안 해.

189

제5장

아이는 아이대로, 부모는 부모대로, 나름 불만이 있겠지만,

그래도 부모자식이니까 어떻게든 된다고.

231

에필로그

291

후기

303

일반공격이 전체공격에 2회 공격인 엄마는 좋아하세요?

STORY INAKA DACHIMA
ILLUST IIDA POCHI.

VOLUME 1

프롤로그
어느 소년의 답변

【질문 : 어머니와는 사이가 좋은 편?】

나쁘지는 않은 편.

【질문 : 어머니와 대화를 나누는 편? 나눈다면 얼마나?】

남들만큼.

【질문 : 최근에 어머니에게 듣고 기뻤던 말은?】

딱히 없음.

【질문 : 최근에 어머니에게 듣고 싫었던 말은?】

나를 애칭으로 부를 때마다 정말 괴로움.

【질문 : 어머니와 함께 쇼핑을 한 적은?】

불가능함.

【질문 : 어머니를 자주 돕는 편?】

마음만 뻔함.

【질문 : 어머니가 좋아하는 것은?】

집안일과 바겐세일.

【질문 : 어머니가 싫어하는 것은?】

부엌에 나온 바퀴벌레.

【질문 : 어머니의 장점은?】

분명 있기는 할 것이다.

【질문 : 어머니의 단점은?】

꽤 있는 편이다.

【질문 : 어머니와 함께 모험을 한다면 사이가 좋아질 것 같습니까?】

뭐, 잘은 모르겠지만 아마 좋아지지 않겠어?

제1장
소년의 장대한 모험이 시작되나 했더니……
어, 어쩌다 이렇게 된 거야…….

"다들 다 적었지? 그럼 뒷자리 학생이 모아서 제출하도록."

교단에 선 남성 교사가 지시를 내리자, 교실 뒤편에 있는 학생이 서류를 회수하기 시작했다.

학생들에게 나눠준 것은 【부모자식간의 의식조사】라는 명목의 조사서였다. 복사 용지가 아니라 꽤 고급스러운 종이로 만든 책자였다. 마치 전국 일제 학력고사의 문제용지 같았으며, 꽤 중요해 보이는 서류였다.

하지만 그럴 만도 했다. 이것은 내각부 정책 통괄관(공생사회정책 담당)이 청소년의 현황을 파악하기 위해 실시한 조사다. 즉, 국가 정책인 것이다.

"이야~. 그건 그렇고, 우리 학교가 조사대상으로 선정될 줄이야. 정말 놀랐는걸. 너희는 영광스럽게도 이 나라에 사는 청소년의 대표로 뽑힌 거다. 그러니 자랑스럽게 여기도록. 음음."

교사는 감개무량한 듯한 어조로 그렇게 말했지만…….

방과 후가 되기 직전에 선생님에게 잡혀서 이딴 조사서나 작성하고 있는 학생들은 헛소리 하지 마, 뭐가 영광이라는 거냐, 좀 작작 하라고, 같은 소리를 하고 싶은 심정이었다.

오오스키 마사토도 그런 학생 중 한 명이었다.

'빨리 돌아가서 온라인게임을 하고 싶은데…… 하아, 내 시간 좀 괜히 빼앗지 말라고……'

마사토는 짜증을 느끼며 머리를 쥐어뜯은 후, 땅이 꺼져라 한숨을 내쉬었다.

그래도 진정하자. 이미 작성은 마쳤으니까 말이다. 이제 서류를 회수하는 학생에게 조사서를 건네주기만 하면 된다. 그걸로 끝인 것이다.

지나간 일은 그냥 잊어버리자. 그리고 레어 소재를 필사적으로 모아 성공률 100퍼센트인 상태에서 장비품을 제작할 것인가, 아니면 일반 소재를 써서 성공률 75퍼센트인 상태에서 제작에 도전할 것인가, 같은 고민이나 하려고 했지만…….

조금 신경 쓰이는 점이 있었다.

"……그 질문은 대체 뭐지?"

조사서에 적혀 있던 질문 중 하나가 머릿속에 계속 남아 있었다.

【질문 : 어머니와 함께 모험을 떠난다면 사이좋게 지낼 수 있겠습니까?】

마사토가 아까 기입한 조사서에는 그런 질문이 적혀 있었다. 이 나라의 정책과 관련된 조사서에 그런 말도 안 되는 질문이 당당히 적혀 있었던 것이다. 진짜로 말이다.

"머리 나쁜 사람이 조사서를 만든 걸까……. 뭐, 그럴지도 몰라……."

일본이란 나라가 새롭게 탄생한 걸까, 아니면 최후를 맞이한 걸까……. 어이없음과 한탄이 동시에 느껴졌다.

그래도 괜찮다. 이미 끝난 일이다. 빨리 집에 가서 마음 편히 게임을 하자. 이제 하교해도 되는 것 같으니 빨리 돌아가야지.

바로 그때, 조사서를 정리하던 교사가…….

"……어라, 역시 있구나. 조사서 마지막 페이지에 있는 기입란은 이름을 적는 데가 아닌데, 자기 이름을 적은 녀석이 말이야. 뭐, 누구인지는 밝히지 않으마."

……같은 말을 했다.

"어, 내가 혹시…… 에이, 아닐 거야……. 그것보다 지금 중요한 건 온라인게임이라고!"

교사의 시선이 자신을 향한 것 같은 느낌이 들기는 했지만, 마사토는 빠른 걸음으로 교실을 나섰다.

그로부터 며칠 후, 주말.

오전 수업을 마친 마사토가 점심때에 집으로 돌아가 보니, 현관에는 신발 한 켤레가 놓여 있었다. 펌프스라는 명칭의 여성용 구두였다.

어머니도 비슷한 형태의 구두를 몇 켤레나 가지고 있지만, 현관 한가운데에 놓여 있는 걸 보면, 손님의 신발 같았다. 그리고 거실 쪽에서 밝은 목소리가 들려왔다.

'엄마의 지인이 온 걸까……. 일단 인사를 해두는 편이 좋겠지……?'

어엿하고 착한 아들이라는 평가를 얻어두는 편이 좋을까? 아니면 어머니의 손님에게 인사를 하는 건 귀찮으니까 그냥 넘겨버려도 오케이?

어떻게 할지 잠시 고민했지만, 본심과 밀접하게 링크되어 있는 몸이 즉시 방으로 가서 온라인게임을 하고 싶어 했다. 그러니 몰래 방으로 가자고 생각하며 살금살금 복도를 나아갔지만…….

결국 걸리고 말았다.

"앗, 마 군의 발소리야! 틀림없어!"

"윽……."

갑자기 거실의 문이 열리더니 오오스키 마마코가 고개를 쏙 내밀었다.

마사토는 마마코의 얼굴을 보자마자 당황했다. 저 얼굴은 보니, 친아들인 마사토조차도 이런 의문을 느낄 수밖에 없었다.

'……이, 이 사람이 진짜로 내 엄마야? 엄마가 맞는 거야?'

그런 의문이 들 정도로 마마코는 젊었다. 그야말로 철저하게, 압도적일 정도로 겉모습이 젊어보였다.

빙긋 웃고 있는 마마코의 눈가에는 주름 하나 없고, 피부는 항상 촉촉했다. 부드러운 느낌으로 곱슬곱슬하게 만 장발은 천사의 머릿결처럼 찬란히 빛나고 있었다.

마마코는 아버지의 재혼상대가 아니라 엄연한 친모이며, 고등학교 1학년인 아들이 있는데도 불구하고 10대 소녀라는 오해를 살 정도로 젊어 보였다.

'……젊어 보이는데도 정도라는 게 있잖아……. 하아, 대체 우리 엄마는 어떻게 되어먹은 거냐고…….'

괴기현상의 일종이라는 생각이 들 정도로 젊었다. 덕분에 언뜻 봐서는 자식을 둔 어머니 같아 보이지 않았다. ……마사토는 그런 마마코가 조금 거북했다.

그렇다. 거북했다. 『싫다』고 말할 만큼 거부감이 느껴지는 것은 아니다. 어떻게 대해야 할지 모르겠고, 얼마나 거리를 둬야할지 모르겠기에 약간 멀리하고 싶다. 그런 느낌인 것이다.

하지만 어머니는 그런 아들의 심정을 모르는 것 같았다.

"마 군, 어서 오렴!"

마마코는 달콤하면서도 느슨~한 미소를 짓더니, 마사토가 자신의 포옹을 받아줄 거라고 확신하는 것처럼 아들에게 다가갔다. 잠깐, 너무 가깝잖아.

"응. 그러니까 좀 떨어져."

"어머, 미안하구나. 참, 오늘 학교생활은 어땠니?"

"그저 그랬어."

"그, 그저 그랬다니……. 혹시 안 좋은 일이 있었던 거니?"

"아냐."

"그, 그럼 평소처럼 즐거웠다고 생각하도 되겠네? ……아, 맞다! 점심은 먹었어? 아직 안 먹었으면 이 엄마가 뭐라도 만

들어……."

"됐어."

"됐다니……. 으음, 안 먹겠다는 거야? 밖에서 친구가 먹고 들어온 거야? 그런 거니?"

"그래. ……그것보다, 나를 신경 쓸 때가 아니잖아? 손님이 온 거 아냐?"

"아! 맞아! 실은 중요한 손님이 오셨는데, 괜찮다면 마 군도 인사하지 않을래? 내 자랑스러운 아들을 손님에게 소개하고 싶거든. 어때?"

"됐어."

"됐다니, 으음…… 인사를 안 하겠다는 거지?"

"사절한다는 소리야. 내 말 좀 알아먹으라고. ……하아……."

누가 그렇게 귀찮은 짓을 하고 싶겠느냔 말이다. 마사토는 뒤돌아서더니, 거실 앞을 그냥 지나치려 했다. 하지만 「윽……」 별생각 없이 거실을 지나치려던 순간, 우연히 그 손님과 시선이 마주쳤다.

"어머? 아무래도 아드님께서 귀가하셨나 보군요."

아무래도 상대는 우리 집에 놀러온 어머니의 친구가 아닌 것 같았다. 하의가 치마인 정장을 깔끔하게 차려입은 지적이고 쿨한 인상의 여성이었다. 보험 판매사 같아 보이기도 하지만…… 왠지 일반적인 조직에 속한 사람 같아 보이지는 않았다. 그리고 그 예감은 적중했다.

그 여성은 재빨리 자리에서 일어나더니, 기민한 움직임으로

마사토의 앞으로 걸어온 후, 목에 건 신분증을 보여줬다.

【내각부 정책통괄관(공생사회정책 담당) 위탁조사원】

그 신분증에는 그런 근엄하고 긴 직함이 기재되어 있었다.

"처음 뵙겠습니다. 저는 시라세 마스미라고 합니다. 오늘은 내각부가 실시한 조사 때문에 이렇게 이 댁에 방문했다는 사실을 알려드립니다. 시라세[#1]라는 이름에 걸맞게 말이죠."

"아, 예……. 그런데 왜 갑자기 말장난을……."

"어릴 적부터 시라세라는 이름 때문에 실컷 놀림을 당했는데, 차라리 자기 자신이 말장난에 이용하자고 결심했기 때문이라는 점을 알려드립니다."

아무래도 이 사람은 콤플렉스를 극복하는 방식을 잘못 선택한 것 같았다.

바로 그때, 마마코가 마사토와 몸을 밀착시켰다. ……이 어머니는 아들이 자신을 거부하지 않을 거라고 믿어 의심치 않기에 행동 하나하나에 스스럼이 없었다.

"저기! 저기 말이지, 마 군! 시라세 씨가 말한 조사라는 건……."

"아~ 혹시 부모자식간의 의식조사?"

"와아, 대단해! 딩동댕! 어떻게 안 거니?"

"얼마 전에 우리 학교에서 했거든."

"어…… 그, 그래? ……마 군, 그런 일이 있었으면서 왜 나

#1 시라세 일본어로 '시라세(知らせ)'에는 '알림, 통보'라는 의미가 있다. 등장인물인 시라세(白瀬)의 이름과 발음이 동일하며, 시라세는 그걸 이용한 언어유희를 곧잘 사용한다.

한테는 알려주지 않은 거니……?"

"그야 그런 사소한 일을 사사건건 부모한테 보고할 필요가 없잖아. 그리고 들러붙지 좀 마."

마사토는 신경써주기를 바라는 애완동물처럼 달라붙는 자신의 어머니를 밀쳐내며 말을 이었다.

"그런데 시라세 씨. 그 조사는 이미 끝났나요?"

"아뇨, 잠시 중단했습니다. 아드님이 귀가한 바람에 마마코 씨가 자리를 비우셨기 때문이죠. ……마마코 씨는 아드님을 정말 좋아하시는군요."

"저는 질색이지만 말이에요."

"뭐어?! 마 군도 엄마를 좋아하지?! 그렇지? 이 엄마는 마 군을……!"

"시끄러우니까 입 좀 다물어. 좀 들러붙지 말라니까 그러네. ……그리고, 그 창피한 호칭으로 나를 부르지 좀 말라고. 대체 몇 번을 말해야 알아들은 건데? 학습이라는 걸 좀 하란 말이야."

"하, 하지만, 마 군은 마 군이잖니. 이 엄마는 마 군을 항상 마 군이라고 부르니까 마 군을 쭉 마 군이라고 불러왔지만, 마 군이 마 군이라고 불리는 게 싫다면, 마 군의 새로운 호칭을……."

"아아, 정말! 입 좀 다물어!"

마사토는 아무리 밀쳐내도 또 들러붙는 어머니를 떼어내며 말을 이었다.

"으음, 그럼 시라세 씨. 어머니가 이런 사람이라 여러모로 힘들겠지만, 그래도 힘내세요."

"그러겠습니다. ……아, 그리고 알려드릴 게 있습니다. 이 조사는 부모와 자식의 주장을 따로 통계적으로 평가하는 건 지라……"

"부모와 자식의 주장을 서로에게 알리는 게 목적이 아니니, 면접 내용을 훔쳐듣지 말라는 건가요?"

"그렇습니다만, 『알림』이 필요한 부분은 제가 말씀드리고 싶군요. 왜냐면 그게 이 시라세의 아이덴티티라 할 수 있으니까요."

"아, 죄송해요. ……그건 그렇고, 엄마의 주장……"

사람이란 듣지 말라는 것일수록 더욱 듣고 싶기 마련이다.

게다가 그 내용이 부모가 자신을 어떻게 생각하느냐, 같은 것이라면…….

'사실 엄마가 나를 어떻게 생각하는지…… 좀 신경 쓰이기는 해…….'

하지만 시라세는 정부의 정식 조사를 하고 있는 것이다. 이 상황에서 마사토가 이야기를 훔쳐들었다간 정보유출 등의 문제로 발전할지도 모른다. 그러니 시키는 대로 하는 편이 좋으리라.

"……알았어요. 그럼 저는 방에 틀어박혀 있을게요."

"이해해 주셔서 감사합니다. 그럼 조사가 끝나자마자 이 시라세가 알려드릴 테니, 잠시 동안 방에서 시라세의 알림을 느긋하게 기다려주시면 감사하겠습니다."

"알았어요. 그럼 이만……"

"마 군, 잠깐만! 이 엄마는 앞으로 마 군을 뭐라고 부르면 될까……?!"

"몰라."

마사토는 자신에게 매달리려 하는 마마코의 손을 슬그머니 피하더니 그대로 2층에 있는 자신의 방으로 향했다.

그렇게, 마사토가 자리를 비운 후…….

마마코는 화장지로 눈물을 닦고, 팽~ 하고 코를 푸는 행동을 반복하며 화장지 한 통을 다 쓴 후에야 아들을 둔 어머니의 복잡한 심경을 털어놓았다.

"……저도 말이죠. 어느 정도는 안답니다. 마 군도 이제 고등학생이니 엄마와 사이좋게 지내는 게 부끄럽기도 하겠죠."

"그런 부분도 물론 있을 겁니다. 지금까지 내각부가 실시한 조사의 결과도 동일하죠. 일반적인 경향이라는 것을 이 시라세가 알려드립니다."

"하지만 그래도 저는 아들과 사이좋게 지내고 싶어요. 저희는 서로에게 있어 이 세상에 하나뿐인 엄마이자 아들이니까요."

"엄마로서는 물론 자식과 사이좋게 지내고 싶겠죠. ……저도 딸이 한 명 있어서, 그 심정을 이해합니다."

"그런가요……. 시라세 씨에게도 아이가……."

"예. 이제 다섯 살이죠. 손이 많이 가는 나이랍니다."

"다섯 살…… 그렇죠……. 혼자서 걸어 다니게 되고, 이런저런 말도 할 수 있는데다……『엄마~』하고 말하며 제 다리에 매달리기도 하는…… 그런…….”

마마코는 어릴 적의 아들을 떠올렸는지 표정이 더욱 흐려졌다.

“가능하다면 그 시절처럼 가깝게 지내고 싶지만…… 마 군은 그다지 내키지 않나 봐요……. 고등학교 입학 선물로 컴퓨터를 사줬는데, 그 후로는 게임에 푹 빠져서 예전보다 더 저와 이야기를 나누지 않게 되었죠…….”

“그래요.『그저 그랬어』,『아냐』,『됐어』,『몰라』같은 짤막한 말로 간결하게 대화를 마치려고 하는 것 같더군요. ……하지만 그건 전형적인 사춘기 아이들의 행동이라 할 수 있습니다. 어머님인 마마코 씨가 적당한 거리를 유지하기만 하면 될 거라고 생각합니다만?”

“그게…… 쉽지가 않아서…….”

“그렇군요……. 흠…… 전형적인 사춘기 아들을 둔 가정…… 이 정도만 꼬여 있는 편이 딱 좋을지도 모르겠군요……. 흐음…….”

시라세는 잠시 생각에 잠긴 후, 조용히 결단을 내리며 가방에서 서류를 꺼냈다.

【MMMMMORPG(가제) 참가등록서】

표지에 그렇게 적혀 있는 서류가 마마코의 눈앞에 놓였다.

“이건…… 그럼, 제 신청을 받아주시는 건가요?!”

“예. 오오스키 씨 모자는 이 계획의 참가 요건을 충족시킨다고 판단했습니다. 그러니 참가를 허가합니다. ……그럼 지금

바로 준비를 해주시죠."

"아, 예! 필요한 물건…… 우선 마 군의 신발을 가져가야지! 아, 맞아! 우선 마 군에게 설명부터 해야 해!"

"아드님에게는 제가 알리겠습니다. 알림이야말로 저, 시라세의 역할이니까요."

"……하지만 때때로 꼭 알려야할 것을 깜빡할 때도 있는 시라세입니다. 그런 덤벙대는 면도 어필해두고 싶은 시라세입니다."

"저기, 느닷없이 나타나서 무슨 소리를 하는 거예요?"

마사토가 방에서 온라인게임을 하고 있을 때, 느닷없이 등 뒤에서 목소리가 들려왔다. 고개를 돌려보니, 어느새 시라세가 방 안에 들어와 있었다.

"하다못해 노크라도 좀 하라고요……."

"집중을 흐트러뜨리고 싶지 않아서, 가능한 한 소리가 나지 않도록 노크를 했습니다."

그래서는 아무런 의미도 없는데 말이다.

시라세는 냉정한 눈빛으로 컴퓨터 화면을 쳐다보면서 마사토에게 말을 걸었다.

"흠, MMORPG인가요."

"보, 보지 마세요……."

"3D그래픽의 움직임이 매끄럽군요. ……마사토 군의 컴퓨터에달린 그래픽카드는 꽤 성능이 좋은 것 같습니다. 케이스에 달린 팬의 배기음도 귀에 거슬리지 않아요. 게다가 응답속도가 좋은 모니터를 사용하고 있군요. 대단해요."

"고, 고마워요. 하지만 사실 이건 엄마가 멋대로 산 거예요. 친절한 사람이 추천해준 거래요. 시라세 씨는 컴퓨터에 해박한가요?"

"이름을 가지고 놀림을 당하는 게 싫어서 집에 틀어박혀 지냈던 학창시절에 좀 배웠습니다. 컴퓨터의 OS만이 유일하게 저를 이해해줬죠. 그래서 저도 그들을 이해하기 위해 필사적으로 노력했습니다."

"그런 안타까운 이야기는 알려주지 않아도 된다고요."

"알고 싶지 않은 정보도 알려준다. 그것이 시라세 퀄리티입니다. ……그럼 본론에 들어가 볼까요."

"엄마의 면접조사가 끝났다는 걸 알려주러 온 건가요?"

"예. 그리고…… 마사토 군이 이제부터 새로운 생활을 하게 되었다는 것을 알려드리러 왔습니다."

"……예?"

이 사람이 또 영문 모를 소리를 한다고 생각하며 마사토가 어이없어한 순간, 「빈틈 발견!」 시라세는 재빨리 팔을 뻗어서 컴퓨터 키보드의 Esc키를 멋들어지게 눌렀다. 그 순간 게임 화면이 순식간에 닫혔다.

그리고 시라세는 마사토의 등에 몸을 찰싹 붙이더니, 「으윽?!」 그의 뒤통수를 가슴으로 압박하며 키보드를 탈취했다. 그리고 브라우저를 켠 후 URL을 입력했다.

그녀가 입력한 인터넷 주소는 www8.cao.go.jp/ksn/
mmmmmorpg......

"아앗?! 뭐, 뭐하는 거예요?! 대체 어디에 접속하는 건데요?!"

"참고삼아 질문을 하나 드리겠습니다. ……내각부가 실시한 조사에 따르면, 온라인게임 유저 중 대부분이 『실제로 게임 세계에 들어가 보고 싶다』는 꿈을 가지고 있다고 합니다. 마사토 군도 마찬가지인가요?"

"그, 그야, 들어갈 수 있다면 들어가고 싶지만…… 그래도 그건……!"

"그 꿈이 이룰 수 있게 되었다면 어쩌겠습니까?"

"예? ……그, 그런 게…….."

가능할 리가 없다…… 마사토는 목 언저리까지 그런 말이 올라왔지만 입 밖으로 나오지는 않았다.

시라세가 Enter키를 누른 순간, 응답속도가 빠른 모니터에서 빛의 격류가 뿜어져 나왔다. 그 빛은 바닷가의 파도처럼 밀려오더니, 순식간에 마사토를 감싼 후 그대로 그를 휩쓴 채 모니터 안으로 되돌아갔다.

"이, 이건…… 설마?!"

"예! 그렇습니다! 그 설마 하는 상황이 벌어진 거죠!"

"설마, 게임 세계로 전송되는 거야아아아아아아아아아아?!"

마사토는 저항을 관뒀다. 필사적으로 움켜잡고 있던 책상에서 손을 떼고는 그 흐름에 몸을 맡겼다.

그리고 모니터 안으로 몸이 빨려 들어간다고 하는 말도 안 되는 현상이 벌어진 순간…….

…….마 군…… 잠깐만……!

마마코의 고함 소리가 들린 듯한 느낌이 들었다. 뭔가 일이 벌어졌다는 것을 알고 뛰어온 것일까.

눈이 부실 정도로 찬란한 빛에 휩싸인 마사토는 모습이 보이지 않는 자신의 어머니를 향해 이렇게 말했다.

"엄마, 미안해……. 나, 갔다 올게."

마사토는 왜 미안하다고 말한 것일까. 미안하다는 생각이 들었기 때문이다.

아버지가 단신부임을 한 후, 마사토는 어머니인 마마코와 단둘이서 이 집에서 살아왔다. 그런데 아들까지 사라진다면 어머니는 외톨이가 된다. 그건 좋지 않다는 생각이 들었다. 어머니가 쓸쓸히 홀로 지내게 하고 싶지는 않았다.

마사토도 자신의 어머니를 싫어하는 것은 아니다.

누군가가 어머니를 좋아하냐고 묻는다면, 물론 대놓고 좋아한다고 말하지는 않겠지만 말이다.

이 세상에 단 한 명뿐인 어머니를 소중히 여기고 싶다는 마음은 물론 있다. 어머니의 행복에 대해 생각해본 적도 있고, 어머니가 자신에게 거는 기대와 소망에 답하고도 싶었다.

하지만 그런 마음을 말 혹은 행동으로 표현하는 것은 어려웠다. 마음속으로 무언가가 걸렸고, 겉보기에 너무 젊은 어머니를 엄마로 받아들이는 것이 힘들어서 마마코를 제대로 대하지 못했다. 그 결과, 지금의 마사토가 탄생한 것이다.

하지만…….

'내가 앞으로 엄청난 모험을 하면서 강해진다면…… 엄마를 더 솔직하게 대할 수 있게 될까……? 그렇게 된다면 좋겠네…….'

언젠가 반드시 돌아올 것이다. 그때는 이 멋쩍은 감정을 극복하고 상냥하게……「다녀왔어」 하고 말하면서 어머니를 안아줄 수 있으면 좋겠다.

그런 상냥한 마음을 가슴에 품으며, 마사토는 원래라면 넘을 수 없는 세계의 벽을 넘었다.

그리고 마사토는 도착했다.

그곳은 방금까지 자신이 있던 방과는 명백하게 다른 공간이었다. 끝없이 펼쳐진 하늘 아래에는 섬들이 떠 있었으며, 마사토는 그 섬의 가장자리에 존재하는 바위로 된 제단 위에 서 있었다.

발치에는 희미하게 빛나고 있는 마법진이…….

"우왓……?!"

마사토의 바로 옆을 무언가가 지나갔다. 조그마한 도마뱀이었다. 그것도 다리가 여덟 개 달린 도마뱀 말이다.

그 조그마한 도마뱀은 마사토를 위협하듯 조그마한 불꽃을 토했다. 하지만 상대를 위협하는 듯한 태도를 취한 후 그대로 순식간에 도망쳤다.

마사토가 살았던 일본에는 저런 생물이 존재하지 않았다.

지구라는 별의 그 어디를 뒤져도 존재하지 않을 것이다. 그렇다면 「……설마, 진짜로……?」 그 설마가 정답이라고 생각할 수밖에 없다.

여기는 게임 세계? 판타지 스타일의? 진짜? 진짜로?!

아무튼, 마사토는……!

"만세에에에에에에에에에에에에에에에에에엣!"

왔어! 왔다고! 전송 완료! 반가워, 비현실!

고대하고 또 고대했던 스토리의 막이, 드디어, 드디어, 드디어 올랐어어어어어어어어……

바로 그때였다.

"마 군도 참. 엄마도 같이 가니까 잠깐만 기다려달라고 말했는데, 왜 그냥 가버린 거니? 이 엄마는 정말 슬펐단 말이야."

"……어?"

귀에 익은 목소리가 들려 고개를 돌려보니 소녀가 있었다.

외출할 때 입는 아름다운 원피스 차림에, 대량의 짐이 들어있는 탓에 지퍼가 잠기지 않는 보스턴백을 어깨에 멘, 이제부터 여행을 떠나는 소녀 같은…… 잠깐만 있어봐.

이 아가씨 말인데, 실은 아가씨라고 불릴 수 없는 연령이다.

그 사람은 바로, 마사토의 어머니인 마마코인 것이다.

"……어…… 왜, 왜…… 이건 아니잖아……. 말도 안 된다고……."

"마 군. 이제부터 이 엄마와 함께 실컷 모험을 하는 거야. 우후후."

"뭐어어어어어어어어어어어어어어어어어어어?!"

그렇다. 마사토는 어머님 동반으로 게임에 전송된 것이다.

진짜? 진짜로 엄마와 함께 모험을 하는 거야? 에이, 그럴 리가…….

진짜였다.

"자, 마 군. 이쪽이야. 이 엄마가 에스코트를 해줄게."

"아, 으, 응……."

마사토는 일단 걸음을 옮겼다. 엄마에게 팔을 잡힌 채 멍하니 따라갔다.

하늘에 떠있는 섬과 섬 사이에 존재하는 중후한 디자인의 돌다리를 건너, 두 사람은 다른 섬보다 한층 더 큰 섬으로 향했다.

신들을 본떠서 만든 듯한 조각상이 줄지어 놓여 있는 통로 끝에는 돔 형태의 건물이 한가운데에 있는 장엄한 궁전이 존재했다. 마마코는 마사토를 그곳으로 안내하려는 것 같았지만…….

'자, 진정해. 머리를 계속 굴려. 생각해. 파악해'

이게 어떻게 된 것일까? 지금은 어떤 상황? 일단 판타지 풍의 게임 안으로 전송되었다는 것은 지금까지의 상황을 통해 유추할 수 있지만…….

그런데 왜 엄마가 있는 거지. 그게 가장 말도 안 되잖아. 그래. 일단 왜 이렇게 된 건지 알아보자.

"저, 저기, 엄마. ……엄마가 왜……."

"자, 도착했어. 우선 여기서 이벤트를 해야 한다니까, 같이 힘내자."

"뭐?"

망연자실한 상태에서 복도를 따라 나아간 마사토는 어느새 이벤트 발생 포인트에 도착한 것 같았다.

궁전 내부의 중앙, 널찍한 원형 홀의 중심에는 옥좌에 앉아 있는 아저씨가 있었다.

풍채가 좋고 호화로운 옷을 입고 있었으며, 금실과 은실로 꾸며진 망토를 착용했다. 머리에는 보석이 박힌 왕관을 쓰고 있었다. 새하얀 수염을 기른 그 사람은 마치 왕…….

"잘 왔다! 나는 이 전송궁전의 주인인 왕이니라!" 두둥~!

자신을 왕이라 밝힌 이 자는 왕이었다. 병사나 신하는 보이지 않지만, 그래도 왕이란다.

"그대들이 찾아주기만 기다리고 있었느니라! 와줘서 정말 고맙다!"

"감사해요. 저희도 이렇게 초대를 받아 정말 영광이에요. ……자, 마 군도 인사를 하렴."

"어, 응…… 안녕하세요……?"

마사토는 마마코를 따라하듯, 일단 옥좌 앞에서 무릎을 꿇으며 고개를 숙였다. 시키는 대로 말이다.

왕은 후덕한 미소를 지으며 두 사람을 응시하더니, 곧 입을 열었다.

"그럼 우선 그대들의 이름부터 들어보도록 할까. 자, 이름을 밝히도록."

"저는 마마코라고 해요. 그리고 이 애는 제 아들인 마 군이랍니다."

"『마마코』 공, 그리고『제 아들인 마 군』공인가? 그럼 그 이름으로 등록을⋯⋯."

"와, 왕. 잠시만 있어봐! 내 이름은 마사토라고! 마사토!"

"흠. 그럼 어머니가『마마코』, 아들이『마사토』인 게지? 그럼 그 이름으로 등록하겠노라."

왕은 손을 내밀었다. 그러자 허공에 창 두 개가 떠올랐다. 이름의 입력을 요청하는 그 화면에 마마코와 마사토라는 이름이 표시되더니, 바로 등록됐다.

"어⋯⋯ 방금 그건 마치 최초 어카운트 등록 같은데⋯⋯."

"그러하니라. 참고로 한 번 등록하면 변경할 수 없지."

"그럼 미리 말하라고오오오오!"

무심결에 본명으로 등록을 해버렸다. 흔히 있는 일이다. 하지만 변경이 불가능하다고? 그것도 흔히 있는 일이다. 사고를 친 마사토는 분한 나머지 손으로 바닥을 두드렸다. 바닥이 있어서 다행이다.

"젠자아아아앙! 빌어먹으으으으으으으을!"

찰싹, 찰싹, 찰싹!

"마, 마 군! 그렇게 바닥을 두드리면 안 돼! 그 밑에 사람이 살고 있다면 폐가 될 거잖니!"

"하하하. 아래쪽에는 아무도 살고 있지 않으니 얼마든지 두드려도 되느니라. ……그럼 어카운트 등록이 끝났으니 그대들의 기본 정보를 알려주마. 자, 보거라."

왕이 손가락을 살며시 옮기자 표시되어 있던 화면이 우리쪽으로 슬라이드되었다. 허공을 미끄러지며 이쪽으로 온 그화면에는 마사토와 마마코의 기본 스테이터스가 표시되어 있었다.

마사토의 어카운트명은 【마사토】였다. 역시 본명이 그대로 어카운트명으로 등록됐다. 직업은 【평범한 용사】였다. 공격력과 방어력 수치가 기재되어 있었으며, 그 외에는 【전투 가능】과 【생산 불가】라는 말도 적혀 있었다.

옆에 있는 마마코의 스테이터스를 보니, 그쪽도 어카운트명은 본명인 【마마코】였다. 직업은 【평범한 용사의 어머니】였으며, 그 외에도 【전투 가능】, 【생산 불가】라는 말이 표시되어 있었는데…….

솔직히 말해 마사토는 할 말이 많았다. 하지만 가장 먼저 할 말은…….

"저기, 왕…… 내 직업이 왜 【평범한 용사】인 거야……?"

"그야 물론 평범하기 때문이지."

왕은 생각에 잠기듯 눈을 감더니, 상냥한 미소를 머금었다.

"세계를 구하는 것 같은 거창한 일이 아니라…… 평범하게 사이좋고, 평범하게 행복한…… 그럼 삶을 사는 것이야말로 평범한 용사인 마사토 공과 평범한 용사의 어머니인 마마코

공의 목표이니라."

　앞으로의 목적을 대략적으로 설명한 왕은 머나먼 곳을 손가락으로 가리켰다.

　"자, 가거라! 용사여!" 두둥~!

　그리고 엄청 극적인 분위기를 자아내면서 멋들어진 목소리도 그렇게 말하는데……．

　"좋아, 가볼까……. 아니, 잠깐만 있어봐! 어떻게 가냐고!"

　어디에 가라는 건데? 뭘 하라는 건데? 영문을 모르겠네.

　"흠, 못 가는 것이냐?"

　"당연히 못 가지! 설명할 게 더 있지 않아?! 애초에 어쩌다 이런 상황에 처하게 된 건지, 나는 하나도 이해하지 못했거든?!"

　"흠. 그럼 설명을 해주마. 잘 듣거라."

　왕은 가볍게 헛기침을 한 후, 이렇게 말했다.

　"간략하게 말해, 이것은 『온라인 게임의 클로즈베타입니다. 특수한 기술로 유저 본인을 게임 안으로 전송했습니다. 그럼 테스트 플레이를 부탁드립니다』이니라."

　"와아~ 엄청 간략하네~."

　"또한 테스트 플레이어는 기본적으로 어떤 조사에 근거한 엄정한 심사를 통해 선발된다만…… 익명의 조사서에 일부러 이름을 적어서 제출한 안쓰러운 이들이 뽑히기도 한 것 같으니라. 작성자를 파악하기 쉽다는 이유로 말이다. 뭐, 그게 누구인지는 밝히지 않겠노라."

　"푸풉. 이봐, 대체 얼마나 멍청한 놈이 그런 짓을…… 어?

······에이, 설마······."

바로 그 설마야, 라는 말이 어딘가에서 들려온 듯한 느낌이 들었지만 아마 기분 탓일 것이다. 제발 기분 탓이었으면 좋겠다.

"자, 이 게임은 시험 운용 단계이기 때문에 정식 타이틀이 정해지지 않았느니라. 지금은 『MMMMMORPG(가제)』라고만 불리고 있지."

"매시브(Massive)와 멀티플레이(Multiplay)라는 의미야? ······패러디 느낌이 물씬 나네······."

"장르는 판타지 스타일 MMORPG이니라. 그리고 선택할 수 있는 직업이 풍부할 뿐만 아니라, 전투와 비전투를 선택도 가능하지. 배틀을 해도 되고, 아이템 생산이나 자기 집을 꾸미는 등의 느긋한 플레이를 해도 된다. 자신의 플레이 스타일에 맞춰 직업을 자유롭게 선택할 수 있느니라."

"그럼 나는······."

"하지만 이번에는 실기 데이터 수집을 위해 아직 아무도 선택하지 않은 직업으로 지정됐느니라. 물론 직업도 변경할 수 없다. 나쁘게 생각하지는 말거라."

"자유를 완전히 빼앗겨버렸어······. 세상이라는 건 원래 이런 걸까······."

매우 부조리하고, 말도 안 될 만큼 불합리했다. 세상이란 그런 것이다.

하지만 베타판의 테스트 플레이어로 선정된 것은 매우 귀중한 경험이다. 게다가 가상현실 방식으로 테스트 플레이를 하는 것이다. 그 점은 솔직히 기뻤다. 마사토는 긍정적으로 생각하며 몸을 일으켰다.

"하아…… 일단 뭐가 어떻게 된 건지는 얼추 이해했어. 즉, 온라인게임을 하라는 거지?"

"음, 이해가 빠르구나. ……마마코 공은 어떠하지? 이 게임에 대해서는 이해했느냐?"

"으, 으음…… 저기……."

"흠? 혹시 궁금한 점이 있다면 사양하지 말고 말해보아라. 얼마든지 대답해주겠노라."

왕이 한층 더 상냥한 미소를 짓자, 당혹스러운 표정을 짓고 있던 마마코가 질문을 던졌다.

"그럼, 저기…… 어카운트, 라는 건 뭔가요?"

""어, 그런 것도 모르는 거야?""

왕과 마사토의 목소리가 하모니를 이뤘다.

"으, 음……. 마마코 공, 어카운트가 어떤 거라고 생각하는지 솔직하게 말해줬으면 좋겠다만……."

"어카운트…… 그러니까……."

마마코는 생각하고 생각한 끝에…….

"어, 어, 어, 어."

『어』라는 발음을 입에 담으면서 숫자를 세듯 손가락을 접었다. 그리고 이런 거 아냐? 하고 말하는 듯한 표정을 지으며 미소 지었다.

그렇다. 마마코는 어카운트가 『어』를 『카운트』하는 거라고 착각할 정도로 온라인게임에 대해 아는 게 없었다.

왕은 상냥한 미소를 지으며 마사토를 쳐다보았다.

"마사토 공. 마마코 공을 부탁하노라. 굿 럭."

"뭐?! 나한테 전부 떠넘기는 거야?! 왕이 어떻게 좀 해보라고!"

"방법이 없느니라!" 두둥~!

"위엄에 찬 목소리로 그딴 소리 하지 마!"

"과인은 NPC! 준비되어 있는 텍스트만 말할 수 있지! 초기 설명 담당인 과인에게 초심자 교육을 시키고 싶다면, 10킬로 바이트 이내로 텍스트를 작성해서 내놓거라! 자, 일을 하란 말이다, 운영 측!"

"데이터 주제에 운영 측에 요구를 하고 있어……. 뭐 이딴 NPC가 다 있냐고……."

"참고로 이 게임 안에는 테스트 플레이어와 NPC, 양쪽이 다 있지만 거의 분간이 안 될 것이니라. 꼭 판별을 하고 싶다면 야한 대사집을 건네주면 된다. NPC는 그걸 그대로 읽어 줄 것이니라."

"그딴 판별 방법은 알고 싶지도 않거든?"

하지만 이런 대사나 저런 대사를 읊게 할 수 있다면…… 무, 물론 그런 짓을 할 생각은 없어요. 없다고요.

자…….

"이야기는 이쯤에서 끝내도록 하마. 이제 실제로 플레이를 해보면서 익숙해지는 편이 좋을 것이니라."

"뭐, 그렇게 할게. ……말로 설명을 듣는 것보다, 실제로 해보는 편이 훨씬 이해가 잘 될 테니까……?!"

일단 이 정도 설명만 들었으면 문제없을 거라고 생각하며 납득하려던 순간, 마사토는 뭔가를 눈치챘다.

잠깐만 있어봐. 뭐가 문제가 없다는 거야. 문제가 있잖아.

마사토의 옆에는 어느새 다가온 마마코가 서 있었다.

"자, 잠깐만! 가장 중요한 이야기를 안 했잖아!"

"음. 마사토 공이 물어보고 싶은 게 무엇인지 과인은 알고 있느니라. ……왜 어머님 동반인 건지를 알고 싶은 게지?"

"그, 그래! 자세하게 알려줘!"

"하지만 과인은 그 점에 대해서는 이야기하지 않을 것이니라."

"뭐?! 이유가 뭔데?! 또 텍스트가 없는 거야?!"

"아니, 그런 게 아니다. ……어머니와 함께 한다는 것은 이 게임의 목적과 깊이 연관되어 있지. 그러하기에 자세하게 설명해줄 수 없느니라. 설명을 해버린다면 운영 측의 의도를 강요하는 것이나 다름없으니까 말이야. ……그래서는 안 되지. 모험 도중에 직접 눈치채면서 자연스럽게 그렇게 되는 것이 가장 바람직한 결과이니라."

"뭐? ……으, 으음…… 무슨 소리를……."

"그런 부분에 대해서는 그대의 어머님에게 미리 알려뒀다. 자식은 몰라도 되느니라. 마음 가는 대로 나아가며 함께 모험을 한 끝에 그걸 깨달으면 되는 것이다. 자……."

왕은 자리에서 일어나더니, 옥좌에 살며시 손을 댔다. 그러자 옥좌가 사라지더니 그 밑에 있던 돌로 된 부분이 중후한 소리를 내면서 내려가기 시작했다. 그리고 아래쪽으로 이어지는 나선 계단이 모습을 드러낸 것이다.

"다음 신에 돌입하겠느니라. 따라오거라."

"잠깐만! 멋대로 게임을 진행시키지 마! 제대로 설명을……!"

"일단 아무 말도 하지 말고 따라오거라. 지금 상황에 불만과 불신감만 느끼고 있는 용사도 무심코 군침을 삼키게 될, 그런 선물을 준비해뒀느니라."

"그런 허황된 소리에 내가 속아 넘어갈 거라고 생각하지 말라고!"

"호오? 그럼 신규 어카운트 작성 + 초회 로그인 특전은 필요 없다는 것이냐?"

"어…… 초회 특전……?"

가슴에 무언가가 푹 꽂힌 것만 같았다.

그 어떤 온라인 게임에서든 초회 특전은 호화롭기 그지없다. 그런 것을 포기한다는 건…… 웬만해서는 있을 수 없는 일이다. 도저히 무시할 수가 없다. 받자. 일단 받고 보자.

설령 용사일지라도 이 유혹만큼은 이겨낼 수가 없는 것이다…….

나선계단을 내려가자, 또 원형 공간이 모습을 드러냈다. 벽에는 여러 개의 문이 달려 있으며, 각각 【성기사】, 【마도사】, 【꽃가게 주인】, 【농부】 등 각종 직업명이 적힌 명패가 걸려 있었다.

그 중에서 【용사】의 명패가 걸린 방에 왕의 뒤를 따르며 들어선 마사토는 내부를 본 순간, 가슴 속에서 날뛰고 있던 불만과 불신감이 깨끗하게 사라지면서 숨을 삼켰다.

검이 있었다. 엄청난 검이 말이다.

"우와…… 맙소사……."

옅은 빛을 뿜는 돌로 만들어진 그 조그마한 방의 중앙에는 한 아름 정도 되는 바위가 놓여 있었으며, 그 바위에는 세 자루의 검이 꽂혀 있었다.

마그마를 연상케 하는 새빨간 색을 띤 검. 심해보다 깊디깊은 푸른색을 띤 검. 반대편이 비쳐 보일 정도로 투명한 검.

진짜 검이라는 것을 처음 본 마사토조차도 한눈에 알 수 있을 정도로, 이 세 자루의 검은 범상치 않았다. 무기 특유의 위압감이 아니라 다른 무언가…… 강대하기 그지없는 존재와 마주했을 때 느낄 경외심마저 품게 만드는 것 같았다.

"음, 뭔가를 느끼고 있는 것 같구나. 역시 용사는 대단하군."

"아, 그게, 뭐……."

"자, 마사토 공. 마음에 드는 검을 그대에게 하사할 테니, 골라보거라."

"……정말 그래도 되겠어?"

"물론이지. ……사실 이건 최고 랭크 퀘스트의 보수로서 준비된 무기다만, 요즘 유저들은 초회 특전이 눈에 차지 않으면 의욕을 내지 않으니까 말이다. 뭐, 간단하게 말해 미끼 상품이니라."

"그런 이야기를 듣고 싶지 않다고."

"요즘 인간은 사치스럽구나. 옛날 용사들은 다들 나무막대를 들고 여행을 시작했었지."

"고전 게임 세대는 입 다물고 있어."

"그럼 마사토 공. 그대의 검을 골라 보거라."

"으, 응……."

마사토는 앞으로 나서더니 주저 없이 투명한 검 앞에 섰다.

마사토 본인 또한 명확한 근거가 있어서 그 검을 고른 것이 아니었다. 하지만 느껴졌다.

'어째서일까……. 나한테 가장 맞는 검은 이거라는 느낌이 들어……. 틀림없다고.'

태양과 달과 별. 하늘을 연상케 하는 정밀한 세공이 되어 있는 그 검의 자루를 움켜쥔 마사토는 그대로 뽑아들었다.

단단해 보이는 바위에 깊이 꽂혀 있던 그 투명한 검의 날 부분은 그대로 매끄럽게 뽑혔다.

"오호라. 마사토 공은 머나먼 천공(天空)의 선택을 받은 용사인 건가."

"천공의 선택을 받은……?"

"그대가 고른 그 검은 위대한 천공의 성검 필마멘트. 먼 옛날, 이 세계의 하늘이 어둠에 뒤덮였을 때, 일격에 모든 어둠을 갈가리 찢었다고 전해져 내려오는 전설의 검……이라는 설정이니라."

"마지막 그 말은 안 해도 되잖아. 하지만 무지막지하게 엄청난 검인 것 같긴 하네……. 설명만 들어서는 좀 막연하게 느껴지지만 말이야."

"그렇다면 좀 더 이해하기 쉽게 설명해 주겠노라."

왕은 돋보기안경을 장착하더니, 품속에서 책 한 권을 꺼냈다. 표지에 【공식 가이드북】이라고 적혀 있는 그 책을 펄럭펄럭 넘기더니…….

"어, 필마멘트…… 공중의 몬스터에게 가하는 대미지가 두 배이며 크리티컬 확률 세 배, 이벤트 아이템 중에서 최고 클래스의 공격력, 매각 불가, 인 것 같구나."

"정말 알기 쉽지만, 분위기를 완전 망쳐버리네. 좀 세계관을 소중히 여기라고."

"정식 서비스를 시작하면 제대로 할 것이니 걱정하지 말거라."

베타판 때도 대충 하지 말고, 좀 성실하게 자기 역할을 수행해줬으면 좋겠는데……. 말을 해봤자 들어줄 리가 없다고 생각한 마사토는 그냥 입을 다물기로 했다.

아무튼…….

"자, 마사토 공. 이제 의욕이 나지 않느냐?"

"윽…… 그, 그게……."

왕의 말은 정확하게 마사토의 정곡을 찔렀다. 천공의 성검 필마멘트를 본 순간, 마사토는 자신의 마음속에 존재하는 무언가가 변한 듯한 느낌을 받았다.

'내가 검을 쥐고 있어…….'

검의 감촉이 호소하고 있다. 남자의 본능에 새겨진 욕구─

싸움이라고 하는, 수컷에게 있어서 삶 그 자체와 다름없는 욕망이 샘솟았다.

게다가 마사토가 쥔 것은 전설의 검이다. 최고급 무기인 이것을 쥔 순간, 모험의 끝에 최강의 존재가 되는 것이 약속된 것이나 마찬가지다.

그 영광을 버릴 이유가 존재할 리가 없다. 그딴 건 눈을 씻고 찾아봐도 발견할 수 없으리라.

"하아…… 완전히 낚인 것 같아서 분하네."

"심정은 이해한다만 이만 포기하거라. 이것은 용사인 마사토 공에게 내려진 숙명이니라."

"그런 걸까……. 뭐, 아직 내가 용사라는 게 실감은 나지 않지만 말이야."

"무슨 소리를 하는 것이냐. 마사토 공은 전설의 검을 쥐지 않았느냐. 그것은 용사만이 손에 쥘 수 있는 검이다. 마사토 공이 용사라는 것은 이제 틀림없다고 해도 과언이 아니지. 그 대야말로 진정한 용사이니라."

"아, 갑자기 그런 말을 들으니…… 좀 부끄러운데……."

마사토는 용사. 진정한, 틀림없는 용사. 용사라고, 용사!

"부끄러워할 필요 없다. 마사토 공은 용사다. 이 세계의 영웅이지. 여어, 구세주!"

"그, 그러니까~. 너무 추켜세우지 말란 말이야~. 부끄럽잖아~."

용사. 영웅. 구세주. 용사이자 영웅이자 구세주. 3단 콤보

달성이라고!

"진실을 말했을 뿐이니라. ……사실 이 게임이 정식 서비스될 수 있는지 없는지는 테스트 플레이의 결과에 달려있지. 그대들의 활약에 달려있는 것이니라……. 부디 이 세계를 새로운 차원으로 이끌어다오. 그게 가능한 이는 그대뿐이니라."

"뭐어~? 뭐, 나밖에 못한다니 하겠지만 말이야~."

"우후후, 맞아. 마 군이라면 할 수 있을 거란다. 마 군은 이 엄마의 자랑스러운 아들이잖니."

"으음~. 뭐, 자랑스러운 아들이긴 하거든? 그야 물론…… 어……."

"그럼 이 엄마도 검을 빌려야겠네. 영차."

쑤욱, 쑤욱.

마마코는 바위에 꽂혀 있던 붉은색 검과 푸른색 검을 뽑았다.

선택받은 자만이 손에 넣을 수 있는 전설의 검, 그것도 두 자루를 아무렇지도 않게 간단히 말이다.

으스대며 왕과 히죽대고 있던 마사토는 그대로 굳어버렸다. 어, 잠깐만 있어봐. 뭐가 어떻게 된 거야? 누가 좀 설명 플리즈?

"으, 으음…… 왕, 이게 대체……."

"미안하구나. 더는 아무 말도 할 수 없느니라. NPC인 과인을 용서해다오. ……아, 그렇지. 나중에 이 가이드북을 마마코 공에게 건네주거라. 그럼, 잘 부탁하마."

왕은 마마코에게 주라면서 가이드북을 마사토에게 억지로 쥐어준 후, 그대로 사라졌다.

용사 방 안쪽에 있는 문을 빠져나가자 그곳에는 원형 투기장이 존재했다. 관객석은 없으며 끝없이 이어지는 공간에 싸움의 무대만이 존재했다. 이곳은 튜토리얼 배틀을 하기 위한 장소다.

무대 한편에 선 마사토는 손에 쥔 가이드북을 훑어보았다. 그리고 알고 싶은 정보를 금세 발견했다.

"『테라디마도레』와 『알투라』……."

마마코가 손에 넣은 검 두 자루의 명칭이다.

활활 타오르는 불꽃같은 색깔을 띤 검은 테라디마도레. 만물의 어머니인 대지의 성검. 천지개벽의 순간에 대지에서 생겨난 생명 그 자체. 이 세계에 존재하는 모든 생명의 근원이 된 검이다, 라고 적혀 있었다.

짙디짙은 푸른색을 띤 검은 알투라. 만물의 어머니인 바다의 성검. 세상을 뒤덮었던 대홍수를 가라앉힌 기적의 검이라고 한다. 대지와 바다가 세계를 나눠 통치하게 된 계약의 증표이기도 하다, 라고 적혀 있었다.

실제로 이 두 자루의 검이 얼마나 대단한지는 아래의 설명을 보면 이해가 될 것이다.

【테라디마도레 : 육상의 몬스터에게 가하는 대미지가 두 배이며 크리티컬 확률 세 배. 이벤트 아이템 중에서 최고 클래스의 공격력. 매각 불가.】

【알투라 : 수중의 몬스터에게 가하는 대미지가 두 배이며 크리티컬 확률 세 배. 이벤트 아이템 중에서 최고 클래스의 공격력. 매각 불가.】

특이사항으로, 이 두 검을 이용한 전체공격은 『머릿수별 대미지』라고 한다. 일격의 대미지 양이 미리 정해져 있으며, 공격 대상의 숫자에 맞춰 균등하게 나눠져서 대미지가 가해지는 것이다.

그런 무기를 실제로 사용하면, 이렇게 된다.

"잘 보렴, 마 군! 이 엄마, 힘낼게! ……에잇!"

마마코는 오른손에 쥔 테라디마도레를 치켜들더니 그대로 휘둘렀다.

그 순간, 지면에서 검처럼 날카로운 바위가 무수히 솟아나더니 몬스터 무리를 향해 일제히 휘둘러졌다.

"우가아아아아악?!", "크캬아아아아아아?!", "끄으윽?!", "캬아악?!"

마마코의 눈앞에 있던 개미, 애벌레, 거미, 늑대, 곰 같은 형태의 몬스터들이 전부 두 동강이 나면서 차례차례 소멸했다. 그야말로 순식간에 벌어진 일이었다.

하지만 곧 새로운 몬스터 무리가 출현했다!

"이 엄마는 지지 않아! 마 군에게 멋진 모습을 보여주고 싶거든! ……에잇!"

마마코는 왼손에 쥔 알투라를 수평으로 들더니, 그대로 휘둘렀다.

그러자 푸른색 검이 가른 허공에서 물이 생겨나더니, 수많은 물방울로 분열되면서 탄환처럼 발사됐다.

"크아아아아아아악?!", "키기기기기익?!", "그하아아악?!", "으그그 그…… 꺼억……!"

일제히 발사된 초고속 물방울 탄환에 맞은 몬스터들은 온몸에 구멍이 숭숭 뚫린 채 그 자리에서 붕괴되었다. 새롭게 등장한 적들도 순식간에 처리됐다. 너무나도 간단히 말이다.

하지만 아직 끝나지 않았다. 전투는 계속되고 있는 것이다. 하늘에서 새로운 몬스터가 모습을 드러냈다!

"마 군! 지금이야말로 마 군의 실력을 뽐낼 때야! 힘내!"

"……으, 응……."

마사토는 가이드북을 덮고는 필마멘트로 허공을 벴다.

그 순간, 투명한 칼날에서 날카로운 충격파가 뿜어져 나오더니 적을 추적하기 시작했다. 그리고 자유자재로 움직이는 그 공격이 단숨에 몬스터에게 접근하며 꽂혔다.

"삐약?!"

하늘을 날고 있던 참새 크기의 몬스터 한 마리가 지면에 툭 떨어지더니, 재로 변했다.

몬스터를 해치웠다!

그리고 마사토는 그 자리에서 풀썩 쓰러지더니 엉엉 울기 시작했다.

"……흐흑…… 아냐……. 이게 아니라고……. 내가 원한 건 이런 게 아니란 말이야……."

"마, 마 군, 왜 그러니?! 혹시 다친 거야?! 이 엄마에게 다친 곳을 보여봐!"

"아냐……. 그런 게 아냐……. 그런 게 아니라…… 큭……."

확실히 필마멘트도 엄청났다. 자동 추적 공격을 날릴 수 있다니, 확실히 엄청난 검이기는 했다. 자부심을 가져도 된다. 자기 자신을 자랑스러워해도 되는 것이다. ……그래도 되겠지?

하지만, 마마코는 일반공격이 전체공격인데다, 검이 두 자루라 2회 공격을 한다.

수십 마리나 되는 몬스터는 간단히 해치워버린 어머니와 자기 자신을 비교하자…….

'……으으…… 완전 허접해…….'

이제 울 수밖에 없다. 그냥 토라져서 잠이나 잘 수밖에 없다. 그것 말고는 할 게 없다.

마마코가 그런 마사토의 곁으로 뛰어왔다.

"마 군! 기운 내! 마 군의 공격은 대단했어! 투명한 뭔가가 부웅~ 하고 날아가는 걸 보고, 이 엄마는 깜짝 놀랐단다! 마 군, 정말 멋있었어!"

"부탁이니까 위로하지 마……. 거의 밑바닥까지 가라앉았는데, 땅 밑까지 가라앉게 만들려는 거냐고……."

"그, 그럴 생각은 없단다! 그런 게 아니라……! ……이, 일단 일어서자! 함께 튜 트…… 츄…… 으음, 뭐였더라……."

"……츄츄 트레인[#2] 말이지?"

#2 츄츄 트레인 일렬로 늘어서서 차례차례로 상체를 나선형으로 돌리는 안무.

"맞아, 그거야! 이 엄마도 옛날에 했었단다. 친구들과 함께 「칙칙~ 폭폭~」 하고……."

"아냐~. 그런 게 아니라고. 우리는 한 줄로 서서 기차놀이 하듯 빙글빙글 돌지 않아."

"그, 그렇구나. 옛날이야기나 할 때가 아니지. ……으, 으음…… 아무튼, 이제 그만 다른 곳에 가보자! 그래! 그렇게 하자! 다른 곳은 더 재미있을 거야!"

마마코는 그렇게 말하면서 아들의 팔을 잡고 일으켜 세우려 했지만…….

마사토는 어머니의 손을 쳐냈다.

"마, 마 군……?"

"모험을 하고 싶으면 엄마 혼자서 하면 되잖아. 뭐, 필드에 나가면 몬스터 같은 게 나타날지도 모르지만, 엄마의 화력이라면 간단히 해치울 수 있을걸? 전투가 시작되자마자 바로 한 방 날리면 적들을 싹 쓸어버릴 수 있을 거야."

"화력? 이 엄마는 불을 뿜지 못한단다. 가스레인지가 아니잖니."

"그런 화력을 말하는 게 아니라고."

화력이란 공격력을 뜻하며, 총화기 등의 화력에 빗대어 쓰이는 용어다. 하지만 어머니 세대는 이해하기 힘들지도 모른다. 아무튼…….

"하아……. 나는 신경 쓰지 말고 빨리 가버리라고."

"마, 마 군……."

마사토는 관뒀다. 전부 관두기로 했다. 숨을 쉬는 것도 관두고 싶을 심정인 그는 그대로 바닥에 드러눕더니, 죽은 척을 했다. 그저 시체처럼 드러누워서 대답조차 하지 않았다.

"으으으…… 마 군……. 이, 이럴 때는 어떻게 해야지……. 아, 맞아!"

당혹스러워하던 마마코는 마사토가 내던져버렸던 가이드북을 향해 손을 뻗었다. 그리고 동아줄이라도 움켜잡는 심정으로 페이지를 넘겼다.

"어딘가에 공략법이…… 용사인 아들이 같이 모험하는 것을 질색할 때의 대처법이……."

"그딴 공략법도 적혀 있는 거야? 그 가이드북은 대체 어떻게 되어먹은 거야?"

"【자제분은 당신의 일반공격이 전체공격에 2회 공격이라는 것을 알고 기뻐합니다. 같이 모험을 하자며 당신의 품에 안기겠죠】라고 적혀 있는데, 새빨간 거짓말이잖아! 마 군은 전혀 기뻐하지 않는단 말이야!"

"……뭐, 기뻐하는 게 정상이라고 생각하긴 해."

"저, 정말이니?!"

"당연하잖아. 고화력 전체공격 소유자라고. 게다가 2회 공격이지. ……그런 플레이어가 눈앞에 있다면, 무슨 수를 써서라도 동료로 삼으려고 할 거야. 돈을 주고서라도 동료로 삼고 싶을 지경이라고."

"그, 그럼 마 군은 왜 기뻐하지 않는 거야? ……대체 왜……."

마마코는 깊이 생각에 잠긴 후, 화들짝 놀라면서 머뭇머뭇 물어보았다.

"설마…… 호, 혹시…… 그 플레이어가 엄마라서 이러는 거니?"

"바로 그게 가장 큰 문제점이라고. ……뭐, 좋아."

마사토는 그렇게 말하며 몸을 일으키더니 바닥에 앉은 채 마마코와 얼굴을 마주했다.

그리고 가능한 한 화를 내지 말자고, 언성을 높이지도 말자고 다짐했다. 이제부터 중요한 이야기를 해야 하니까 말이다.

"설명해봐."

"뭐, 뭘 말이니……?"

"전부 다 말이야. 이 상황에 관해 알고 있는 걸 전부 다 설명해달라는 거라고. ……엄마는 뭔가를 알고 있지? 왕도 엄마에게는 알려뒀다고 말했잖아. 운영 측으로부터 따로 들은 이야기가 있는 거 아냐?"

"그건……."

"솔직히 말해 게임 안으로 전송된 것 자체가 말도 안 되는 일이지만, 나도 그 점에 대해선 환영하고 있으니 더는 캐묻지 않겠어. ……하지만 이건 내가 상상하던 게임 세계로의 전송과는 뭔가 달라. 그 뭔가를 구체적으로 언급하자면, 바로 엄마가 나를 따라왔다는 점이야."

"다른 집 엄마들도 때때로 아들과 함께 게임 세계로 전송……."

"안 돼! 그딴 일은 절대 안 벌어져! 말도 안 되는 일이라고! 그런 일이 벌어지면 곤란하다고! 남자 청소년을 위한 판타지에는 부모라는 존재가 필요 없어! 방해만 돼!"

"부우. 마 군이 심술궂은 소리만 하네. 이 엄마, 완전 삐쳤어."

마마코는 볼을 부풀리며 삐친 듯한 반응을 보였다. 뾰로통해진 마마코는 정말 귀엽……

이봐, 잠깐만! 상대는 친엄마라고! 마흔 전후의 어머니야! 귀엽니 마니 같은 소리를 할 대상이 아니라고! 정신 차려!

"헛소리 하지 마! 괜히 말 돌리지 말고 빨리 대답이나 해!"

"응, 응! 대답할게!"

"왜 엄마까지 같이 온 건지, 뭐가 어떻게 된 건지, 솔직하게 대답해줘. 알았지?"

"하, 하지만…… 처음에는 자초지종을 이야기하지 않는 편이 좋다고…… 같이 모험을 하며 이런저런 일을 겪은 끝에, 자연스럽게 깨닫게 하는 편이 나을 거라던데……."

"됐으니까 빨리 이야기해! 짜증나게 만들지 좀 말라고! …… 엄마, 적당히 좀 해. 안 그러면……."

"아, 안 그러면……?"

"확 부모자식 간의 인연을 끊어버릴 거야!"

홧김에 한 말이다. 짜증이 난 바람에 무심코 입에 담은 말이다.

무심코 한 그 말은 그대로 입 밖으로 튀어나오더니…… 마마코에게 정통으로 꽂힌 순간, 그녀의 얼굴에서 표정이 사라졌다. 「……앗…… 아냐……. 방금 그 말은……」마사토는 곧 자신이 실언을 했다는 것을 깨달았지만, 한발 늦었다.

망연자실한 표정을 짓고 있던 마마코의 눈가에 맺힌 이슬이 방울져서 떨어지기 시작했다.

어머니는, 울면서, 자신의 아들을 지그시 응시했다.

"……미안해. 이 엄마는 말이지. 뭘 어떻게 설명하면 좋을지, 모르겠어. 시라세 씨한테도 나름 사정이 있는 것 같으니까, 어디까지 이야기하면 좋을지 정말 몰라."

"아, 으, 응. 알았어. 사정이 있다면, 그걸로……."

"하지만, 이 말만은 꼭 해둘게. 이 엄마는 마 군을 속이거나, 마 군을 상처 입힐 생각은 추호도 없어. 그것만은 믿어줘."

"응. 알았어……."

"이 엄마는 말이지. 마 군과 가까워지고 싶을 뿐이야. 마 군과 함께 모험하고, 실컷 이야기를 나누고, 함께 노력하면서, 사이좋은 모자지간이 되고 싶다는 생각을 하고 있을 뿐이란다. 그러니까…… 훌쩍…… 그러니까 말이야."

"알았어, 알았다고! 진짜로 알았어! 제대로 이해했다고!"

"그러니까, 부탁이야……."

"으, 응……."

"인연을 끊겠다, 같은 가슴 아픈 말은 하지 마……. 방금 그 말은 이 엄마가 태어나서 지금까지 들은 말 중에서, 가장 괴로운 말이었어. 가장 슬픈 말이었단다."

마마코의 눈에서 하염없이 눈물이 흘러내렸다. 안타까움으

로 가득 찬 이슬이 방울져 떨어졌다.

마사토는 사고를 치고 말았다…….

자신이 부모님을 울리고 말았다. 자신 때문에 슬픔에 젖은 부모님이 눈앞에서 울고 있다.

자신에게 이보다 더 큰 고통을 안겨주는 일은 없을 것이다.

'……내가 대체 무슨 짓을 저지른 거야아아아…….'

감정에 근거한 이야기가 아니다. 부모에게서 태어난 아이이 자 부모에게서 생명을 받은 존재는, 부모가 항상 웃으며 활기차게 지내줬으면 한다는 소망을 은연중에 품고 있다. 부모를 슬프게 만든다면 영혼 그 자체가 뒤흔들리고 만다. 견디는 것은 무리다. 눈을 돌리는 것도 무리인 것이다.

마사토는 순식간에 무릎을 꿇더니 이마가 투기장 바닥에 닿을 정도로 고개를 숙였다.

"엄마, 미안해! 방금 그건 말실수였어! 인연을 끊을 생각은 추호도 없어! 무심코 입을 잘못 놀렸을 뿐이야! 그딴 짓을 할 생각은 눈곱만큼도 없어! 그러니까……!"

부디 용서해줬으면 한다. 울지 않으면 한다. 마사토가 필사적인 어조로 그렇게 말하려던 순간…….

마사토는 자신의 머리를 헝클어뜨리는 손길을 느꼈다. 마마코가 상냥하기 그지없는 손길로, 「정말 너무하다니깐」 하고 말하듯 마사토의 머리를 헝클어뜨렸다.

"……어, 엄마?"

"이 엄마는 말이지. 엄마를 배려해주는 상냥한 마 군을 정말 사랑한단다."

"으, 응……. 이상한 소리를 해서 정말 미안해."

"이제 괜찮아. ……자, 이제 고개를 들어."

"으, 응. ……그럼……."

고개를 들자, 눈가에 눈물자국이 남아있는 어머니의 얼굴이 눈에 들어왔다. 마사토는 그런 어머니의 얼굴을 똑바로 쳐다볼 수가 없었기에 고개를 돌리려 했지만, 「차암. 남과 대화를 나눌 때는 상대방의 얼굴을 똑바로 쳐다봐야 하잖니」, 「아, 알았어」 어쩔 수 없이 다시 어머니를 쳐다보자…….

마마코는 동료가 되고 싶어 하는 듯한 표정으로 마사토를 응시하고 있었다.

"큭…… 엄마가 이런 표정으로 나를 쳐다보는 날이 찾아올 거라고는 생각도 못했어……."

"정말. 이쪽을 보렴. 그리고 이 엄마의 말에 귀를 기울여줘."

"으, 응……."

"엄마는 마 군과 함께 모험이 하고 싶어. 엄마를 마 군의 동료로 삼아주겠니?"

어머니를 동료로 삼겠습니까?

망설일 필요는 없다. 선택지는 하나 뿐인 거나 다름없으니까 말이다.

"……뭐, 좋아. 엄마의 화력이라면 엄청 도움이 될 거야. 동료로 삼아줄 수도 있다고나 할까…… 으음, 아무튼…… 같이 다니자고."

"응. 그렇게 할게. 앞으로 잘 부탁해, 마 군."

"뭐, 뭐어…… 나야말로 잘 부탁해, 엄마."

마마코를 동료로 삼았다.

"하지만 마 군. 이 말만은 해둘게."

"응? 뭔데?"

"이 엄마는 말이지. 불은 못 뿜어. 가스레인지가 아니거든."

"어머니, 제가 말한 화력이 그런 게 아니라는 걸 대체 몇 번을 말해야 이해해 주실 건가요?!"

어쩌면 앞으로 시작될 모험의 가장 위협적인 강적은, 어머니의 이해력이 아닐까……. 그런 무시무시한 예감이 마사토를 엄습했다.

제2장
동료가 전부 여자애인 건 우연이야. 오해하지 마. 히죽거리면서 이쪽을 쳐다보지 말라고.

튜토리얼을 마치고, 드디어 본격적인 여행을 시작할 때가 되었다.

전송 궁전에서 빠져나온 마사토와 마마코는 하늘에 떠있는 섬으로 연결된 마지막 다리를 건너면서, 종착점이자 출발점인 조그마한 섬으로 이동했다.

그리고 지면에 그려진 마법진 위에 선 두 사람은 전송이 될 때까지 기다렸다.

"여기서 전송되는 게 맞지?"

"응, 그렇단다. 가이드북에서 그렇게 쓰여 있었어. ……아, 하지만…… 안전 확인을 위해 조금 시간이 걸린다니까, 기다리는 동안에 기본적인 상황을 확인해두래. 자제분도 같이 하라고 적혀 있었어. 자, 보렴."

꼬옥꼬옥.

"아, 알았으니까 너무 들러붙지 마. 좀 떨어지라고."

마사토는 찰싹 달라붙은 마마코를 살며시 밀어낸 후, 가이드북에 적힌 내용을 훑어보았다.

마사토 일행이 전송된 온라인게임 『MMMMMORPG(가제)』.

그 게임은 내각부가 관리하는 메인 서버를 기점으로 47개의 광역 자치 단체가 관리하며 독자적으로 전개 하고 있는 지방 서버를 연결해, 다양하면서도 광대한 세계를 편성할 계획이라고 한다.

하지만 아직 테스트 플레이를 통해 데이터를 한창 수집하는 베타판 단계이기 때문에, 도쿄 서버만이 가동되고 있었다.

"서버가 완전 풍년이잖아…… 어마어마한 규모네……."

"풍년? ……풍년…… 풍년…… 저기, 마 군. 풍년이라는 말이 어디 적혀 있는 거니? 이 엄마의 눈에는 보이지 않네"

"아~ 서버가 많아서 풍년이라고 말한 것뿐이야."

"어머, 그러니? 서버가 많은 것도 풍년이라고 표현하는구나……. 응, 흉년보다는 풍년이 좋을 거야. 배고프면 게임을 할 힘도 없을 거잖니."

"아니, 그런 게 아니라…… 하아, 됐어……. 하나하나 다 설명하다간 입만 아플 거야."

그런 것보다 개요 체크가 우선이다. 마사토는 가이드북을 계속 확인했다.

현재 가동 중인 도쿄 서버는 왕도 판타지를 테마로 한 세계가 구축되어 있다. 유럽이 모티프가 되었으며, 지금도 중세 느낌이 진하게 남아있는 지중해 연안의 풍경을 베이스로 삼아서 형성된 것 같았다.

참고로 현실세계와 게임 세계의 시간 흐름은 동일하다고 한다. 마사토 일행이 전송된 게 점심 즈음이었으니까…… 바로 그때였다.

"아, 드디어 전송되는구나."

갑자기 발치에 있던 마법진이 맹렬한 빛을 뿜으면서 마사토 일행을 감쌌다. 그 눈부신 빛이 사라지자…….

오후의 햇살이 쏟아지고, 기분 좋은 바닷바람이 불고 있는, 돌층계와 새하얀 벽으로 이뤄진 마을이 눈앞에 펼쳐졌다.

마마코가 그 광경을 보자마자 한 말은…….

"어머나! 해외 같아!"

"해외…… 뭐, 엄마한테 이런 게 판타지나 이세계의 풍경이라고 말해봤자 이해를 못할 테지만……. 뭐, 그럼 일단 가보자."

첫 번째 세계, 스타트 지점의 이름은 『카산 왕국』.

마법진이 그려진 전송 포인트에서 벗어난 두 사람이 견고해 보이는 문을 지나자, 새하얀 왕성을 중심으로 존재하는 마을이 눈앞에 펼쳐졌다. 이곳이 바로 카산 왕국의 수도다.

하얀색 흙벽과 벽돌로 된 건물은 평온한 느낌을 자아냈고, 대지의 정취를 깊이 있게 자아내고 있었다. 길을 오가는 마차 소리 또한 느긋했다. 이곳에 눌러앉았다간 모험을 떠나는 게 귀찮아질 것만 같았다. 그런 여유로운 마을 풍경이 끝없이 이어지고…….

"어머?! 저쪽 대로에 가게가 즐비하게 있네! 보러 가자!"

휘익!

"아, 우선 지리를 파악하기 위해 마을을 한 바퀴…… 어, 이미 돌격했잖아!? 이게 엄마, 아니, 여성 캐릭터 특유의 민첩성인가?!"

마마코는 상점을 고속으로 돌아보는 스킬【윈도우 쇼핑 스피릿】을 습득했다.

아, 농담이다. 그런 스킬은 존재하지 않습니다.

다른 대로에 가보니 그곳은 활기와 시끌벅적함으로 가득 찬 공간이었다. 발을 들인 순간, 줄지어 있는 가게에서 손님의 발길을 잡으려는 힘찬 목소리가 터져 나왔다.

"거기 가는 아가씨! 특이한 옷을 입고 있네. 다른 나라에서 온 여행자야? 그럼 우리 가게의 상품을 좀 보고 가. 아가씨는 예쁘니까 싸게 줄게!"

"어머나, 아가씨라뇨. 저는 이렇게 다 큰 아들도 있답니다."

"그런 쓸데없는 소리는 할 필요 없어. 정말…… 뭐, 안녕하세요."

"뭐? 옆에 있는 애가 아들? ……애 딸린 사모님?"

"아, 그래도 지금은 모자지간이자 동료예요. 저는 아들의 동료가 됐거든요. 멋지죠?"

"모자지간이자 동료? ……으음……?"

"괜한 소리는 하지 말라고! 가게 사람이 듣고 질려버렸잖아! 자, 전진! 앞으로 가~!"

"응~."

인연을 끊는다는 소리를 한 탓에 아직 미안한 마음이 남아 있던 마사토는 속죄 삼아 마마코의 짐을 대신 어깨에 짊어졌다. 그리고 말을 거는 가게 사람들에게 번번이 인사를 건네는 어머니의 등을 밀며 걸음을 옮겼다.

두 사람은 외국의 노점상 마켓을 산책하고 있는 여행자 가족 같아 보이지만, 이곳이 단순히 여행 삼아 방문할 수 있는 장소가 아니라는 것은 한눈에 알 수 있었다.

"여기는 역시 판타지 스타일 RPG 안이구나……."

주위를 둘러보니, 검과 창을 파는 가게가 있었다. 방패와 갑옷을 파는 가게도 있으며, 그것들을 장비한 전사 같은 사람들이 당연한 듯이 눈앞을 지나가고 있었다. 마법사 같은 복장을 한 소녀들이 짤막한 로브의 끝자락을 휘날리며 자신의 옆을 지나가기도 했다.

'진짜로 판타지 세계야……. 끝내주네……. 나, 진짜로 게임 안에 들어왔구나…….'

이제 와서 그걸 실감한 마사토는 무심코 히죽거렸다.

마마코는 그런 아들을 곁눈질로 체크했다.

"마 군도 참. 여자애의 엉덩이를 쳐다보며 히죽거리면 안 돼. 그러니까 변태 같잖니."

"아냐! 그런 이유로 기뻐하는 게 아니라고!"

"우후후. 농담이란다. 마 군이 지금 어떤 심정인지 이 엄마는 훤히 알고 있거든. 모자지간이잖니. 이심전심이야~."

"호오~? 그럼 맞춰봐."

"마 군은 지금…… 엄마와 함께 산책을 해서 기쁜 거야!" 에헴!

마마코는 만면에 미소를 지으면서 자신만만한 목소리로 그렇게 말했지만…….

마사토는 코웃음을 칠 수밖에 없었다. 이 사람, 대체 뭐라는 거야. 영문을 모르겠네.

"말도 안 돼~. 엄마와 같이 걸어 다녀서 기뻐한다고? 완전 말도 안 되는 소리네~. 엄마는 사춘기 남자애의 마음을 몰라도 너무 몰라~. 하아, 완전 최악이네~. 어머니 실격이라고."

"방금 그 말은 이 엄마가 태어나서 지금까지 들은 말 중에서, 두 번째로 괴로운 말이야……." 훌쩍훌쩍.

"그, 그런 소리 하지 마! 내가 잘못했어! 사과할게!"

마사토는 반사적으로 넙죽 엎드리며 고개를 조아렸다. 그리고 죄송합니다 자세로 어머니의 표정을 살펴보니…….

마마코는 즐거운 듯이 웃고 있었다. 어마어마하게 젊어 보이는 어머니의 얼굴에는 미소가 어려 있었다.

"우후후, 효과 한 번 끝내주는걸. 그럼 이 말은 엄마 마법으로 삼을까?"

"아들 용사에게만 통하는 정신 쇄약 마법…… 악질적이네……"

마사토가 아까 받았던 충격에서 벗어나는 데는 좀 더 시간이 걸릴 것 같았다. 아무튼…….

"그건 그렇고, 우리는 이제 어디에 가면 되는 걸까? 아까부터 계속 걷고 있기는 한데 말이야."

"우후후. 이 엄마만 믿으렴. 이 엄마가 리드해줄게."

"리드…… 엄마는 이런 게임에 대해 하나도 아는 게 없잖아?"

"그렇기는 하지만 걱정할 필요 없어. 이게 있거든."

마마코는 가이드북을 자랑스레 보여줬다. 오호라. 그게 있으니 일단 안심해도 될 것이다.

"이 엄마와 마 군은 모험을 할 준비를 해야만 해. 그러니까 우선……."

"동료부터 모집해야겠네. 내 말 맞지?"

"응. 정답이야. 가이드북에도 우선 동료를 모으라고 적혀 있었어. 그러니까…… 자, 도착~. 여기랍니다~."

앞장을 서던 마마코가 짜잔~ 하고 소개한 곳은 상업구 한편에 존재하는 건물이었다.

언뜻 보기에는 카페테라스가 있는 찻집 같지만, 무기와 방어구를 갖춘 우락부락한 체격의 사람들이 드나드는 걸 보면 즐겁게 차나 마시는 장소는 아닌 것 같았다. 테라스에 있는 모험가들은 값을 매기는 듯한 눈길로 마사토와 마마코를 노려보면서 공격적인 환영 무드를 자아내고 있었다.

건물에 걸린 간판에는 【모험가 길드】라고 적혀 있었다. 그것만 봐도 어떤 곳인지 짐작이 됐다.

"만만함과는 거리가 멀다고 주장하고 있는 듯한 곳이군……. 훗, 바라는 바야."

"어머나. 평소에는 『그래』, 『됐어』 같은 말만 하던 마 군이 이렇게 멋들어진 소리도 할 줄 아는구나……. 아들의 새로운 일면을 발견했어."

"시, 시끄러워! 아들의 코멘트를 멋대로 평가하지 마! ……하아, 힘드네……."

"우후후. 미안해. 그럼 마 군. 내 검을 꺼내주겠니?"

"뭐? 아, 응, 알았어……."

뭘 하려는 건지는 모르겠지만 일단 보스턴백에 꽂혀 있던 바다의 성검 알투라를 건네주자…….

"에잇!"

마마코는 길드 건물을 향해 검을 휘둘렀다. 마마코가 공격을 날린 것이다. 「……어?」 진한 푸른색을 띤 검이 가르고 지나간 궤적에서 물이 넘쳐 나오더니 「잠깐……」 물방울을 이루면서 「이봐?!」 일제히 발사됐다.

콰콰콰콰콰콰쾅! 하면서 물방울로 된 탄환이 고속으로 길드 건물에 꽂혔다. 격렬한 파괴음이 연이어 울려 퍼지더니 구멍투성이가 된 기둥과 벽이 무너졌다. 모험가들의 비명은 난사가 끝난 후에야 들려왔다.

망연자실한 표정을 짓고 있던 마사토는 그 비명소리가 들린 후에야 정신을 차렸다.

"……저기, 엄마…… 뭐하는 거야……?"

"얕보이면 안 되니까 처음에는 화끈하게 나가라고 가이드북에……."

"화끈하게의 의미가 틀렸다고……. 이거 완전 큰일 났네……."

길드 건물의 전면부는 반파되었다. 하지만 그것보다 더 문제인 것은 테라스 쪽에 앉아있던 모험가들의 안부다. 마마코의 공격에 의해 누군가가 피해를 입었다면…….

'PK 혹은 PK미수로…… 페널티를 받게 되는 거 아냐?'

PK― 플레이어 킬. 플레이어 캐릭터를 죽이는 것을 가리키는 말이다. 그런 짓을 범한 자에게는 그에 상응하는 벌이 내려진다. 그냥 사과하고 넘어갈 일이 아닌 것이다.

마사토가 얼굴이 새하얗게 질린 채로 서있을 때, 건물 쪽에서 움직임이 있었다. 박살이 난 문을 넘어서면서 누군가가 이쪽으로 다가오고 있었다.

상대는 아무래도 여성 같았으며 사무원으로 보이는 복장을 하고 있었다. 긴 흑발과 냉철해 보이는 인상을 지녔을 뿐만 아니라⋯⋯.

이마에서는 피가 흘러나오고 있는 이 사람은⋯⋯.

"여행자 여러분, 모험가 길드에 와주셔서 감사합니다. 저는 이 길드의 직원인 시라라세라는 점을 알려드립니다. 함께 여행을 할 동료를 찾고 계시다면, 이쪽으로 오시죠."

자신의 이름이 시라라세라고 밝힌 이 인물은 이마에서 피가 줄줄 흘러나오는데도 공손한 태도로 두 사람을 안내했다.

반파된 접수 카운터에 앉아있는 그 사람은⋯⋯.

"저기, 시라세 씨⋯⋯."

"제가 이 길드의 접수처를 담당하고 있는 직원인 시라라세라는 건 아까 알려드렸을 텐데요? 납득이 안 되신다면, 아드님이 절대 어머님에게 보여주고 싶지 않을 물건을 엄선해서 전달해드릴 수도 있습니다만?" 힐끔?

"시라라세 씨와는 오늘 처음 만난 게 틀림없어요! 만나서 반가워요! 헬로~!"

반파된 접수 카운터에 있는 이 여성의 이름은 시라라세다. 시라세와 닮았다고나 할까, 시라세 본인이 틀림없어 보이지만 그래도 시라라세다.

"그럼 다시 인사를 나누기로 할까요. 모험가 길드에 어서 오세요." 힐끔.

"앞으로 신세 좀 질게요. 그런데, 저기…… 괜찮으세요? 아까부터 계속 피가 흘러나오고 있는데……."

"걱정 마시길. 어디까지나 연출이니까요. ……그리고 저는 PC 혹은 NPC가 아니라 오브젝트입니다. 즉, PK 페널티도 발생하지 않죠. 건물 오브젝트가 파괴된 것 또한 버그이니, 안심해도 됩니다."

"그, 그런가요. 휴우, 다행이네요~. ……잘됐네, 엄마."

"어? 으, 응, 그래. 그러니까 오브제 시합에서 NEC의 PC가 PK전으로 승리했다, 같은 거구나."

"그래. 일단 그렇게 생각하도록 해. 아무튼 엄청난 쾌거야."

오브젝트는 간단히 말해 캐릭터가 아니라 물체이며, PC는 플레이어 캐릭터, 그리고 NPC는 플레이어가 아닌 캐릭터다, 같은 설명은 나중에 마마코에게 따로 해주기로 하고…….

"그럼 해당 길드에 등록되어 있는 모험가를 소개하겠습니다. 자, 보시죠."

시라라세는 그렇게 말하면서 서류를 내밀었다. 양피지 느낌의 두꺼운 종이 다발이었으며, 얼추 봐도 100장이 넘어 보였다.

"이, 이렇게 많나요……?"

"이것도 10분의 1 정도입니다. 기본적으로 파티에 인원 제한이 없으니 마음껏 동료를 골라서 모을 수 있도록, 운영 측의 캐릭터 팀이 죽을힘을 다해 제작했죠. 앞으로도 계속 늘어날 예정입니다."

"맙소사……. 으음, 그럼 동료는 전원이 NPC인 건가요?"

"그 중에는 테스트 플레이어도 포함되어 있습니다. 하지만 극소수이니 비율로 본다면 상당히 레어하다고 할 수 있죠."

"가챠 운을 시험받는 듯한 전개네요……."

"건물 1층은 현재 복구 중입니다. 열람은 2층의 방에서 해 주시길. 나중에 추가 서류를 가지고 갈 테니, 방에서 편안히 휴식을 취하십시오."

총기 난사 현장을 연상케 하는 길드 1층과 다르게 무사한 2층의 안쪽에 있는 방으로 향한 마사토는 테이블에 서류를 내려둔 후, 마마코와 마주보며 앉았다.

마사토는 기분 좋은 긴장감을 가라앉히려는 듯이 창문을 통해 흘러들어오는 시원한 바람을 맞으며 심호흡을 한 후, 동료 선정을 시작했다.

"좋아. 이제 내가 나설 차례네. MMORPG 경험자인 내가 최적의 동료를 선발하겠어. 엄마, 그래도 되지?"

"물론이란다. 마 군이 어떤 애를 고를지 정말 기대돼. 멋진 여자애를 찾아내렴."

"왜, 왜 여자애를 고를 걸 전제로 이야기하는 건데……."

"당연하잖니? 앞으로 함께 생활하며, 함께 수많은 경험을 하고, 함께 성장해나갈 동료를 고르는 거니까 말이야. 그건 연애 혹은 결혼 상대를 찾는 거나 다름없다고 생각한단다."

"으…… 틀린 말은 아니라고 생각하지만……. 그래도 어디까지나 동료를 뽑으려는 것뿐이라고."

얼굴이나 체형 같은 면에서는 선택하는 사람의 취향이 반영되겠지만 말이다. 아무튼…….

마사토는 서류를 살펴보았다. 서류에는 모험가의 이름과 직업, 각 스테이터스, 그리고 사실적으로 그려진 인물화가 실려 있었다.

"주된 판단 기준은 전투에서의 편성이겠지……. 현재 우리 파티에는 물리 대미지 딜러가 두 명 있으니까…… 우선 탱커와 힐러를 한 명씩 뽑아야겠지. 마법 대미지 딜러 한 명과 보조 타입도 있으면 좋을 거야……. 아~ 하지만 생산 직업도 있지……. 아이템 생산을 할 수 있는 사람도 한 명 정도 동료로 삼고 싶은데……. 일단 일곱 명 정도 뽑을 생각으로 찾아볼까……."

직업을 기준으로 삼고, 외모와 체형을 참고할 뿐만 아니라 자신의 취향도 적당히 고려하면서, 마사토는 적당한 인재를 뽑았다.

"오, 얘가 괜찮겠네."

동료 후보 1. 이름은 『루셰라』. 16세. 직업은 중기병(重騎

兵). 동료를 대신해 적의 공격을 받아주는 탱커지만, 자신의 입은 대미지 중 일부가 공격력에 가산되는 스킬을 가졌기 때문에 여차할 때는 공격에도 참가할 수 있다.

인물화도 괜찮았다. 강철 갑옷을 걸친 가녀린 체구, 튼튼한 방패를 움켜쥔 가느다란 손가락, 강한 의지가 숨어있는 늠름한 얼굴……. 꽤 고지식해 보이는 인상이지만, 저 딱딱한 껍질을 부순다면 귀여운 일면이 튀어나올 것 같으니 반전 매력도 기대할 수 있을 듯한 인재다.

"다음은…… 오오, 엘프 발견!"

동료 후보 2. 이름은 『사리테』. 19세(인간 기준 환산 시). 직업은 신관. 회복 마법 전문가. 언데드 타입의 정화도 가능.

연둣빛 로브를 걸치고, 신성한 거목을 모티프로 한 펜던트에 손을 살며시 대고 있는 그런 기품 있는 누님을 그림으로 그려놓은 듯한…… 아, 물론 그림을 보고 있지만 어디까지나 은유적인 표현으로 여겨줬으면 한다. 아무튼 부드러운 미소를 머금고 있는 미녀 엘프다.

"좋아, 좋아. 하나같이 마음에 드는걸. 다음은…… 오, 말괄량이 같은 아가씨 발견!"

동료 후보 3. 이름은 『트리노』. 14세. 직업은 도둑. 선제공격 및 파티의 속도 향상 등의 보조 스킬 보유. 또한 자물쇠 따기 스킬도 소유.

탱크톱에 반바지 착용. 장비가 전체적으로 가벼워 보이며, 노출 또한 상당한 수준. 저런 차림으로 함부로 움직이면 중요

부위가 언뜻언뜻 보일지도 모른다. 동료로 삼는다면 시선 관리에 신경 써야 할지도 모르겠다.

"좋았어. 얼마든지 보여 달라고. 살색 대환영~. ……뭐, 이 정도면 되겠지."

마사토는 자신이 고른 세 사람의 서류를 테이블 위에 놓아둔 후, 다시 체크해봤다. 파티의 방어 담당, 회복 담당, 그리고 보조 담당. 전투에 있어 필수 멤버가 얼추 갖춰진 듯한 느낌이 들었다.

"좋아, 결정했어. ……엄마, 우선 이 세 사람을 동료로 삼을 거니까 일단 체크 좀 해봐."

"어머나, 하나같이 귀여운 여자애들이구나. 전부 마 군의 취향인 거니?"

"그런 걸 체크하라는 게 아냐! 우연히 그렇게 된 거라고! 우연이란 말이야!"

"우후후. 그런 걸로 해둘게."

멋대로 납득한 마마코는 가볍게 손뼉을 치며 이렇게 말했다.

"그럼 다음은 엄마 면접이네."

"……뭐?"

엄마 면접. 마마코는 분명 그렇게 말했다.

"엄마가 면접을 보겠다는 거야. 상대는 마 군의 애인이 될지도 모르는 애들이니까, 이 엄마로서는 제대로 인사를 해두고 싶단다. 어떤 애인지도 알고 싶네."

"저, 저기! 내가 고른 건 애인 후보가 아니라! 어디까지나 동료라고!"

"그럼 모험 도중에 가까워져서, 연인 사이가 될 가능성은 없는 거니?"

"윽…… 그, 그건, 저기……."

없지는 않다고나 할까, 솔직히 좀 기대하고 있기는 하지만 그렇다고 솔직하게 말할 수는 없었다.

"그, 그런 게 아니라! 누군가를 동료로 삼으려면 엄마에게 체크를 받아야 한다니, 말도 안……!"

"재미있을 것 같으니, 어머님 체크 제도를 채용했다는 사실을 알려드립니다."

"뭐어?!"

추가 서류와 ○×팻말을 손에 쥔 시라라세 씨가 느닷없이 방 안으로 들어오더니…….

느닷없이 엄마 면접이 개최되게 됐다.

면접을 위해 실내를 약간 꾸며봤다. 면접관인 마마코와 참관인인 마사토가 나란히 앉았고, 테이블 맞은편에는 면접자를 위한 의자가 준비됐다. 그리고 면접이 시작됐다.

"이건 엄마 면접이니까, 이 엄마가 질문을 할게. 이 엄마만 믿으렴."

"아, 알았어. 그럼 공정한 심사를 부탁해. ……첫 번째 분, 들어오세요."

내가 그렇게 말하자, 동료 후보 1번이자 외모와 목소리가 똑 부러지는 중기병, 루셰라가 방 안으로 들어왔다.

"잘 부탁드립니다!"

"잘 부탁해. 그럼 우선 취미가 뭔지 알려주겠니?"

"제 취미는 적에게 공격을 실컷 당한 후에, 그 고통을 곱절로 갚아주는 것입니다!"

"정신적으로 배배 꼬인 취미를 가지고 있네. ……그럼 자주 가는 장소를 가르쳐줄래?"

"저보다 약한 졸개 몬스터가 단독으로 출현하는 필드에 자주 가는 편입니다!"

"남을 괴롭히는 걸 좋아하는 것 같구나. ……그럼 마지막으로, 인생 설계에 대해 말해주겠니? 장래에 어떻게 되고 싶은지 생각해본 적은 있어?"

"공격을 튕겨내 상대방에게 대미지를 입히는 스킬을 습득해서, 적을 자멸시키고 싶습니다!"

"정말 악랄 그 자체네……. 이 정도면 됐어. 그럼 내 판정은……."

마마코는 옅은 미소를 머금은 채…….

×팻말을 들었다. 땡~. 실격.

"솔직하게 말하자면, 이 사람은 인간성에 문제가 있다고 생각해."

"탱커로서는 꽤 지당한 소리를 했을 뿐이거든?!"

설령 그렇더라도 엄마 면접에서는 유감스럽게도 실격이다.

그럼 다음 분.

　동료 후보 2번이자, 차분한 미소를 머금고 있는 미녀 엘프 신관 사리테.

　"잘 부탁해. 그럼 사리테 양의 취미를 말해줄래? 평소에 뭘 하면서 지내니?"

　"저는 매일같이 제가 모시는 신에게 기도를 드립니다. 하루 삼백 번 정도 드리죠."

　"하루에 여섯 시간 잔다고 치면, 4분에 한 번씩 기도를 드려도 시간이 부족하겠네. ……그럼, 자주 가는 장소가 있어?"

　"각지의 숲에 있는 교회에 가서 기도를 드리고 있습니다. 하루에 스무 곳 정도의 교회에 들르는 편이죠."

　"시간적으로 교회에 틀어박혀 있다고 생각해야겠는걸. …… 그럼 장래의 꿈을 말해주겠니?"

　"모든 사람들과 함께 위대한 신의 곁에 갈 수 있도록 기도를 드리고 있답니다."

　"항상 기도만 드리네. 정말 수고가 많구나."

　상냥한 미소를 머금고 있는 마마코의 판정은?

　×팻말이다. 땡~. 실격.

　"어, 엄마?! 왜 실격인 건데?! 상대는 엘프에, 신관인데……!"

　"바로 그게 문제란다. 종교의 자유를 부정할 생각은 없지만…… 동료가 된 후에 「이 근처에 들르고 싶은 곳이 있는데,

같이 가지 않겠어요?」 같은 말을 들으면 좀 그렇거든……. 이 엄마는 그런 걸 잘 거절하지 못한단다."

"윽……. 그, 그런 점이 문제라는 의견에는 동의하지만……."

무종교인 사람이 대하기는 힘든 사람이기에 유감스럽게도 실격이다. 그럼 다음 분.

동료 후보 3번, 몸과 목소리에서 기운이 넘치는 말괄량이 도적 트리노.

"예이~! 잘 부탁해요!"

"그럼 취미를……."

"취미는 『강도질』이야! 한 대 쥐어 팬 후에 아이템을 훔치는 거지! 엄청 즐거워!"

"자주 가는 장소는……."

"도난품 매입 센터! 수수료를 엄청 떼이기는 하지만, 뭐든 다 매입해주거든!"

"장래설계는……."

"언젠가 왕성의 보물고를 터는 거야! 모든 시프의 꿈이거든! 꺄하하!"

"그렇군요. 알았어요. 실격이에요."

마마코는 금세 결론을 내리면서 재빨리 ×팻말을 들었다.

"그럼 저와 함께 경찰서에 가죠." 덥석.

"어어어어어어엇?! 왜 내 팔을 움켜잡는 건데?! 그리고 힘한 번 되게 세네?!"

마마코는 트리노를 경찰서로 연행하려 했다. 어머니는 나쁜 애를 봤을 때 무궁무진한 힘을 발휘하는 법이다.

"어, 엄마! 진정해! 시프는 원래 그런 애들이야! 도적이지만, 게임 안에서는 일반적인 직업이라고! 이건 게임이란 말이야!"

"게임이라고 해도 해선 안 되는 일은 있잖니? 이 엄마는 말이지. 그런 건 철저하게 해야 한다고 생각한단다."

"그건 맞는 말이지만, 그렇지 않다고! 일단 내 말 좀 들어봐!"

그 후, 마마코를 설득하는데 30분이나 걸렸다.

그런 식으로…….

"큭, 전원이 불합격이라니……."

"좀 더 마음을 터놓고 대할 수 있는 직업인 사람이 좋을 것 같구나. 예를 들자면…… 아, 그래! 경찰관이나, 군인 같은 사람들을 동료로 삼는 건 어떨까?!"

"판타지 스타일 RPG에 그런 직업은 없어! 제발 부탁이니까 이게 게임이라는 걸 이해하라고! ……아아, 정말! 그럼 다른 멤버를 골라볼 테니까 잠시만 기다려!"

마마코의 판단기준으로는 그 누구도 합격할 수 없을 것 같지만…… 그래도 마사토는 열심히 서류 심사에 힘썼다.

시라라세가 추가로 가져다준 서류를 넘기다 보니…… 아.

"……응? 이 녀석은……."

마사토는 손을 멈췄다. 그리고 손에 쥔 서류를 뚫어져라 쳐다보았다.

기재된 모험가 명칭은 『와이즈』. 여자, 15세. 직업은 현자. 공격마법의 총칭인 흑마법과 회복 및 보조마법의 총칭인 백마법, 양쪽의 마법을 자유자재로 사용할 수 있는 상급 직업이다.

진홍색 쇼트재킷과 스커트의 그 소녀는 자신만만한 표정으로 이쪽을 응시하고 있었다. 어디까지나 인물화지만 말이다.

"능력적으로는 꽤 괜찮네……. 마법 공격과 회복 및 보조, 다방면에서 활약할 수 있을 것 같아."

"어머나, 대단하네. 정말 우수한 아이구나. 괜찮은걸."

마마코가 옆에서 서류를 보더니, 한눈에 마음에 든 눈치였다.

"으음…… 엄마는 마법사라는 직업에 나쁜 감정이 없는 거야?"

"물론이지. 이 엄마는 말이야. 어릴 적에 마법사가 되고 싶었단다. 당시에 어린 여자 마법사가 활약을 하는 애니메이션을 했거든. 이 엄마도 그 애니메이션에 푹 빠졌었어."

"그랬구나~. 그거 다행이네. 그럼 마법사는 동료로 삼아도 되겠네……라고 말하고 싶지만…… 응?"

마사토의 눈길은 어떤 부분을 놓치지 않았다.

"이 애, 비고란에 뭔가를 적어놨네……【나를 뽑지 않았다 간 즉사마법을 연속마법으로 날릴 거야!】라고 적혀 있어. 우와~. 이 애, 머리가 나쁜 것 같아."

"그런 소리를 하면 안 돼. 현자는 마법을 두 종류나 쓸 수 있는 대단한 직업이잖니. 얼굴도 귀엽구나. 아마 분명 멋진 애일 거야."

"뭐? ……아~ 확실히 외모는 꽤 귀여운 편이라고 생각하지만……."

"마 군의 취향은 아닌 거니?"

"그런 게 아니라…… 나는 이 애의 눈이 마음에 안 들어."

인물화에 그려진 그녀의 눈, 크고 뾰족하며 눈초리가 치켜 올라간 저 눈…… 마치 상대방을 노려보는 듯한 저 눈이 마음에 들지 않았다.

"이런 눈을 가진 애는 동료로 삼으면 안 돼. 성격에 문제가 많을 거야. 거만한 눈빛으로 잘난 척만 해대는 타입이 틀림없어."

"으음~ 확실히 꽤 드센 말괄량이일지도 모르지만…… 실제로 사귀어보면 의외로 괜찮은 아이일지도 몰라."

"그럴 리가 없어. 이 애는 절대 그런 타입이 아냐. 이 애는 현자인데도 뇌가 안쓰러운 타입이 틀림없어. 막무가내로 마법을 쏴대서 동료와 건물과 지형을 쓸어버린 후 깔깔 웃어대는, 흔히 『드래곤도 피해서 돌아가는』 타입이라고. 용사인 내 감이 그렇게 말하고 있어."

"으음…… 마 군이 단언하는 걸 보면 진짜로 그럴지도 모르겠는걸……."

"내 말이 맞아. 그러니까 이 애는 패스하자. 자, 바이바이. 와이즈, 수고했어~."

마사토는 와이즈의 서류를 손으로 구겨서 공처럼 만든 후, 던져버렸다.

그 서류가 바닥에 떨어진 순간 「아얏?!」 하는 목소리가 들린 듯한 느낌이 들었지만 아마 기분 탓일 것이다. 그런 소리가 들렸을 리가 없다. 있을 수 없는 일이다.

"자, 그럼 다음은…… 오오, 드디어 생산 직업 발견~."

동료 후보 4번, 이름은 『포타』. 12세. 직업은 여행상인. 아이템 생산과 감정, 각종 가게에서의 가격 할인 등, 매우 도움이 될 듯한 서포트 능력을 가지고 있었다.

인물화를 보니, 부드러운 인상의 귀여운 여자애였다. 동그란 눈동자로 정면을 응시하고 있는 그 얼굴은 앳된 순수함으로 가득 차 있었다. 정말 멋진 애 같았다.

"흐음, 나쁘지 않아……. 충실한 서포트 스킬, 그리고 여동생 같은 존재감…… 내가 성심성의를 다해 키워주고 싶을 정도의 소재야."

"어머나, 귀여운 애네. 그럼 이번에는 이 애한테 엄마 면접을 해볼까?"

"역시 하는구나……."

또 엄마 면접을 하게 됐다.

열두 살 여자애가 마사토 일행 앞에 나타났다.

이름은 『포타』. 직업은 여행상인.

여행상인이란 한곳에 정착해 가게를 차려서 장사를 하는 게 아니라, 세계 각지를 여행하면서 던전과 물속, 하늘 등 다양한 장소에 출현해 아이템 매매를 하는 자들이다. 트레이드

마크는 큼직한 숄더백이다.

포타는 그 가방을 안아든 채, 극도로 긴장한 표정으로 마사토 일행과 시선을 마주했다.

"자…… 자자자자자, 잘 부탁드립니다아아앗!"

"응. 우리야말로 잘 부탁할게."

"괜찮으니까 진정해. 그렇게 긴장할 필요는 없어."

"옙!"

마사토가 진정하라고 말했지만, 포타한테 그건 무리인 것 같았다. 열두 살치고는 몸집이 작은 편인 포타는 가능한 한 등을 쫙 펴면서 어엿한 모습을 보여주려 노력하고 있었다. 정말 끝내주게 귀여웠다.

"그럼 우선 간략하게 자기소개부터 해주겠니?"

"예! 저는 포타라고 해요! 테스트 플레이어죠!"

"오오, 플레이어! 레어한 동료를 겟했네!"

"어머나! 포타 양도 테스트 플레이어구나……. 그럼 어머님께서는 어디 계시니?"

"저, 저희 어머니 말인가요? 그게, 저기…… 으음……."

마마코가 느닷없이 그런 질문을 던지자, 포타는 약간 난처한 듯한 표정을 지으며 고개를 숙였다. 하지만 곧 고개를 들면서 이렇게 말했다.

"저희 어머니는 일 때문에 잠시 게임을 쉬고 계세요! 저는 혼자서 여행을 하고 있지만, 운영 측으로부터 허가를 받았으니 괜찮아요! 전혀 문제없어요!"

"어머, 그렇구나. 포타 양의 어머님은 바쁜 분이신가 보네."

"흐음……."

포타가 너무 필사적인 점이 좀 신경 쓰였지만…… 운영 측으로부터 허가를 받았다니 괜찮은 걸로 여겨도 될 것이다. 일단 그 점은 불문에 부치기로 했다.

"좋아. 그럼 이번에는 내가 질문을 하겠어. 준비는 됐지?"

"예!"

엄격한 면접관 같은 표정을 지은 마사토가 포타를 똑바로 쳐다보며 질문을 던졌다.

"그럼 우선, 포타는 우리에게 어떤 식으로 도움이 될 수 있는지 어필해봐. 상인이라면 자기가 팔 물건을 홍보하는 건 특기분야일 거잖아?"

"예! ……으음…… 제 직업은 여행상인이에요! 그리고 물건을 살 때나 숙소를 이용할 때 할인되는 스킬을 기본적으로 지녔죠!"

"멋지네! 포타 양은 걸어 다니는 쿠폰이구나!"

"저기, 엄마. 맞는 말이지만 좀 다르게 표현하라고."

"그리고 여행상인의 기본 스킬 중에는 각각의 동료가 지닌 아이템을 한꺼번에 관리할 수 있는 파티 스토리지라는 게 있어요. 남들보다 훨씬 많은 아이템을 소유할 수 있죠!"

"소유? 혹시 포타 양이 가지고 다니는 거니? 대체 어디에 넣어서 말이야?"

"저 가방에 넣어 다니겠지. 저것도 마법의 아이템 아니겠어?"

"맞아요! 이건 초회 특전으로 받은 건데, 여행상인 전용의 엄청난 장비예요!"

포타는 안고 있던 가방을 손바닥으로 두드리면서 그렇게 말했다.

"이 가방 하나에 300개나 되는 아이템을 보관할 수 있어요! 아이템의 크기나 무기 같은 건 상관없어요! 짐이라면 저한테 전부 맡기세요!"

"어머나, 대단하네! 편리한 수납도구도 있구나. 이불 압축팩 같은 걸로 기뻐했던 게 왠지 부끄러워."

"엄마는 매년 여름 직전에 땀을 뻘뻘 흘리면서 두꺼운 이불을 정리했었지……."

"하지만 마 군은 한 번도 도와준 적이 없어."

"그, 그런 소리 하지 마……. 앞으로는 도와줄게……."

이불 압축팩을 사용해 이불의 부피를 최대한 줄이면 장롱에 잔뜩 넣을 수 있기 때문에 편리하다. 그것보다…….

"여행상인을 동료로 삼으면 여러모로 편리하다는 건 알겠어. 하지만 그게 전부가 아니잖아? 서류에는 다른 스킬도 소유하고 있다고 적혀 있던데 말이야."

"예! 저는 감정 스킬을 지녔어요! 입수한 아이템의 이름과 효과를 바로 알 수 있죠! 가격도 파악할 수 있어요! 그리고, 그리고, 아이템 크리에이션 스킬도 계속 익힐 거예요! 그러면 필요한 아이템을 직접 만들 수 있을 거예요!"

"그거야말로 내가 애타게 찾던 능력이야. 포타만 있으면 회복 아이템과 보조 아이템이 없어서 난처할 일은 없을 거라고 생각해도 오케이인 거지?"

"예! 저한테 맡겨 주세요!"

포타는 경례를 하더니 맑디맑은 눈동자를 반짝이면서 상대방을 쳐다보았다. 이 애, 괜찮네. 정말 괜찮아. 이 애와 동료 이상의 관계가 되고 싶은걸.

하지만…….

"흠. 포타의 어필 포인트는 잘 들었는데…… 솔직히 말해, 장점만 있는 건 아니지? 마이너스적인 측면도 분명 있을 거야. 안 그래?"

마사토는 심술궂은 면접관 같은 표정으로 그렇게 물었다. ……귀엽게 난처해하는 모습이 또 보고 싶네~ 같은 생각을 아주 약간 하면서 말이다.

하지만 포타는 순진무구한 눈동자로 마사토를 쳐다보면서 단호한 어조로 말했다.

"저는 비전투로 등록했어요! 그래서 전투를 할 수 없어요!"

"그래……. 그럼 전투에서는 전혀 도움이 안 되겠는걸. 그럼 전투요원의 숫자는 늘어나지 않겠네……."

"하지만, 하지만, 그 대신 짐 관리와 아이템 생산이 가능해요! 제가 할 수 있는 일을 열심히 하겠어요! 뭐든 시켜만 주세요! 저, 최선을 다할게요!"

"흠……."

마사토와 포타는 잠시 동안 시선을 마주했다. 하지만 포타는 고개를 돌리지 않았다.

이 애는 착한 애다. 틀림없다. 정말 착한 애인데다 우수한 스킬도 지녔다. 게다가 테스트 플레이어라는 희소한 존재이기도 했다.

나무랄 데 없다, 라는 말은 이럴 때 쓰는 것이리라.

"저기, 마 군. 이제 충분하지 않을까? 이 엄마는 마음을 굳혔단다."

마마코는 이미 ○팻말을 들고 있었다. 딩동댕동~. 포타는 마마코의 마음에 쏙 든 것 같았다.

"응. 나도 이의는 없어. ……그럼……."

"포타 양. 내 며느리가 되어주렴!"

"예! 저, 며느리가 되겠어요!"

포타는 며느리가 되었다. 만세. 로리 아내 허니문이다~.

"오예~, —가 아니라…… 어, 엄마! 우리는 지금 동료를 구하고 있는 거야! 이제 그만 내 애인이니 며느리니 같은 생각은 집어치우라고!"

"그, 그랬지. 미안해!"

"알면 됐어. 그럼 이만…… 포타, 내 동료가 되어주겠어?"

"예! 저, 최선을 다할게요! 잘 부탁드립니다!"

여행상인 포타를 동료로 삼았다.

"앞으로 잘 부탁해, 포타."

"저야말로 잘 부탁드려요! 으음…… 용사님! 용사님의 어머님!"

"어머나. 우리는 이제 동료니까 그런 딱딱한 호칭으로 부르지 마렴. 나는 『어머니』나 『엄마』라고 불러도 된단다. 마 군은

『마 군』이라고 부르렴."

"그건 안 돼. 그냥 마사토라고 부르라고. 그리고 우리 엄마의 이름은 마마코야."

"그럼 마사토 씨와 마마 씨라고 부를게요. 그래도 될까요……?"

"오케이. 가능하면 좀 더 편한 말투를 써줬으면 좋겠지만 함께 여행을 하다보면 자연스럽게 그렇게 되겠지. 앞으로 더욱 동료로서 친목을 쌓자고."

"예! 저, 힘낼게요!"

포타는 조그마한 손을 꼭 말아 쥐며 열심히 하겠다는 듯한 포즈를 취했다. 우와, 뭐가 이렇게 귀여운 생물이 다 있어. 귀여워해주고 싶은 충동에 사로잡힌 마사토는 포타의 볼을 간질였다. 「으으~! 간지러워요!」, 「므흐흐. 좋으면서 싫은 척 하지 말거라」, 「마 군……」, 「윽?! 그런 슬픈 눈길로 나를 쳐다보지 마!」 어머니의 눈앞에서 욕망을 폭발시키는 것은 매우 위험합니다.

자…….

"그럼 이대로 동료를 쑥쑥 늘려볼까!"

"그래. 이 엄마도 엄마 면접을 계속 할게."

"그러면 불합격자가 속출할 거라고……. 으으으, 갑자기 피로가 몰려왔어……. 좀 쉬었다가 하자. 시라라세 씨에게 부탁해서 음료수라도……."

그렇게 말하면서 자리에서 일어난 마사토가 걸음을 내딛은 순간, 갑자기 뭔가가 구겨지는 소리가 들렸다. 「어? 뭔가를 밟

았나?」 발치를 보아하니 아까 동그랗게 구겨서 버렸던 서류를 밟은 것 같았다.

　바로 그때였다.

　"아야아아아아아앗! 뭐, 뭐하는 거야, 이 바보야아아아아앗!"

　"어? ……우와아앗?!"

　자신이 밟은 서류가 느닷없이 폭발하자, 그 충격에 밀려난 마사토는 그대로 바닥을 구르다 그대로 책상에 머리를 찧었다. 「커억?!」 우와, 엄청 아프네. 지금까지 살아왔던 기억이 전부 날아가 버릴 것만 같을 정도로 아프다. 하지만 그것보다…….

　폭발 때문에 발생한 연막 안에 누군가가 있었다. 부들부들 떨고 있는 그 사람은 바닥을 무너뜨릴 듯한 기세로 걸음을 내디디면서 마사토에게 다가왔다.

　모습을 드러낸 이는 기하학적인 문양이 새겨진 진홍색 재킷을 걸친 소녀였다.

　뾰족하고 커다란 눈을 부릅뜨며 분노를 터뜨리고 있는 그 소녀의 볼에는 발자국이 새겨져 있었다.

　"적당히 좀 까불어! 내가 얌전히 있다고 기어오르지 말란 말이야! 적당히 안 하면 진짜로 즉사마법을 연속마법으로 날려버린다?! 다스 단위로 날려버릴 거야!"

　"다스 단위면 열두 번이네."

　"연속마법이니까 그 곱절인 스물두 번! 그리고 왜 그렇게 냉정한 거야?! 아아, 정말! 진짜로 열 받네! ……이 나를 업신여긴 대가를 톡톡히 치르게 해주겠어! 자, 좋은 말로 할 때 순순히 따라와!"

안면 발자국 소녀는 사전처럼 두꺼운 책을 출현시키더니, 페이지를 넘긴 후에 주문을 외웠다.

"스파라 라 마지아 펠 미라레…… 이송!"
^{트란스포르토}

그리고 눈부신 빛이 시야를 가득 채운 직후, 몸이 붕 떠있는 듯한 느낌이 마사토를 덮쳤다.

"……아얏?!"

마사토는 수풀 위에서 엉덩방아를 찧었다.

그곳은 잡초가 우거진 초원이었다. 싱싱한 녹음으로 된 융단이 주위에 펼쳐져 있었으며, 그 너머에는 카산 마을의 정경이 존재했다.

"어? ……이거 혹시…… 순식간에 다른 장소로 이동된 거야……?"

"그래."

머리 위편에서 목소리가 들렸다. 그쪽을 쳐다보니, 발바닥이 날아오고 있었다. 이대로 가만히 있다간 안면을 밟히고 말 것이다.

피하려고 마음을 먹으면 피할 수 있겠지만, 마사토는 피하지 않았다.

'처음 봤을 때부터 이런 녀석이라는 건 눈치챘어……. 역시 내 눈은 정확했네…….'

즉, 이건 복수다.

그녀는 마법을 써서 서류로 변신했다. 보아하니 짜잔~ 하고 멋지게 등장해서 동료가 되어주겠니 뭐니 같은 소리를 할 작정이었으리라. 하지만 마사토가 서류를 구겨서 던져버린 데다 밟히기까지 한 바람에 완전히 뚜껑이 열리고 만 것이다.

그렇다면 어쩔 수 없다. 우선 상대방의 화가 풀릴 때까지 가만히 있을 수밖에 없다.

그 발바닥은 마사토의 얼굴을 정확하게 밟더니, 천천히 압력을 가하면서 그대로 그의 머리를 대지에 밀어 넣었다. …… 그리고 얼굴을 으스러뜨릴 기세로 발에 힘을 줄 거라고 생각했는데, 그렇게까지 하는 녀석은 아닌 것 같았다.

마사토의 얼굴을 밟고 선 그 소녀는 가볍게 눈을 감더니, 심호흡을 했다.

"휴우…… 기분 좋네……. 좋은 걸 가르쳐줄게."

"……뭔데?"

"여기는 내가 마음에 들어 하는 장소야."

"그딴 건 내가 알 바 아냐. ……그것보다, 이제 만족했지? 그럼 이만 용서해주지 않겠어?"

"흐음. 뭐, 좋아. 만족했으니까 용서해줄게."

그녀는 마사토의 얼굴에서 발을 떼더니, 초원 위에 섰다.

마사토가 천천히 몸을 일으키며 쳐다보니, 그 소녀는 당한

만큼 앙갚음을 해줘서 만족한 듯한 표정을 짓고 있었다. 잘난 듯이 팔짱을 낀 그녀는 지면에 앉아있는 마사토를 내려다보면서 희희낙락하고 있었다. 역시 콧대가 높은 타입인 것 같았다.

외모만 보면 꽤 귀여운 편이라고 생각하지만…….

'현자 주제에 머리가 안쓰러운 것 같네.'

초원에 부는 바람에 의해 그 소녀의 치마가 휘날리면서 뭔가 언뜻언뜻 보이지만, 본인은 전혀 눈치채지 못한 것 같았다. 마사토는 일단 그쪽을 쳐다보지 않기로 했다. 그리고 지적도 하지 않았다.

의기양양한 얼굴과 눈부신 순백색 천을 과시하듯 보여주고 있는 그 소녀는 코웃음을 치며 말을 이었다.

"흥. 나한테 밟히면서도 저항하지 않더라? 나한테 순순히 밟힌 건 칭찬해줄게."

"고마워. ……그런데 이런 데로 끌려온 나는 이제부터 뭘 어쩌면 되는데?"

"기다려봐. 앞으로 어떻게 할지 진심으로 고민 중이거든."

"그게 무슨……."

"시끄러워. 이건 전부 네 잘못이야. ……나는 아무 생각도 없이 너를 이런 곳으로 전송시킨 게 아니야. 내가 당한 대로 갚아주려고 하면 네가 분명 저항할 테니까, 주위에 피해를 끼치지 않는 장소로 데려간 후에 마법을 날려서 빈사상태로 만든 다음에 얼굴을 밟아줄 작정이었어."

"너, 근성 한 번 끝내주네."

"그런데 네가 순순히 나한테 밝혔잖아. 덕분에 내 계획은 엉망이 됐어. 하아…… 뭐, 좋아……. 그럼 억지로라도 계획대로 상황을 몰고 가봐야겠네."

현자 소녀는 또 가볍게 눈을 감더니 바람을 맞으며 상쾌한 표정을 지었다.

"휴우…… 바람이 참 기분 좋네……. 여기는 내가 마음이 들어 하는 장소야."

"아까도 말했다시피 그딴 건 내가 알 바 아니라고."

"뭐가 알 바 아니라는 건데?! 생각이라는 걸 좀 해봐! …… 여자애가 마음에 들어 하는 장소에 온 두 사람, 잔잔한 분위기…… 이건 중요한 이야기를 하는 시추에이션이잖아!"

"시추에이션부터 꾸미려고 하지 마. 할 이야기가 있으면 빨리 해. 후딱후딱 진행하잔 말이야. ……너는 우리의 동료가 되고 싶다. 그럴 수밖에 없는 이유가 있다. 그런 걸로 오케이?"

"큭…… 뭐, 뭐어, 간단히 말하자면 그렇기는 한데……."

"그럼 그 이유라는 걸 말해봐. 제대로 들어줄게. 자, 일단 앉아보라고."

마사토가 바로 옆의 지면을 두드리며 그렇게 말하자, 그 소녀는 언짢아하면서 앉았다. 마사토의 바로 옆에 말이다. 「…… 조, 좀 가깝지 않아?」, 「네, 네가 여기 앉으라고 했잖아!」 일단 서로 간의 거리를 조금 조절했다.

그녀는 떨어진 곳에 있는 마을을 쳐다보면서 느긋하게 이야기를 시작했다.

"내 프로필은 서류에 적혀 있었지만, 그래도 이참에 제대로 자기소개를 할게. ……나는 와이즈. 직업은 현자. 초회 특전으로 받았던 위력 상승 패시브가 달린 마법서를 표준 장비했어. 공격과 회복과 보조, 마법이라면 뭐든 나한테 맡겨. 잘 부탁해."

"그럼 나도 자기소개를 하도록 할까. 나는 마사토야. 직업은 전사이고…… 뭐, 일단은 용사인 걸로 되어 있어. 대공공격에 특화된 검을 쓰는 대미지 딜러지. 잘 부탁해."

"풋, 네가 용사? 웃겨 죽겠네~."

"내가 고른 게 아니라고! 신경 꺼! ……그리고 나는 테스트 플레이어인데, 너도 초회 특전을 받은 걸 보면 테스트 플레이어지?"

"그래. 열다섯 살 여고생 테스트 플레이어야. 아, 맞다. 신분증 있는데 볼래? 내가 일본인이라는 게 바로 증명될 거잖아."

"됐어. 그건 개인정보라고."

"오케이~. 관둘게."

우리는 그렇게 가벼운 느낌으로 인사를 마쳤다.

"그럼 본론에 들어가자면…… 너는 지금 상황에 대해 얼마나 알고 있어?"

"상황? 우리가 지금 처한 상황 말이야? 일단 게임 안으로 들어왔다는 건 알고 있는데…… 왜 엄마가 따라온 건지에 대해서는 아는 게 없어……. 왕도, 엄마도 가르쳐주지 않더라고."

"그럼 내가 가르쳐줄게."

와이즈는 가볍게 한숨을 내쉰 후 굳은 목소리로 말했다.

"어머니 동반인 이유…… 그건 말이지. 이 게임이 MMMMM ORPG라서야……. 즉, 『엄마(Mother)의, 엄마에 의한, 엄마를 위한, 엄마와, 엄마의 자녀들이, 아주 사이가 좋아지기 위한, RPG』이기 때문인 거야!"

그렇다. 그것이 마사토가 전송된 게임의 정체다. 경악스러운 진실이 드디어 밝혀진 것이다!

……하지만, 마사토는 딱히 놀란 듯한 반응을 보이지 않았습니다.

"너 지금 무슨 소리를 하는 거야? 정신 나갔어?"

"정신 나간 거 아냐! 정신 나간 건 이딴 걸 생각한 녀석들이야! 나는 사실만 말하고 있으니까 일단 듣기나 해! 안 그러면 즉사마법과 소생마법을 연속마법으로 확 써버린다?! 내 마력이 바닥날 때까지 죽였다 살려났다를 반복해버릴 거야!"

"최종적으로 살려만 준다면 괜찮을 것 같기도 한데…… 좋아. 네 말에 귀를 기울일 테니까 이야기해봐."

와이즈는 마음을 다시 잡은 후, 진지한 표정으로 이야기를 시작했다.

"이 게임은 부모자식이 함께 모험을 하면서 가까워지게 하자는 목적으로 만들어졌어. 그래서 부모와 자식이 2인 1조로 전송되어서, 같이 모험을 하게 되어 있는 거야. ……대체 어쩌다 이런 게임이 만들어진 건지는 나도 잘 몰라. ……하지만 딱 하나, 명확한 게 있어."

"그게 뭔데?"

"이 게임의 클리어 조건을 만족시키지 못하는 한, 원래 세계로 돌아가지 못해."

"이봐, 진짜야? 그런 룰이 있다는 소리는 못 들었다고. ……그런데, 그 클리어 조건이 뭔데?"

그 조건이란?

"부모자식의 사이가 좋아지는 거야."

와이즈는 말도 안 된다는 듯한 어조로 그렇게 말했다. 어이없다는 듯이 말이다.

마사토도 그녀의 심정을 이해할 수 있었다.

"어이, 이봐, 이봐, 이것 봐! 뭐 그딴 클리어 조건이 다 있어?! 영문을 모르겠네! 클리어 조건을 짠 녀석, 정신 나간 거 아냐?! 완전 말도 안 되는 게임이네!"

"동감이야! 나도 말이지. 느닷없이 이런 곳에 끌려와서 엄마한테 그런 말을 들었을 때는 너무 놀라서 눈이 까뒤집혔어! 콧물까지 줄줄 흘렸다니깐!"

"이봐, 그건 너무 심하잖아. 자중 좀 하라고, 여고생."

"나중에 제대로 닦았으니까 세이프야."

현역 여고생 본인의 말이니까 세이프인 걸로 보면 되려나.

"클리어를 하기 위해서 얼마나 친해져야 하는 건지는 모르겠지만……. 뭐, 어머니와 함께 모험을 시작하려 하는 어디 사는 마마보이라면 간단히 클리어할 수 있을 거야."

"누구를 말하는 건지 짐작조차 안 되네."

"하지만 어머니와 사이가 나쁜 애한테 이 게임은 완전 최악이야. 클리어하는 건 절대 무리지. 백만 퍼센트 불가능해."

"예를 들자면…… 어디 사는 현자 님처럼 말이지?"

마사토가 그렇게 묻자 와이즈는 어깨를 으쓱했다. 그리고 그녀의 입에서 흘러나온 자조 섞인 한숨이 바람을 타고 퍼져 나갔다.

"나도 처음에는 엄마와 함께 여행을 하긴 했어. 그런데 도중에 대판 싸우고 헤어졌는데, 그 후로는 혼자 다녀. 우리 엄마는 정말 최악이거든……. 애초에 부모와 함께 게임을 하는 것 자체가 완전 무리 아냐? 진짜 말도 안 된다니깐."

"그야 뭐…… 나도 사양하고 싶긴 하네……."

"덕분에 나는 이 게임을 클리어하는 게 불가능해. 즉, 나는 이 세계에 갇히고 만 불운한 공주님인 거지. 흐흥. 공주님~."

"불운한 공주님이 아니라는 건 그야말로 일목요연하지만 괜히 언급하지는 않겠어."

"이미 언급했잖아. 정말 짜증나는 녀석이네."

"그런데 왜 내 동료가…… 아, 혹시…… 우리 모자가 클리어할 때 편승해서 원래 세계로 돌아가려는 거야?"

마사토가 그런 예상을 하면서 묻자 와이즈는 악질적인 미소를 지었다. 얘는 나쁜 사람이 틀림없어요.

"너희 엄마는 엄청 상냥하고 좋은 사람 같던걸? 그러니까 나도 너희 엄마의 자식이 되어서 이 게임을 클리어한 다음에 원래 세계로 돌아가려는 거야. 그게 내 작전이지."

"네가 우리 엄마의 자식…… 즉, 피가 이어지지 않은 딸…… 어, 이봐, 잠깐만 있어봐. 그건……?"

와이즈가 마사토와 결혼한 후, 마마코를 『어머님』이라고 부르겠다는 건가?

그러겠다는 소리, 맞지?

두 사람이 잠시 동안 서로를 응시한 후, 「윽?!」 와이즈가 화들짝 놀라면서 두꺼운 마법서를 출현시켜서 그걸로 마사토의 볼을 때렸다. 「타격 속성 대미지?!」 마법 직업의 물리공격인데도 불구하고 엄청 아팠다. 대미지가 상당했다.

"바, 바보 같은 생각하지 마! 그런 게 아니라, 양녀가 된다는 방법이 있잖아! 나와 너는 의붓남매가 되는 것뿐이야! 착각하지 말란 말이야!"

"으, 응. 그래. 양녀라는 방법이 있긴 했지. ……타격계 물리공격도 잘하는 마법사 아내 같은 건 나도 사양이야……."

"나도 마마보이 남자의 아내 같은 건 되고 싶지 않거든?! 흥!"

"나는 마마보이가 아냐. 아니라고."

중요한 점이기에, 마사토는 두 번 말했다.

"흠……. 아무튼 네 사정과 작전은 알았어."

"그럼 빨리 나를 동료로 삼아. 나, 최선을 다해 너희 엄마의 마음에 들 거야. 딸로 삼고 싶어 죽을 정도로 귀여운 여자애를 완벽하게 연기해주겠어. 크헤헤~."

"음흉하기 그지없는 소리를 대놓고 하네……."

와이즈는 이미 이 시점에서 안쓰러운 플래그를 세운 듯한 느낌이 들었다. 그녀의 작전이 실패할 거라는 예감이 엄습했지만…….

마사토는 그것보다 신경 쓰이는 점이 있었다.

"……저기, 물어볼 게 하나 있는데 말이야."

"질문이 딱 하나만이라면 대답해줄게. 빨리 말해봐."

"그럼 단도직입적으로 이야기하겠는데…… 그냥 너희 엄마와 화해하면 되는 거 아냐?"

"으……?!"

매우 단순한 일이다.

와이즈는 어머니와 싸우고 헤어졌다. 그래서 원래 세계로 돌아갈 수 없다. 그렇다면 어머니와 화해를 하면 된다. 두 사람 중 누군가가 먼저 「미안하다」는 말 한 마디를 입에 담으면 되는 것이다. 그러기만 하면 어떻게든 될 거라고 생각한다.

와이즈는 분노가 뒤섞인 깊은 한숨을 내쉰 후, 언짢은 어조로 말했다.

"그건 무리야. 완전 무리. 나와 엄마가 화해하는 건 불가능해. ……그리고, 남의 집 가정사에 참견하지 말아줄래? 완전 민폐거든?"

와이즈가 그렇게 말하자, 마사토는 입을 다물 수밖에 없었다. 남의 집 일에 깊이 관여할 수는 없으니까 말이다.

"그런데, 어떻게 할래? 나를 동료로 삼을 거야? 삼을 거지? 설마 『엄마한테 물어봐야 해~』 같은 소리를 하려는 건 아니지? 우와, 꼴사나워."

"그런 말 안 했거든?"

"그럼 빨리 결정해. 자, 빨리 정하란 말이야."

"으음……."

마사토는 솔직히 말해 와이즈의 작전에 찬동하지 않았다.

하지만 파티 편성이라는 관점에서 생각한다면 어떨까? 와이즈는 현자이며 마법을 쓸 수 있다는 것은 방금 마사토가 두 눈으로 똑똑히 확인했다. 공격, 보조, 회복 등, 폭넓은 활약을 기대할 수 있으리라. 성격이나 인간성 같은 면에 있어서 인내심을 발휘해야겠지만, 동료로 삼을 가치는 충분히 있었다.

그리고 어차피 게임을 해야 한다면 동년배가 같이 하는 편이 좋겠다는 생각도 들었다.

적어도 마사토보다 이 세계에 관한 정보를 많이 가지고 있는 점도 높이 평가할 수 있다.

와이즈와 와이즈의 어머니 사이의 일은 두 사람간의 문제다. 타인이 참견할 일이 아니라고 마음속으로 단정 짓는다면 결론은 내려진 것이나 다름없다.

"하아…… 어쩔 수 없네. 일단 같이 다니는 걸로 하자."

"즉 『이 귀여운 현자 님을 꼭 동료로 삼아야겠어!』라는 소리인 거네. 흐흥. 꽤 안목이 좋은걸? 좋아. 동료가 되어줄 테니 감사하기나 해."

"콧대 한 번 더럽게 높네."

"실은 너희가 동료를 고르고 있을 때 짜잔~ 하고 등장해서 방금 그 말을 할 생각이었거든? 그래도 여기서 말했으니까, 그걸로 만족할게."

"억지로 자기 계획대로 몰고 가기는…… 뭐, 됐어. 그럼, 자."

마사토는 손을 내밀었다. 동료로서 악수를 청한 것이다.

와이즈는 그 손을 지그시 쳐다보더니, 약간 멋쩍어하면서 손을 내밀었고…… 두 사람의 손이 닿기 직전…….

지면이 격렬하게 흔들렸다.

이야기는 몇 분 전으로 거슬러 올라간다.

모험가 길드 2층, 마사토의 모습이 홀연히 사라진 실내. 여러 마법사가 마법진을 출현시켜서 바닥과 벽을 꼼꼼하게 조사하고 있었다. 하지만 별다른 수확이 없었다. 마법사들은 조사를 지휘하고 있는 시라라세를 향해 유감스럽다는 듯이 고개를 저었다.

혹시나 하는 마음에 조사를 해봤지만, 역시 수확은 없는 것 같았다. 결과가 자신의 예측에서 벗어나지 못하자 시라라세 씨는 탄식을 터뜨리면서 마마코에게 말했다.

"……죄송합니다. 사생활 보호를 위해 테스트 플레이어의 행동과 위치를 상시 포착하는 시스템은 채용되지 않은지라…… 자제분의 행방은 파악하지 못했습니다."

"그런가요……. 알았어요. 폐를 끼쳐 죄송해요. 그리고 여러 분에게도 감사드려요."

마법사들은 안타까운 표정을 지으며 고개를 숙인 후, 방에서 나갔다. 그들을 향해 인사를 건네며 배웅한 마마코는 무거운 한숨을 내쉰 후, 아까까지 사랑하는 아들이 있었던 장소에 섰다.

안타까운 마음에 사로잡혀 있는 마마코에게 포타가 머뭇거리면서 다가갔다. 무슨 말을 하면 좋을지 모르겠지만 그래도 하다못해 위로라도…… 그런 마음이 묻어나는 얼굴로 포타가 자신을 올려다보자, 마마는 그런 포타를 꼭 끌어안았다.

"괜찮을 거야. 마 군이라면 분명 괜찮을 거야."

"예! 저도 그렇게 생각해요! 마사토 씨는 용사님이니까요!"

"응, 맞아. 나와 다르게, 일반공격이 단일공격에 1회 공격이지만, 분명 괜찮을 거야."

"그, 그 말을 들으니 그냥 평범한 사람 같지만…… 그래도 마사토 씨라면 괜찮을 거예요!"

"응. 내 아들인걸. 틀림없이 무사할 거야."

마마코는 단언하듯 그렇게 말했지만, 왠지 표정이 밝지 못했다.

"하지만…… 말로 설명하기 힘들지만…… 왠지 좋지 않은 일이 일어날 것만 같은 느낌이 들어……."

"좋지 않은 일…… 서, 설마, 마사토 씨가 몬스터에게 공격을 받기라도 하는 걸까요?!"

"으음~ 그런 것과는 좀 다를 것 같구나. 그런 게 아니라, 뭐랄까…… 나한테 있어서 좋지 않은 일이 일어날 것만 같네."

"마마 씨에게, 있어서요?"

"대체 뭘까……. 나한테 있어서 좋지 않은 일…… 아, 그래."

마마코는 그게 뭔지 눈치챘다.

"만약…… 마 군이 이 엄마를 내팽개치고 다른 애와 사이좋게 지낸다면, 그건 좋지 않은 일일 거야."

"어? 그, 그런가요?"

"마 군은 이 엄마와 친해지기 위해 함께 모험을 하고 있잖니. 그런데 다른 누군가와 친해진 걸로 모자라, 이 엄마를 내팽개쳐놓고 그 사람과 여행을 떠나기라도 한다면 이 엄마는 정말 슬플 거야. 눈물이 날 게 틀림없어."

"으음…… 마, 마마 씨가 우는 건 좋지 않다고 생각하는데요……."

"이러고 있을 때가 아냐. 빨리 마 군을 찾아야해!"

하지만 방법은? 대체 어떻게 마사토를 찾을 것인가?

바로 그때, 시라라세 씨가 생각에 잠긴 채 입을 열었다.

"……가능성은 낮지만, 방법이 하나 있을지도 모르겠습니다."

"정말인가요?! 뭘 어떻게 하면 되는지 가르쳐…… 아니, 알려주시겠어요?!"

"물론이죠!" 반짝!

시라라세 씨는 마마코의 말을 듣더니 눈빛이 변했다. 알림이야말로 그녀의 아이덴티티니까 말이다.

"잘 들으세요, 마마코 씨⋯⋯. 이 게임에서 가장 중요한 것은 부모자식간의 유대예요. 그러니 우선 마사토 군과 마마코 씨의 유대를 굳건히 믿어보세요."

"예!"

"그리고 포타 양. 대지의 성검 테라디마도레를 마마코 씨에게 건네주세요."

"아, 예! 여기 있어요!"

포타는 숄더백을 열더니, 맡아뒀던 마마코의 짐 중에서 붉은색을 띤 검을 꺼내서 마마코에게 내밀었다.

"자, 마마코 씨. 검을 치켜들면서 대지를 향해 호소하는 겁니다. 만물의 어머니인 대지 또한 엄연한 어머니죠. 그러니 마마코 씨의 마음을 이해하고 당신의 소망을 이뤄줄 겁니다."

"정말인가요?!"

"예⋯⋯ 아마도요!" 반짝!

"그렇군요! 확실치는 않은 것 같지만, 일단 믿어보겠어요!"

마마코는 검을 치켜들더니 기도를 드렸다.

"만물의 어머니인 대지여⋯⋯. 당신도 어머니라면, 내 심정을 이해할 거야⋯⋯. 나는 아들의 교우관계에 참견할 생각은 없어⋯⋯. 친구관계도 중요하지만, 이 엄마와도 사이좋게 지내줬으면 하는 것뿐이야⋯⋯. 이 마음을 이해한다면, 마 군이 어디에 있는지 가르쳐줘!"

마마코는 소망을 마음에 품으며 검을 휘둘렀다.

그 순간, 마을 밖에 펼쳐져 있는 초원의 일부분이 쿠쿵! 하는 소리를 내면서 하늘높이 솟아올랐다. 흙으로 된 첨탑이 순식간에 생겨난 것이다.

그 양옆에서는 좁쌀처럼 조그마한 두 개의 무언가가 빙글빙글 돌면서 반대편으로 튕겨져 날아가고 있었다. 마치 억지로 갈라지고 만 것처럼 말이다.

"아앗?! 마사토 씨예요! 엄청 테크니컬한 공중제비를 선보이고 있는 저 두 사람 중 한 명은 마사토 씨가 틀림없어요! 저는 감정 스킬을 지녔으니까 잘못 봤을 리가 없어요!"

"호오, 정말로 성공한 건가요. 정말 놀랍군요. 일단 말을 꺼내보기 잘했어요."

"어머나, 저런 곳에 있었구나. ……우후후, 왠지 중대한 싸움에서 이긴 것 같은 기분이 들어."

마마코는 적(?)을 쓰러뜨린 듯한 기분을 맛봤다.

행방이 묘연하던 아들이 있는 곳을 찾고, 또한 아들이 현재 처한 상황 자체를 다짜고짜 중단시키는 보조 스킬【어머니의 송곳니】를 익혔다.

"무슨 일 있으면 바로 알려주십시오! 그럼 이만 실례하겠습니다!"

위병은 기민한 동작으로 경례를 한 후, 금속 갑옷을 덜컹거리면서 다른 곳으로 뛰어갔다.

마마코는 가볍게 인사를 건네며 배웅을 한 후, 다시 그 소녀를 향해 돌아섰다.

"당신은…… 현자인 와이즈 양이었지?"

"예, 어머님. 저는 현자 와이즈라고 해요."

와이즈는 그 자리에서 한쪽 무릎을 꿇더니, 공손히 고개를 숙였다.

"저는 정령들의 왕으로부터 부여받은 예언에 따라, 용사님의 여행에 동행하러 왔답니다. 부디 저를 여러분의 동료로, 아니, 어머님의 딸로 삼아서 곁에 둬주셨으면 해요."

"어머나, 정말 공손한 아이구나. ……하지만 와이즈 양?"

"예, 어머님."

"그렇게 무리해가면서 정중한 말투를 쓰지 않아도 된단다. 「적당히 좀 까불어!」 하고 외치면서 난폭하게 행동하는 모습을 아까 내 두 눈으로 똑똑히 봤거든. 그냥 편하게 이야기하렴."

"아, 아뇨. 그건 오해예요, 어머님. 저는 현자라는 직업상, 고지식하고 딱딱하다는 인상을 상대방에게 주는 경향이 있기 때문에 일부러 그런 말투를 썼다나 할까……."

"어머, 그러니? 현자도 참 고생이 많구나."

"그렇답니다. ……그러니 어머님. 이 예의 바르고 행실이 바르며 두뇌가 명석한 미소녀 현자를 어머님의 딸로 삼아서 데리고 다녀주세요."

"으음~ 내 마음 같아서는 그러고 싶지만…… 그건 좀 힘들 것 같네……."

"어, 어째서죠?!"

"그야 와이즈 양이 체포됐기 때문이란다."

현재 와이즈는 철격자 너머에 있었다. 「그렇죠~? 아하하~. ……훌쩍…… 우에에에에에에에엥!」 와이즈는 울음을 왈칵 터뜨렸다. 그것도 그럴 것이, 그녀는 체포 구류 중인 상태였다.

카산 마을의 지하 감옥. 감옥 안에서 한참 울먹이던 와이즈는 체념한 것처럼 고개를 숙였다.

하지만 다음 순간, 맹렬한 기세로 철격자를 움켜쥐더니 멍하니 상황을 지켜보고 있던 마사토를 향해 고함을 질렀다.

"이상하잖아! 진짜로 이상하단 말이야! 내가 왜 체포된 건데?!"

"그게 말이지. 너, 나를 상대로 PK미수를 저지른 것 같거든."

"뭐?! 말도 안 돼!"

PK란 플레이어를 죽이는 행위를 말하며, 와이즈는 미수에 그쳤다. 즉, 와이즈는 마사토를 죽이려했다는 것이다.

"시라라세 씨, 제 말이 맞죠?"

"예. 와이즈 양의 공격에 의해 마사토 군의 HP가 빈사상태까지 줄어들었다는 데이터가 남아 있습니다. ……마사토 군은 아직 레벨 1이고 방어구도 장비하지 않은 상태죠. 그러니 마법서를 이용한 물리공격 같은 것을 당하더라도 빈사상태에 빠지고 말 겁니다."

"들었지? 그때 네가 했던 짓이 PK미수였던 거라고."

"아하, 그때 그거어어어어어어……. 하, 하지만 말이야! 우리는 손에 손을 잡고 동료가 되기로 했었지?! 분위기도 나쁘지

않았잖아! 그러니까 합의를 한 걸로 봐서 페널티는 받지 않는다거나! 그런 식으로 처리해도 괜찮지 않아?!"

"으음~. 뭐, 나도 그렇게 해주고 싶기는 한데 말이지……."

불의의 사고, 아니, 어머니의 스킬 때문에 제대로 약속을 하지는 못했지만, 그래도 마사토와 와이즈에게는 서로를 동료로 삼으려는 생각이 있었다. 서로에게 적의가 없는 것도 명백했다. 와이즈의 요청에 따르려는 생각도 없지는 않았다.

하지만, 이 분께서 제지를 하셨다. 할 이야기가 있다면서 말이다.

"와이즈 양. 잠시 내 말 좀 들어보겠니?"

"뭔데?! ……아, 무무무, 무슨 일이시죠, 마마코 어머님?!"

"마 군한테서 와이즈 양의 계획에 대해 들었단다. 그래서 생각을 해봤는데…… 역시 이상한 생각하지 말고 어머니와 화해를……."

"그건 절대 무리야!"

"무턱대고 무리라고 생각하지 말고…… 좀 생각을 해보는 게 어떻겠니?"

"절대 무리거든?! 불가능! 그런 최악의 인간과 화해하려는 것 자체가 말도 안 되는 짓거리야! 엄마와 화해할 바에야 차라리 이 세계를 완전히 박살내버리는 편이 나아!"

"어이~ 잠깐만 있어봐. 그럴 때는 보통 「차라리 확 죽는 편이 낫다」고 말하지 않아?"

"아앙? 내가 왜 죽어야 하는 건데? 그래선 내가 엄마한테진 것 같잖아! 그럼 더 화가 치밀어오를 거야! ······그러니까 나는 무슨 수를 써서라도 살아남겠어! 그리고 그 무슨 수를 써서라도 계획을 완수하고 말거야! 크크큭, 크하하하하!"

······같은 소리를 악인 같은 면상으로 하고 있는 무언가가 이 자리에 있었다.

"살아가려는 기력이 있다는 건 높이 평가할게. 나쁜 일이 있었다고 함부로 목숨을 내던지는 건 좋지 않은 행동이란다."

"맞아! 나는 그런 면에 있어선 똑 부러지는 애야! 확고한 신념을 가슴에 품고 엄마와 대립하는 어엿한 아이! 그러니까······ 아아, 정말! 귀찮아서 더는 내숭 못 떨겠으니까 솔직하게 말하겠는데, 나를 마마코 씨의 딸로 삼아줘! 부탁이야! 이렇게 빌게!"

와이즈는 손바닥을 맞대더니 고개를 푹 숙였다. 일본의 예의범절을 잘 아는 일본인 현자다.

와이즈가 그야말로 애원을 했지만 마마코는 받아주지 않았다.

"안 돼. 와이즈 양을 내 딸로 삼을 수는 없단다."

"제, 제발······!"

"하지만, 동료로서 함께 모험을 하는 거라면 환영할게."

"어? ······으음······ 그게 무슨 소리야?"

"글쎄? 과연 무슨 소리일까? ······마 군은 이해했어?"

"뭐, 얼추 상상은 돼. 일단 이 녀석을 데리고 다니다가 여행 도중에 이 녀석의 어머니와 대면한다면, 그때 참견해서 화해시키려는 거지?"

"딩동댕~. 역시 마 군은 이 엄마의 아들이야. 이심전심이네~."

"뭐, 뭐어?! 그게 무슨 소리야?! 나는 그런 부탁을 한 적 없거든?! 그딴 건 딱 질색이야! 그럴 바에야 너희의 동료가 안 되겠어!"

"어머, 그러니? 그럼 유감이지만 이대로 작별해야겠네."

"PK미수로 행동제한 페널티를 받겠지만 힘내라고."

"페널티는 시험적으로 실제 형법을 참고해 설정되었습니다. 15년간의 신병 구속이니, 잘 지내시길."

"뭐어어어어어어어어어엇?! 너무 길잖아아아아아아아아아앗?!"

일본 형법상 상해죄의 처벌은 『15년 이하의 징역 혹은 50만 엔 이하의 벌금』이다.

페널티를 받는 게 싫다면, 와이즈는 선택을 할 수밖에 없다.

"큭…… 이래선 너희의 말에 따를 수밖에 없잖아……."

"나는 좀 참견을 하려는 것뿐이란다. 화해를 하라고 명령하거나 강요할 생각은 없어. 그러니까, 응?"

"으으으으윽…… 하지만, 이런 건……!"

동안인 마마코는 모성으로 가득 찬 미소를 머금으면서 설득을 시도했다. 하지만 와이즈는 아직 머뭇거리고 있었다. 그녀가 한 걸음 더 내딛게 할 만한 무언가가 필요한 것 같았다. 그렇다면…….

"저기, 와이즈."

"왜?!"

"뛰어난 마법을 지닌 너는 우리한테 큰 도움이 될 거야. 그러니까 우리를 도와주는 셈치고 동료가 되어주면……."

"내 힘이 꼭 필요하다는 거구나! 흐흥! 그럼 어쩔 수 없지! 알았어! 너희의 동료가 되어줄게!"

"하아, 정말 쉬운 녀석이네. ……그럼 앞으로 잘 부탁해."

약간 치켜세워주자 바로 낚였습니다.

현자 와이즈는 동료가 되었다.

와이즈를 동료로 맞이한 마사토 일행은 감옥을 나섰다. 그리고 그들은 저녁노을에 의해 오렌지빛깔로 물든 마을을 걸었다.

"하아…… 내 계획과는 완전히 다른데…… 대체 어쩌다 이렇게 된 거지……."

"계획성은 있지만 실행력이 없는 거네. 너는 정말 안쓰러운 현자구나."

"시끄러워! 너야말로 결정력 없는 짐덩이 용사잖아! 화력도 마마코 씨가 더 뛰어나지?! 나를 동료로 삼은 것도 결국은 마마코 씨잖아! 결국 너는 딱히 한 게 없네!"

"큭…… 그, 그런 소리 하지 마……. 실은 나도 신경 쓰고 있단 말이야……. 아까 같은 상황에서야말로 내가 나섰어야 한다고 생각하는데……." 훌쩍.

"괜찮단다. 이 엄마는 마 군의 심정을 대변했을 뿐이야. 우리는 이심전심이잖니."

이런 대화를 나누면서 걸음을 옮기고 있을 때…….

시라라세가 갑자기 멈춰 섰다.

"어? 왜 그러세요?"

"죄송하지만 저는 이만 실례하겠습니다. 오오스키 씨 모자의 진행 상황, 그리고 포타 양과 와이즈 양에 관한 일을 보고해야만 하니까요."

"어머나, 이제부터 또 일을 하시는 건가요. 정말 고생이 많으시군요."

"예. 하지만 가정을 지키기 위해서니 괜찮습니다. 그럼……아, 그 전에…… 와이즈 양, 그리고 포타 양. 잠시 저 좀 보시겠습니까? 두 분에게 말씀드려야 할 일이 있습니다."

"뭐~? 설교라면 사양하고 싶거든?"

"아, 예! 무슨 일이죠?!"

와이즈는 질색을 하는 듯한 표정을 지었고, 포타는 귀여운 표정으로 상대방의 말에 귀를 기울였다. 시라라세는 그렇게 대조적인 두 사람 앞에서 쓴 소리를 입에 담았다.

"제가 이렇게 말씀을 드리지 않아도 알고 계시겠지만, 두 분은 특별조치로서 이 세계에 머무는 게 허락된 테스트 플레이어입니다. 그 점을 잊지 말아주시길."

"예! 안 잊을게요!"

"예이예이~ 알고 있어요~. 알고 있다고요~."

"특히 와이즈 양은 마마코 양과 마사토 군 모자의 관계를 참고하면서 부모자식간의 관계회복에 힘써주셨으면 합니다.

아시겠죠?"

"……그딴 건 딱 질색이란 말이야……. 누가 그딴 바보 부모와……."

"방금 무슨 말 하셨나요?"

"아뇨~. 잘 알았으니까, 최선을 다할게요~."

"하아……. 전혀 이해하지 못하신 것 같습니다만…… 이렇게 손이 많이 가는 여고생을 신경 쓰느라 제 잔업시간이 늘어나는 것은 사양하고 싶으니, 이만 실례하겠습니다."

시라라세는 진지한 표정으로 자신의 솔직한 마음을 밝힌 후 돌아갔다.

"저, 저 사람 너무 솔직한 것 같네……"

"여러 가지 의미에서 대단한 사람인 것 같구나."

마사토 일행은 애매한 미소를 지으며 배웅했다.

자…….

"그런데? 우리는 이제부터 어쩌지?"

"이제 저녁때니까, 이 엄마는 슬슬 저녁 준비를 하고 싶구나."

"흐음…… 어디서 말이야?"

"어디냐니. 그야 물론 우리 집 부엌에서……."

"우리가 지금 게임 안에서 한창 모험 중이거든? 집 같은 건 없거든?"

"참, 맞아! 우리는 지금 모험 중이었지! ……그럼, 으음……."

마마코는 재빨리 가이드북을 확인하더니 바로 뭔가를 찾아냈다.

"여관에 묵자! 이 엄마, 외박을 하는 건 정말 오래간만이란다! 가슴이 두근거리네!"

"그걸 외박이라고 표현해도 되는 건지 좀 의문이지만……뭐, 좋아. 일단 여관부터 찾아보자."

"여관은 대체 어떤 곳일까……. 이 엄마는 말이지, 저녁 식사는 대충 때워도 되지만 아침은 제대로 만들고 싶어."

"아침 식사도 여관에서 사먹으면 되지 않아? 그 편이 여러모로 편할 거야."

"안 돼. 그것만은 엄마로서 양보할 수 없어. 이 엄마는 말이지. 설령 게임 안에서도 식사를 직접 준비하고 싶어. 마 군도 삼시세끼 전부 챙겨 먹어줄 거지?"

식사를 통한 건강관리. 그것이야말로 주부인 어머니의 진면목이다. 그래서 마마코도 그것만은 양보하기 싫은 것 같았다.

"그러니까 주방을 빌려주는 곳이 있으면 좋겠는데……."

"그런 곳은 흔치 않을 것 같지만…… 뭐, 나만 믿어. 용사인 내가 리더십을 발휘해서 동료들을 최고의 여관으로 안내……!"

"저, 저기 말이죠! 마마 씨의 조건에 딱 들어맞는 여관이 있어요! 저는 이 마을에서 오래 지냈거든요! 그래서 알아요! 맛있는 저녁 식사가 나오고, 아침에 부엌을 빌릴 수 있는 여관으로 안내할게요!"

"어머, 잘됐네! 포타 양은 정말 믿음직하구나!"

"그에 반해…… 용사님은 또 활약을 못했네. 풋, 웃겨~."

"큭! 하지만 나는 안 져! 다음번에야말로 내가 반드시 활약하고 말 거야!"

하늘에서 빛나고 있는 저 별처럼, 누구보다 찬란히 빛나고 말겠어! ……마사토는 눈물이 흘러내리지 않도록 붉게 물든 하늘을 올려다보았다.

바로 그때, 포타의 표정이 어두워졌다.

"아, 하지만…… 제가 안내해드릴 여관에는 2인실밖에 없어요. 그래서 방 배정이 좀 어려울 것 같은데요……."

방 배정. 누가 누구와 같은 방을 쓸 것인가……. 누가 누구와 같은 방에서 하룻밤을 보낼 것인가.

남자 한 명 여자 세 명인 파티는 느닷없이 어려운 문제에 봉착한 바람에 그대로 우뚝 멈춰 섰다.

"마 군은 당연히 이 엄마와 같은 방을 쓸 거지?"

"호오? 그건 나보고 죽으라는 소리지? 단호하게 거절하겠어."

"그럼 내가 마마코 씨와 같은 방을 쓸래! 내숭 마구 떨며 착한 딸인 척 해서 점수를 왕창 딸 거야! 여차하면 현혹마법도 쓰겠어! 케케켁!"

"미니 데몬 같은 웃음소리 좀 내지 마."

"이 엄마는 와이즈 양과 한 방을 써도 되지만…… 하지만, 그렇게 되면……."

마마코와 와이즈가 한 방을 쓰게 되면, 필연적으로 마사토와 포타가 한 방에서 묵게 된다.

"좀 걱정되네……. 마 군도 포타 양이 마음에 든 것 같고…… 포타 양도……."

"저는 마사토 씨에게 도움이 되고 싶어요! 말만 하세요! 뭐든 다 할게요!"

"저런 느낌이니까…… 돌이킬 수 없는 실수라도 저지르는 건 아닐지 걱정돼……."

"무슨 소리를 하는 거야, 마이 마더. 어엿한 신사인 이 아들을 믿으라고."

"물론 믿는단다. 마 군은 옆에서 무방비하게 자고 있는 귀여운 여자애를 덮칠 배짱이 없잖니."

"그런 확신은 필요 없다고요……." 침울.

"하지만 만일의 사태가 벌어질 수도 있으니까, 이렇게 하자꾸나."

마마코는 포타에게 다가가더니 뒤쪽에서 꼭 끌어안았다.

"포타 양은 나와 같은 방을 쓰자. 이렇게 됐으니 한 침대에서 같이 자는 거야. 어떠니~?"

"아, 예! 저, 감격했어요! 에헤헤."

마마코와 포타가 한 방을 쓰기로 한다면…….

"그럼……?"

"그럼……?"

남은 두 사람, 망연자실한 표정으로 서로를 응시하고 있는 마사토와 와이즈가 한 방을 쓰게 된 것이다…….

제3장
속옷은 방어구야. 방어 면적이 넓은 걸로 해.
안 그러면 아들이 죽는다고!

꿈속에 빠져든 마사토를 깨우는 목소리가 들렸다. 상냥함이라고는 눈곱만큼도 존재하지 않는 목소리였다.

"자, 빨리 일어나. 아침에 일어나자마자 엄마의 밀크를 마시는 게 마마보이 용사의 일과지? 빨리 일어나서 마시러 가란 말이야. 엄마를 만나고 싶어서 죽겠지? 안 그래?"

마사토는 눈을 굳게 감으며 깨어나는 것을 거부했다. 그딴 소리를 듣고 순순히 일어날 리가…….

"아, 맞아. 너, 혹시 사랑하는 엄마가 뽀뽀해주지 않으면 안 일어나는 타입이야? 알았어. 그럼 마마코 씨를 불러올게."

"괜한 소리 하지 마! 엄마라면 진짜로 그런 짓을 하고도 남는다고……!"

마마코를 부르러 가는 것을 막기 위해 마사토가 허둥지둥 몸을 일으킨 순간, 퍼억! 「으윽……?!」 그는 딱딱한 무언가에 이마를 찧었다.

"이게…… 뭐…… 어?"

눈을 떠보니, 어둠이 펼쳐져 있었다. 가볍게 몸을 꼼지락거리자, 몸 곳곳이 무언가에 부딪쳤다.

이곳은 아무래도 상자 안인 것 같았다. ……출구가 없나 싶어 드러누운 상태에서 눈앞의 어둠을 손으로 밀어보자, 이 공간을 감싸고 있는 무언가가 간단히 밀려났다.

몸을 일으키며 주위를 살펴본 마사토는 자신이 관 안에 있다는 사실을 깨달았다.

"……으음…… 내가 왜 죽은 사람 취급을…… 이건……?"

떠올렸다. 어제 일. 와이즈를 동료로 삼은 후, 어디에 묵을지 이야기를 하다가…….

'누가 누구와 한방을 쓸지를 정했지…….'

마사토 일행이 묵기로 한 여관은 전부 트윈 룸이었다. 마사토는 마마코와 한방을 쓰는 것을 거부했고, 포타와 한방을 쓰는 것도 유감스러운 이유로 허락되지 않았기에…… 마사토와 와이즈가 한방을 쓰게 됐다.

그 후의 일이다. 여관에 도착해서 식사를 마치고, 방에 들어간 순간…….

『스파라 라 마지아 펠 미라레…… 사망!(모르테)』

그런 말이 들린 듯한 느낌이 든 순간, 죽음의 신 같은 무언가가 마사토의 몸을 통과하더니 그는 그대로 의식을 잃었다. 그거다. 틀림없다. 그게 이 상황의 원인이다.

마사토는 확신에 사로잡히면서 딱 붙여놓은 두 개의 침대 위에서 데굴데굴 굴러다니고 있는 녀석을 노려보았다.

"이봐. 너, 나를 확 죽였지?"

"문제될 건 없지 않아? 확 살려놨으니까 말이야."

현자 와이즈가 즉사마법과 소생마법을 쓸 수 있을 정도의 실력을 갖췄다는 게 밝혀졌다.

　"잠깐만, 너는 왜 태연자약한 거야? PK페널티로 감옥 직행 코스인 거 아니었어? 이 범죄자야."

　"그게 말이야. 나도 실은 일을 벌인 후에 아차 싶었는데, 페널티가 발동하지 않았어. 혹시 PK판정은 필드에서만 이뤄지는 게 아닐까? 아니면 동료들 사이에서는 적용이 안 되는 걸지도 몰라. 아무튼 운이 좋았다니깐."

　"그래? 알았어. 그럼 버그 신고를 해야겠네."

　"자, 잠깐만 기다려봐. 나를 지키기 위해서는 그럴 수밖에 없었어. ……다른 선택지가 없어서 일단 오케이를 하기는 했지만, 내가 너와 한방에서 자는 건 말도 안 되잖아? 마음 편히 잘 수 있을 리가 없단 말이야. 맹수 우리 안에 아리따운 여자애를 집어넣는 거나 다름없는 짓이라구."

　"사람을 실컷 마마보이 취급을 해놓고 이럴 때만 남자 취급하는 거냐?"

　"그건 그거, 이건 이거거든? ……아무튼 헛소리 그만하고 빨리 채비나 해. 네가 일어나면 아침을 먹자고 마마코 씨가 말했단 말이야. 다른 두 사람은 이미 준비를 마치고 기다리고 있거든? 그러니까 빨리 준비나 해, 이 굼벵이야."

　와이즈는 침대에 누운 채로 「빨리 세수하러나 가」 하고 말하듯이 발을 까딱거렸다. 그러자 치마가 펄럭거리면서 언뜻언뜻 무언가가 보였다.

"그래그래, 알았습니다……. 하아……. 그래도 죽이는 건 너무하잖아……. 어차피 아무 짓도 안 했을 건데……. 너한테는 그럴 가치가 없다고~. 매력이 없어~. 아예 쳐다보지도 않았을 거라고~. 이 바보야~."

"방금 뭐라고 하셨나요~?"

"아무 말도 안 했어~. 하아."

마사토는 화가 치솟았지만, 일단 세수라도 하면서 마음을 진정시키기로 했다.

마사토는 세면장 겸 욕실에 들어갔다. 세면대와 화장실과 욕조가 전부 있는 그곳에는 와이즈가 샤워라도 한 건지 비누 향기가 감돌고 있었으며…….

벽과 벽 사이에 설치된 로프에는 세탁물이 널려 있었다. 여성용 속옷이 5일분 정도 말이다.

"내, 내가 남자라고 여긴다면, 이런 것도 좀 신경 쓰라고……. 하아……. 아무래도 요일에 맞춰 다른 색깔 속옷을 입는 것 같네……. 검은색은 무슨 요일에 입는 걸까……."

"방금 뭐라고 했어…… 어…… 꺄아아아아아아아아아아아앗?!"

누군가가 침대에서 벌떡 일어서더니 욕실로 후다닥~ 뛰어와서 속옷들을 쏜살같이 회수했다.

그리고 코피가 날 것만 같아 보일 정도로 얼굴이 새빨개진 와이즈가 고함을 질렀다.

"가, 같이 여행을 하다보면 이런 일이 일어날 수도 있거든?!"

"아, 예~. 그런가요."

"네가 아는 히로인도 여관에 묵을 때는 세면장에서 빤 팬티를 방에 널어놨을 거야! 아니면 며칠 동안 팬티를 갈아입지 않고 여행을 했을 거란 말이야!"

"인마! 소년의 꿈을 박살내는 발언 좀 자제해!"

실제로 여행을 하다보면 이런저런 고생이 뒤따르는 법인 것 같았다.

"그럼, 다 같이 식사를 하자꾸나. ……잘 먹겠습니다."

"""잘 먹겠습니다~."""

"응. 맛있게 먹으렴."

여관 1층. 낮과 밤에는 모험가를 위한 레스토랑으로 운영되는 식당.

고풍스러운 테이블 위에 놓여있는 것은 젓가락, 밥, 달걀, 된장국, 생선구이, 조림. 마마코가 직접 만든 아침 식사였다.

문득 창밖을 쳐다보니 갑옷을 입은 전사와 지팡이를 든 마법사가 태연하게 돌아다니고 있었다. 그런 풍경을 보면서 일본식 아침 식사를 먹으니 뭔가가 잘못된 듯한 느낌이 들었지만…….

'……뭐, 됐어.'

마사토는 평온한 기분을 맛보면서 그렇게 생각했다. 그런 이유는 이 아침식사, 특히 이 된장국 덕분이다.

평소에는 허겁지겁 마시기만 하느라 맛이나 풍미를 느끼지 못했지만, 이렇게 느긋하게 맛보니 『이거야』, 『평소에 먹던 거네』, 『엄마의 맛인걸』 같은 생각이 들었다.

　마마코가 만들었다는 사실을 알 수 있는 이 아침식사가 RPG세계에서 맞이하는 첫날 아침을 평소와 다름없는 기분으로 맞이하게 해줬다.

　"마 군, 어때? 맛있니?"

　"응? ……아, 뭐……. 맛은 있네."

　"다행이구나. 된장과 맛국물을 가지고 오기 잘했어. 평소와 다른 환경에서 생활하니 이런 게 더 소중할 거라고 생각했단다. 마 군이 기뻐해줘서 이 엄마도 기뻐……."

　"달걀 비빔밥과 미역 된장국이 완전 끝내줘! 오래간만에 내 원점으로 회귀한 것만 같은 감동이 느껴져! 으으으윽! 누, 눈물이! 눈물이 멎지를 않아아아아아!"

　"와, 와이즈 씨?! 괜찮아요?!"

　"시끄러운 녀석이네……. 식사 정도는 좀 조용히 하라고……."

　"아아, 정말! 아아, 정말! 나, 신발을 벗을래! 정좌를 하고 먹을 거야! 다리가 저린 감각까지 포함해, 일본식 전통 식사를 완벽하게 맛보겠어!"

　"그럼 이 엄마도 정좌를 하고 먹을까. 의자 위에서, 영차~."

　"저도 정좌를 할래요! 영차!"

　"하아, 적당히 좀 하라고……. 우리가 무슨 일본인 관광객이냐……. 영차."

　일본인 용사는 투덜거리면서도 의자 위에서 책상 다리를 했다. 일본인이니 어쩔 수 없잖아. 어쩔 수 없다고.

마사토 일행은 그러면서 아침 식사를 마쳤다.

식사를 마친 후, 그들은 마마코가 타준 녹차를 마시면서 오늘 뭘 할지 상의했다.

"일단 우리 넷이서 파티를 짜서 행동하기로 하자. 포타는 전투를 못하니 셋이서 싸워야겠지만…… 탱커가 없기는 해도, 전투가 시작되자마자 엄마가 전체공격을 날리면 어떻게든 되긴 할 거야."

"그것보다 현자인 나한테 좀 의지해! 공격, 회복, 보조, 뭐든 나한테 맡겨! 내 마법을 잔뜩 기대하란 말이야! 흐흥!"

"아, 예. 그런가요. ……그럼 동료를 구했으니 다음으로 해야 할 건……."

"그야 물론 쇼핑이지! 쇼핑!"

가이드북을 한손에 든 마마코가 힘찬 목소리로 그렇게 말했다. 의욕이 넘치는 것 같았다. 아우라마저 보이는 것만 같았다. 그야말로 슈퍼 마마코다.

"쇼핑이라는 말을 입에 담기만 했는데 스테이터스 수치에 상승 보정이 걸렸어……."

"오늘은 하루 종일 쇼핑하는 날~! 자, 뭘 사러 갈 거야?" 룰루랄라☆

"그야 방어구지. 나와 엄마는 현재 평상복 차림이잖아. 우선 갑옷 같은 걸……."

"아, 맞다. 이 엄마는 말이지. 자외선 차단 크림을 가져오는 걸 깜빡했단다. 이 근처에 그런 걸 파는 잡화점이 없을까? 토

너도 얼마 안 남았으니까…… 참, 핸드크림도 사야해!"

"RPG에서 그런 아이템을 취급할 리가 없잖아. 포기해."

"하지만 피부 관리를 안 하면 당당하게 밖을 돌아다닐 수 없단 말이야……. 몬스터를 볼 면목도 없을 거야."

"그런 식으로 몬스터의 시선을 신경 쓰면서 싸울 필요는 없어! 게다가 엄마는 실제 연령 마이너스 스무 살로 보일 정도로 피부가 매끈하니까, 딱히 관리 안 해도 된다고!"

"저는 아름다운 마마 씨가 항상 아름다우셨으면 해요! 그러니 화장품도 사는 편이 좋을 것 같아요!"

"화장품은 중요해. 그리고 어쩌면 마마코 씨가 적의 표적이 될 확률이 떨어지지 않을까? 아름다운 사람을 다치게 해선 안 돼~ 같은 느낌으로 말이야. 나도 화장품 사고 싶어~. 인조 속눈썹을 파는 데가 있으면 좋겠네~."

"그딴 걸 구해서 뭘 할 건데……. 우리가 하고 있는 건 대체 어떤 RPG인 거냐고……. 검과 마법의 RPG가 아닌 거냐……."

뭐가 어떻게 된 거지. 환상 속 판타지 세계에서 들을 리가 없는 현실적인 말이 계속 들려왔다. 「우선 잡화점을 찾아보자!」, 「예!」, 「아, 립크림도 사야겠네」 여자들은 흥분한 목소리로 그런 이야기를 나누고 있었으며, 남자가 끼어들 틈은 없었다. 마사토는 꿔다놓은 보릿자루나 마찬가지인 신세였다…….

바로 그때, 와이즈가 갑자기 입을 열었다.

"아, 문득 든 생각인데 말이야."

"응? 왜 그래?"

"너희는 돈을 얼마나 가지고 있어?"

"돈? 나는 없는데…… 엄마는 있어?"

"물론이지. 몰래 모아뒀던 비상금을 전부 가지고 왔단다."

마마코는 그렇게 말하면서 자신만만하게 지갑을 꺼내들었다. 그리고 그걸 열어서 보여줬다.

안에는 열 장씩 정리된 일본 지폐가 잔뜩 들어 있었지만…… 와이즈와 포타는 그것을 보고 약간 난처한 표정을 지었다.

"아~ 저기 말이야……. 현실의 돈은 쓸 수 없어. 여기는 게임 속이잖아."

"뭐?"

"게임 안에서는 게임 안의 돈만 쓸 수 있어요. 그러니까 그 돈으로는 쇼핑을 할 수가 없어요……."

"으…… 으음……."

마마코는 잠시 동안 망연자실한 표정을 지었지만, 아직 포기하지 않았다! 「그럼 이건 어떠니?!」 마마코는 전국 공통 쌀 상품권을 꺼냈다! 하지만 와이즈는 고개를 저었다. 「그렇다면……!」 마마코는 전국 공통 맥주 상품권을 꺼냈다! 하지만 포타는 안타까운 듯한 표정을 지으며 고개를 저었다.

"으음…… 마, 마 군……."

"포기해. 쓸 수 없다니 어쩔 수 없잖아."

무일푼인 모자는 동시에 고개를 푹 숙였다.

"미안해! 포타 양이 여관비를 선불로 지급한 줄은 몰랐어! 나중에 꼭 갚아줄게!"

"괜찮아요! 저는 마마 씨 일행의 동료니까, 제 돈은 저희 모두의 돈이나 다름없어요! 오히려 여러분을 위해 돈을 쓸 수 있어서 기뻐요!"

"그렇게 귀여운 소리 좀 그만해! 포타가 착한 애라는 건 이미 알고 있다고! 이 녀석, 확 꼭 끌어안아버린다?!"

돈이 없으면 아무것도 살 수 없다. 서비스에 대한 대가도 치를 수 없다. 돈 없이는 아무것도 할 수 없다. 다른 건 몰라도 자금만큼은 반드시 손에 넣어야만 한다.

모험가가 돈을 벌기 위해서는 어떻게 하면 될까. 대답은 하나다. 바로 전투다.

마을 밖으로 나간 마사토 일행은 적을 찾기 위해 뛰어다녔다.

"일단 몬스터를 한 마리라도 더 해치우자! 그러면 되는 거지?!"

"예! 몬스터를 쓰러뜨리면 몬스터의 몸 안에 있는 특수한 세포가 사라지지 않고 남아요! 『젬』이라고 하는데, 그 젬은 종류에 따라 연료나 재료가 되기 때문에 환전소에서 매입해줘요! 그런 방식으로 전투를 통해 돈을 벌 수 있어요!"

"그런 건 기본이잖아! 왜 모르는 건데! 조사원한테 그런 설명도 못 들은 거야?!"

"우리 담당은 꼭 알려야 할 걸 알려주지 않는 골 때리는 사람이거든!"

지금쯤 시라세가 재채기를…… 아니다. 그녀는 그렇게 섬세

한 사람이 아니다. 아마 전혀 개의치 않을 것이다. 시라세니까 말이다.

"잼을 모으는 건 저한테 맡겨주세요! 저는 전투에선 도움이 안 되니까, 그 만큼 열심히 잼을 모을게요! 여행상인의 긍지를 걸고, 돈이 될 만한 잼을 단 하나도 놓치지 않겠어요!"

"좋아! 그럼 잼 회수는 포타에게 맡기겠어! 나와 엄마는 전투에 집중하자!"

"알았어! 모자가 힘을 합쳐 열심히 싸우는 거야!"

"자, 잠깐만, 나는 왜 빼먹는 건데?! 내 마법에도 의지하란 말이야!"

"물론 그럴 생각이야! ……저기 있다!"

초원지대 너머의 잡목림 쪽에 다수의 그림자가 존재했다. 상대도 마사토 일행을 발견했는지, 늑대나 곰 같은 실루엣을 지닌 몬스터들이 움직이기 시작했다.

선두에 서며 몬스터에게 돌격한 이는 와이즈였다. 그녀는 마법서를 꺼내더니 재빨리 페이지를 넘겼다.

"우선 내 힘을 보여주겠어! ……스파라 라 마지아……."

"아들을 길바닥에 나앉게 할 수야 없지! 이 엄마, 힘낼게! 에잇!"

와이즈가 먼저 공격 모션에 들어갔지만, 마마코가 선제공격을 펼쳤다. 그녀가 대지의 성검 테라디마도레를 휘둘렀다.

마마코의 공격에 만물의 어머니인 대지가 호응하더니, 적의 발치에서 수많은 바위 칼날이 솟아났다. 그 엄청난 전체공격에 꿰뚫린 몬스터들이 그대로 숨통이 끊어졌다.

몬스터 무리를 해치웠다!

"잠깐…… 나는 아직 주문 영창이 안 끝났는데…… 그것보다 뭐가 어떻게 된 거야……. 마마코 씨는 화력이 너무 엄청나잖아……."

"느리네. 다음에는 좀 더 빨리 영창을 마쳐. ……몬스터가 있던 장소에 다양한 색깔의 주사위 같은 게 굴러다니는 것 같은데, 혹시 저게 젬인 거야?"

"예! 그럼 제가 회수할 테니까 잠시만 기다려주세요!"

몸집이 작은 포타가 재빠르게 돌아다니면서 곳곳에 굴러다니는 형형색색의 젬을 빠짐없이 주웠다. 그 모습은 열심히 나무 열매를 모으는 사랑스러운 다람쥐 같았다. 「그럼 나는 포타를 회수해서 길러야지」, 「마 군……」 어머니가 안타까운 눈길로 아들을 쳐다보고 있었다.

바로 그때였다.

"마 군! 저쪽 나무 뒤편에서 뭔가가 움직였어!"

"뭐?! ……오오, 저쪽에도 몬스터 같아 보이는 게 있네!"

"오케이, 저 녀석은 나한테 맡겨! 이번에야말로……! ……스파라 라 마지……."

"이 엄마는 안 질 거야! 에잇!"

와이즈가 먼저 공격 모션 이하 생략.

마마코는 미심쩍은 나무 그늘을 향해 바다의 성검 알투라를 휘둘렀다. 검의 궤적에서 물이 뿜어져 나오더니 물방울로

된 수많은 탄환이 되어서 일제히 발사됐다. 그리고 모습을 드러내려 하던 거대한 개미와 거미, 그리고 지네들이 온몸에 구멍이 숭숭 뚫린 채 그대로 쓰러졌다.

몬스터 무리를 해치웠다!

"……저, 저기…… 내 마법은 주문을 영창해야……."

와이즈가 무슨 말을 하려던 순간, 갑자기 팡파르 소리가 울려 퍼지더니 마사토와 마마코 앞에 윈도우 화면이 팝업 표시됐다. 그리고 그 화면에는 【레벨 업!】이라는 글자가 적혀 있었다.

"아하. 레벨이 오른다는 건 이런 느낌이구나……. 흐음…… HP와 MP, 그리고 기본 스테이터스는 자동으로 상승했고…… SP 획득…… 흠흠. 이 SP라는 포인트를 소비해서 캐릭터를 자기 취향에 맞춰 키우는 건가 보네."

"어머나, 포인트를 얻은 거니? 이 엄마는 포인트를 참 좋아한단다. 일단 모아둬야겠네."

"이봐, 거기. 이 포인트는 모아뒀다가 상품권이나 경품으로 교환하는 게 아니거든? 스테이터스에 투자…… 아, 모아뒀다가 특수 스킬을 습득할 수도 있구나……. 고민되네……."

"저기, SP를 어떻게 쓸지는 나중에 고민하고, 일단 내 이야기 좀 들어봐. 캐스트 타임이라는 거 알아? 준비 시간 같은 건데, 마법은 발동되는데 약간 시간이……."

와이즈가 뭔가 할 말이 있는 것 같지만 그때 또……!

"마 군, 하늘을 보렴!"

"오오, 하늘에도 몬스터가 있네! 하지만 또 한 마리잖아!"

"좋아! 하늘의 적은 검으로 공격할 수 없어! 그러니까 내가 나설 차례네! ……스파……."

"하늘의 적은 나한테 맡기라고오오오오오오오오오오오오!"

와이즈는 그냥 무시하기로 했다.

마사토는 천공의 성검 필라멘트를 움켜쥐었다. 자신이 활약할 순간은 지금 뿐이다. 이 기회만큼은 절대 양보할 수 없다. 마사토는 온힘을 다해 검을 휘둘렀다. 투명한 칼날에서 날카로운 충격파가 뿜어지더니, 하늘로 날아올랐다.

자동으로 적을 추적하는 그 공격은 「삐약?!」 참새 크기의 적 몬스터, 삐약이에게 명중하더니 그대로 격파했다.

몬스터를 해치웠다!

"마 군, 해냈구나! 이 엄마, 마 군의 엄청난 실력을 보고 감격했어!" 울먹☆

"큭…… 울면 안 돼……. 울면 안 된다고……. 엄마와 내 실력을 비교하면 지는 거야……."

"기다리게 해서 죄송해요! 젬은 전부 회수했어요! 놓친 것도 없어요!"

"좋아! 딴 곳으로 가자! 이번에는 하늘을 날아다니는 적이 잔뜩 나오는 곳에 가서 내가 엄청 활약할 거야! 엄마의 힘으로 이기는 게 아니라, 내 힘으로 승리를 쟁취하고 말겠어!"

"우후후, 믿음직한걸. 그럼 가자꾸나."

"예! 가죠!"

마사토는 눈가를 타고 흘러내린 눈물을 닦으며 달리기 시작했다. 마마코는 기세를 타기 시작한 아들을 믿음직하다는 듯이 응시했고, 포타도 의욕을 불태웠다. 그렇게 용사 일행은 다른 적을 찾아 전진했다.

하지만, 단 한 명…….

"……나…… 이 파티에서 필요 없는 존재야……."

앞으로도 자신이 나설 일은 없을지도 모른다는 사실을 눈치챈 똑똑한 현자는 자신의 존재이유를 잃은 듯한 눈빛으로 지면을 응시하며 멍하니 서있었다.

초원 너머에 있는 탁 트인 언덕에 도착한 일행은 마마코의 제안으로 잠시 쉬기로 했다.

"자, 이 근처에서 잠깐 휴식을 취하지 않겠니?"

"예! 잠시 쉬기로 해요!"

"그런 건 용사인 내가 할 말이라고 생각하는데…… 뭐, 좋아. 좀 쉬자고."

전투에서도, 이런 의사 결정 때도, 앞장서서 행동하는 마마코에게 불만이 없는 건 아니지만…… 이 가슴속의 응어리는 일단 억눌러두기로 하고, 머릿속도 휴식을 취하게 하기로 했다.

하지만 주위를 둘러보니 세 사람밖에 없었다. 와이즈의 모습이 보이지 않는 것이다.

'가시방석에 앉은 기분이겠지……. 그 녀석은 아무것도 못했으니까 말이야…….'

동병상련이랄까, 우리 엄마가 너무 세서 미안하다는 생각이 좀 들었다. 마사토는 사과도 할 겸 와이즈를 찾으러 가기로 했다.

　마사토는 마마코와 포타가 담소를 나누고 있는 언덕에서 약간 떨어진 곳에 있는 나무 뒤편으로 향했다. 삐쳐서 토라진 녀석들은 보통 이런 곳에 있는 법이라고 생각하며 살펴보니, 아니나다를까 와이즈는 거기에 있었다.

　나무 뒤편에서 몸을 웅크린 와이즈는 울고 있는지 어깨를 부르르 떨고…….

　"크크큭. 발버둥 쳐봐, 이 무력한 벌레들아. 자, 자. 자, 자, 자."

　아니었다. 발치의 개미를 나뭇가지로 괴롭히면서 놀고 있었다. 아까와는 다른 의미에서 걱정되는 상태였다.

　마사토는 그런 와이즈의 옆에 앉았다. 물론 적당히 거리를 두면서 말이다.

　와이즈는 그런 마사토를 한동안 무시했지만, 곧 한숨을 내쉬면서 그의 발을 향해 나뭇가지를 던졌다.

　"……왜 그래?"

　"그건 내가 할 말이야. ……할 말이 있으면 어디 해봐. 자, 빨리 해보란 말이야. 바보취급을 하면 되잖아? 아무 짝에도 도움이 안 되는 현자라 참 미안하게 됐어. 흥."

　"도움이 되지 않은 건 사실이지만…… 뭐, 저기, 그러니까…… 너무 개의치 마."

　"무리야. 내 자존심은 완전히 박살났거든. 다시 일어설 순없어."

"그런 소리 하지 말고…… 아, 맞다."

마사토는 가볍게 팔을 돌렸다. 그 팔에는 생채기가 나있었다.

"어디 걸려서 다친 것 같은데, 치료해주지 않겠어? 좀 아프거든."

"사랑하는 엄마한테 핥아달라고 하는 게 어때? 저렇게 젊어 보이는 걸 보면, 피부의 재생능력도 갖추고 있을 거야."

"그런 능력은 없어. 우리 엄마는 그런 슈퍼 우먼이 아니라고."

"그럼 포타한테 회복약을 달라고 하면 되겠네. 내가 마법으로 치료해줄 필요는 없잖아? ……그런 식으로 내가 기운을 차리게 해주려고 해봤자 소용없어. 한심한 짓 좀 하지 마. 흥."

와이즈는 더 언짢아하면서 고개를 돌렸다.

와이즈의 마법으로 상처를 치료한 후, 네가 있어서 다행이야…… 같은 식으로 쉽게 풀리지는 않을 것 같았다. 그런 틀에 박힌 격려는 먹히지 않는 건가……. 바로 그때였다.

"……팔, 내밀어봐."

와이즈는 고개를 돌린 채 마사토의 옷을 잡아당겼다.

"뭐야. 치료해줄 거야?"

"너희는 돈이 없지? 겨우 이런 상처를 치료하려고 아이템을 쓰는 건 돈 낭비라고 생각하거든? 즉, 비경제적이야. 그러니까, 저기…… 경제적인 방법을 유효 활용하는 게 가장 올바른 선택지라고 생각하는데……."

"즉, 네가 마법으로 고쳐주겠다는 거지?"

"호, 혹시나 해서 말해두는 건데 말이야! 너한테 격려를 받고 딱히 기운이 난 게 아니라, 나도 일단은 내가 할 일을 다 하는 편이 좋겠다고 생각했을 뿐이야! 자, 빨리 팔을 내밀어봐!"

"알았어. 그럼 부탁할게."

와이즈는 역시 솔직하지 못한 녀석이라고 생각한 마사토는 쓴웃음을 지으면서 그녀를 향해 팔을 내밀었다.

그리고 와이즈는 마법서를 꺼내더니, 주문을 외웠다. 연속 마법 발동.

"스파라 라 마지아 펠 미라레…… 풍단(風斷)!"

"으캬아아아아아아아아아악?! 팔이 절단됐어어어어어어엇?!"

"그리고! 회복!"

"앗, 붙었네."

마사토의 팔은 바람 칼날에 의해 잘려나갔지만 완치됐다. 우와, 대단하네.

"흐흥. 내 실력 봤지?『역시 네가 있어서 다행이야』하고 말해봐."

"엄청~ 말하기 싫어. 오히려 항의하고 싶은 심정이야. ……그런데 왜 페널티가 발생하지 않는 거지? 방금은 명백하게 나를 공격했잖아. 완전 아웃이라고. 혹시 버그라도 발생한 걸까……."

"으음~. 역시 동료에게는 판정이 발생하지 않는 거 아닐까? 왠지 그럴 것 같은 느낌이 들어."

"아, 그럴지도 몰라. 동료라서 그런 거구나."

「동료라서」라는 부분을 강조하면서 마사토가 말하자 와이즈는 눈을 살며시 치켜뜨더니 「……흥」 하고 코웃음을 치면서 고개를 돌렸다.

와이즈는 부끄러움을 느끼고 있는 건지 귀가 약간 빨개졌지만, 마사토는 그냥 못 본 걸로 했다.

"아무튼 기운을 내. 우리 엄마가 너무 세서 자괴감을 느끼고 있는 건 너만이 아냐. 나도 앞으로 힘낼게."

"힘낸다니…… 하아…… 뭐, 맞아. 차근차근 레벨을 올리고, 차근차근 SP를 모아서, 스테이터스와 스킬을 차근차근 올리는 수밖에…… 없겠지."

"그래. 우리는 무과금 유저의 삶을 게임 안에서 실제로 겪을 수밖에 없어. 언젠가 우리가 메인 딜러가 될 수 있도록, 마음을 단단히 먹고 최선을 다하는 수밖에 없는 거야. 그러니까……."

마사토는 와이즈를 향해 주먹을 내밀었다. 힘내자는 뜻을 담아서 말이다. 와이즈는 어이없다는 듯이 마사토의 주먹을 쳐다봤지만, 이런 행동도 나쁘지 않다고 생각했는지……

그녀 또한 주먹을 말아 쥐더니…… 주먹을 맞대며 동료와 마음을 나누려던, 바로 그때였다.

지면이 흔들렸다.

"이건, 그때 그……!"

"설마, 또……?!"

위대한 어머니가 쓰는 예의 그 기술, 아들이 있는 곳을 찾아내서 그곳에서 현재 벌어지고 있는 상황을 엉망진창으로 만드는 보조 스킬 【어머니의 송곳니】가 두 사람을 갈라놓듯 작렬했다.

빙글빙글 휘잉~ 하며 튕겨져 날아가고 있는 두 사람의 궤적은 하트 모양을 그리고 있는 것도…….

아니, 그건 착각이다. 그런 일은 벌어지지 않았습니다.

"저기, 엄마……. 부탁이니까 그냥 평범하게 불러달라고. 나, 근처에 있었단 말이야."

"동료들끼리는 공격을 해도 페널티가 발생하지 않으니까……. 마마코 씨를 쓰러뜨리는 게…… 내 목표가 될 것만 같아……."

"미안해! 갓 익힌 기술을 일단 무턱대고 쓰고 보는 못난 엄마라 정말 미안해!"

마마코는 꾸벅꾸벅 고개를 숙이며 사과했다. 그러자 특정 부위가 엄청 흔들렸다. 위아래로 흔들흔들…… 지금은 그런 곳을 쳐다볼 때가 아니다.

"참, 두 사람에게 보여주고 싶은 게 있단다."

마마코는 마사토와 와이즈를 데리고 언덕을 내려갔다. 【어머니의 송곳니】의 영향인지 일부 지형이 변형되어 있었으며, 움푹 파인 초원에는 거대한 구멍이 나 있었다.

그 구멍에는 줄사다리가 걸려 있었으며, 포타가 그 안에서 고개를 쏙 내밀었다. 우와, 이 굴토끼처럼 귀여운 애는 뭐야. 너무 귀엽잖아. 내가 길러야겠어.

"아, 마사토 씨, 와이즈 씨. 어서 오세요! 무사하셨군요."

"응. 어찌어찌 말이야. 그런데 포타는 뭘 하고 있는 거야?"

"이 동굴 안을 살펴봤어요. 실은 이 동굴 안에서 보물의 기운이 느껴져요."

"여행상인은 그런 감각도 날카롭구나. ……그런데 언제? 뭔가 엄청난 보물이 숨겨져 있을 것 같아? 보물이 잔뜩 숨겨져 있다거나 말이야."

"유감이지만 돈은 되지 않을 것 같아요. 하지만 좀 특이한 도구가 있는 것 같은 느낌이 들어요."

"좀 특이한 도구…… 흠…….'

"저기, 마 군. 어쩌면 좋겠니?"

어떻게 하면 좋을까. 마사토는 잠시 생각을 해봤다.

보물찾기. 그 말을 떠올린 마사토는 해보고 싶다는 생각이 들었다. 하지만 차분하게 파티 멤버들을 둘러보니…… 포타와 와이즈는 몰라도 마사토와 마마코의 복장은 문제가 될 것 같았다.

마사토는 파카 재킷에 카고팬츠 차림이며, 마마코는 외출용 원피스를 입고 있었다.

공격력은 뛰어날지라도 방어력이 없다는 것은 일목요연했다.

'이 상태에서 몬스터와 싸우는 것도 위험한데, 보물을 찾으러 다니는 건…….'

역시 눈물을 삼키며 참는 편이 좋을까. 그게 무난할 것 같았다.

하지만 특수한 아이템이 있는 듯한 이 동굴을 이대로 방치하는 것도 좀 아쉬웠다. 마사토 일행이 마을로 돌아가서 장비를 갖추고 돌아오는 사이, 다른 모험가가 우연히 이 동굴을 발견해서 탐색할 가능성 또한 충분히 있는 것이다. 그렇다면…….

"……와이즈. 네 마법으로 나와 엄마의 방어력을 상승시키는 건 가능해?"

"물론이지. 방어마법은 초급 중의 초급이야. 습득 안 했을 리가 없잖아? 방어력 수치를 최대치까지 올리는 것도 가능해. 내 마법만 믿어."

"그래? 좋아. ……그럼……."

"그럼, 다 같이 보물찾기를 하는 거구나! 다 같이 힘내자꾸나~!"

"앗, 내가 그 말을 할 생각이었는데……."

마마코의 말에 맞춰 『『『오~!』』』 하고 힘차게 외친 후, 마사토 일행은 동굴 안으로 돌입하기 시작했다.

"우선 제가 내려가서 안내할게요!"

포타는 수직 동굴을 쑥쑥 내려갔다.

"그럼 다음은 내가 내려가겠어. 이 탐험대의 리더는 바로 나야. 탐험 대장의 칭호를 방금 얻었다고."

"그럼 그 다음에는 이 엄마가…… 어머나. 그러고 보니 이 엄마는 지금 치마 차림이었지. 마 군한테 치마 안을 보여주겠네." 발그레.

"얼굴 붉히지 마, 어머니! 그딴 거, 죽어도 안 봐!"

"죽어도 안 본다니……. 훌쩍훌쩍…… 이 엄마는 오늘 새 속옷을 입었는데……. 엉덩이에 속옷 라인이 드러나지 않도록

T백 팬티를 입었는데…….”

“괜한 정보를 제공하지 마! 헛소리 하지 말고 먼저 내려가! 나는 그 다음에 내려가겠어!”

“잠깐만! 나도 치마 입었거든?! 너, 밑에서 내 치마 안을 쳐다볼 속셈인 거야?!”

“뭐어?! 이 엄마의 속옷은 보기 싫은데, 와이즈 양의 속옷은 보고 싶은 거야?! 이유가 뭐냐?!”

“이유는 무슨, 그러는 게 당연하잖아! ……아, 딱히, 와이즈의 속옷을 보고 싶다는 건 아냐! 하아, 정말! 아무튼 와이즈도 먼저 내려가! 내가 마지막으로 내려갈게!”

마마코가 줄사다리를 잡고 동굴을 내려갔고, 와이즈가 그 뒤를 이었다. 마지막으로 마사토가 동굴 안으로 몸을 집어넣기 시작한…… 바로 그때였다.

꽤 아래쪽에서 목소리가 들렸다.

……으…… 아…… 앗……!

포타가 고함을 지르고 있는 것 같지만, 잘 들리지 않았다.

“이봐, 와이즈! 포타가 밑에서 뭐라고 말하는 것 같은데, 알아들을 수 있겠어?!”

“잠깐만 기다려! 마마코 씨에게 물어볼게! ……마마코 씨~!”

……윽! ……니까…… 해! ……렸다……가……!

“아, 예~! 알았어요~! 그렇게 전할게요~!”

“뭐라는데?!”

“네 명이 한꺼번에 매달리면 줄사다리가 버티지 못하니까,

좀 기다렸다 내려오라는 것 같아~!"

"아하, 그렇구나! 알았어! 그럼 밑에 있는 사람들에게 이렇게 말해줘!"

"뭐라고 말이야~?"

"그런 건 좀 일찍 말하라고~!"

"동감이야~! 그래도 그 말은 나중에 직접 말하는 게 어때~?"

"뭐, 그러면 되겠네! 곧 어마어마한 속도로 만나러 가게 될 것 같으니까 말이야아아아아아아아아아아아아아아앗?!"

무게를 견디지 못한 줄사다리가 끊어지자 마사토 일행은 자유 낙하를 시작했다.

"다들 괜찮니?! 다친 곳은 없어?! 대답을 해보렴!"

"아, 예! 저는 괜찮아요!"

"나도 괜찮아~. 완전 멀쩡해~."

"마 군은 괜찮니?! 마 군의 목소리가 들리지 않네! 마 군, 무사한 거야?! 어디 있는 거니?!"

"아~ 마사토라면 괜찮아. 지금 우리 발밑에 있거든."

"이해가 안 돼…… 내가 가장 위쪽에 있었는데, 왜 가장 먼저 지면에 떨어져서 이렇게 남들에게 밟히고 있는 거지…… 완전 이상하잖아……."

"이유는 간단해. 내가 너 이외의 파티 멤버 전원에게 부유 마법을 걸었어. 전체마법인데 특정 대상만 제외시킨 후, 그 제

외자 위에 다른 세 사람을 착지시키는 건 꽤 난이도가 높은 기술이야."

"쓸데없는 기술을 가졌구나……."

"그리고 너한테만 방어 마법을 걸어줬어. 덕분에 몸에 생채기 하나 안 생겼을걸? 어때? 내 마법이 얼마나 대단한지 이해했어? 이해했으면 나를 칭송하도록 해. 자, 빨리 해."

"예이예이, 참 대단하시옵니다. ……그것보다……."

마사토는 세 사람의 발밑에 있는 상태에서 고개만 들어 올려 주위를 둘러보았다.

하지만 아무것도 보이지 않았다. 주위는 그야말로 암흑에 뒤덮여 있었다. 자신의 손도 보이지 않을 만큼 어두운 곳이었다.

"와이즈. 일단 주위를 밝혀봐. 이래선 아무것도 못한다고."

"오케이~. 엄청 대단한 현자인 이 나만 믿어. 화염 마법을 연속마법으로 날려서 주위를 밝힐게. ……스파라 라 마지아……."

"이봐, 멈춰! 주위가 어떤 곳인지 모르는 상태에서 불을 피우면 어떻게 해! 까딱 잘못하면 우리까지 화상을 입는다고! 단순히 주위를 밝히는 마법이면 돼!"

"어…… 으, 으음…… 그런 마법은, 저기…… 뭐랄까……."

와이즈는 머뭇거렸다. 우물쭈물하면서 몸을 배배 꼬더니, 발꿈치로 아래편을 짓밟으며 발끝으로 걷어찼다. 참고로 발에 짓밟히거나 걷어차이고 있는 것은 물론 마사토의 등이다. 방어 마법 덕분에 대미지는 전혀 입지 않았지만, 그래도 기분이 나빴다.

"뭐야. 그런 마법도 쓸 줄 모르는 거야? 하아, 진짜 안쓰러운 녀석이네. 멋지게 활약해서 우리에게 존경을 받을 기회를 자기 발로 걷어차 버리는 거구나."

"그런 소리 하지 마! 내가 가장 잘 알고 있단 말이야! ……큭, 쓸모없을 줄 알고 안 익혔는데……."

"쓸모없는 건 바로 너야. ……그럼 아이템을 써야겠네. 포타, 혹시 불을 밝힐 수 있는 물건 같은 건 가지고 있지 않아?"

"죄, 죄송해요……. 실은 아까 떨어지면서 가방을 놓친 것 같아요……. 저는 지금 아무것도 가지고 있지 않아요……."

"맙소사……. 골치 아프게 됐네……."

"죄송해요! 정말 죄송해요! 도움이 못 되어서 정말 죄송해요! ……애초에 줄사다리가 끊어질 수 있다는 걸 제가 미리 말해 뒀으면 이런 일은 벌어지지 않았을 텐데…… 흑흑……."

포타의 목소리가 젖어 들어가기 시작했다. 그리고 훌쩍거리는 소리도 들렸다. 혹시 우는 걸까?

"어, 음. 그건 포타 잘못이 아냐. 그러니까 울지 않아도 돼. 응?"

"훌쩍…… 하지만 저 자신이 너무 한심해서…… 훌쩍…… 쓸모없는 애라 죄송해요……."

"아니, 괜찮아. 포타는 쓸모 많은 애야. 아무 잘못도 안 했어. 내가 보증할게."

"잠깐만. 아까 나한테 했던 말과는 완전 정반대네? 이유가 뭐야?"

"그야 물론 호감도 차이 때문이지."

"이익!"

와이즈가 더욱 세게 등을 밟아댔지만 노 대미지였기에 마사토는 그냥 무시했다.

"훌쩍…… 죄송해요……. 정말 죄송해요……. 훌쩍……."

"저기, 으음…… 어, 어, 포타? 진짜로 개의치 마. 부탁이니까 울음 좀 그쳐줄래?"

어떻게 하지? 어쩌면 좋지? 말이 심했다, 미안하다, 마음껏 화풀이해도 되니까 용서해달라, 같은 말을 하며 사과하는 편이…….

바로 그때였다. 따뜻함과 상냥함으로 가득 찬 부드러운 목소리가 들렸다.

"포타 양. 괜찮단다. 실패는 누구나 하는 거잖니. 그러니 개의치 마."

"마마 씨……. 훌쩍…… 하, 하지만…… 이렇게 어두운 동굴에 떨어졌는데, 어떻게 하면……."

"괜찮단다. 이 정도는 내가 어떻게 해볼게. 우리 함께 기운 내자. 자, 파이팅~!"

마마코는 힘찬 목소리로 그렇게 말했다. 바로 그때였다.

빛이 주위를 밝혔다. 마마코가 빛나고 있었다.

마마코는 특수 스킬 【어머니의 빛】을 익혔다.

"어, 어머……?"

"잠깐만, 뭐가 어떻게 된 거야? 엄마가 빛나고 있잖아? 온

몸에서 빛이 뿜어져 나오고 있어!"

"마마 씨, 대단해요! 엄청 밝아요! 찬란히 빛나고 있다고요!"

"그러고 보니 우리 엄마도 처음에는 툭하면 빛났어…… 딸과 단둘이 여행하게 되어서 의욕이 난 건지, 밝게 행동하려고 하더니…… 훗, 그리운 이야기네……."

"이 세계에서의 어머니들은 대체 어떻게 되어먹은 거야……. 묘한 능력 보정이라도 받고 있는 거야……?"

아무튼, 온몸으로 빛을 뿜고 있는 마마코 덕분에 주위를 살필 수가 있었다.

아무래도 마사토 일행은 세 개의 구멍이 이어져 있는 곳에 있는 것 같다. 고개를 들어보니 끝이 보이지 않는 수직 동굴이 머리 위에 있었고, 좌우에도 동굴이 있었다. 평범하게 서서 걸을 수 있는 크기의 동굴이 안쪽으로 이어져 있었다.

"여기까지 왔으니, 어떻게 돌아갈지는 나중에 생각하자. 그런 건 보물을 찾은 후에 생각하면 돼. 그게 모험가의 마음가짐이라는 거잖아."

용사 일행은 그저 앞으로 나아가기만 할 뿐이다.

"자, 포타. 지금이야말로 네가 나설 차례야. 우리를 보물이 있는 곳까지 안내해주겠어?"

"아, 예! 보물의 기운은 이쪽에서 느껴져요! 제가 안내할게요!"

포타는 근처에 떨어져 있던 숄더백을 주워들더니 의욕을 불태우면서 오른쪽 동굴로 뛰어갔다.

"어머나, 그렇게 서두르면 위험하단다."

주위를 찬란히 밝히고 있는 전신발광 마마코도 그 뒤를 이어…….

"".....앗.....?!""

그리고 두 사람은 곧 돌아왔다. 포타와 마마코는 질린 듯한 표정으로 부리나케 뛰어왔다. 「우와아아아아아아아앗?!」, 「어어어어어어어어엇?!」 꽤나 당황한 것 같았다.

"저기, 두 사람 다 왜…… 그래…… 뭔가 다가오고 있어?!"

발치에서 미세한 진동이 전해져 왔다. 커다란 무언가가 뛰어오고 있는 것 같았다. 마사토는 즉시 전투태세를 취했다.

마사토의 예감은 적중했다. 필사적인 표정인 포타와 마마코의 뒤편에는…… 거대하고 동글동글하며, 온몸이 출렁거리고 있는 연체동물 같은 무언가가 있었다. 바로 슬라임이었다.

"RPG의 대명사 같은 녀석이 튀어나왔네. ……그건 그렇고, 엄청 큰걸~."

"확실히 크기는 하지만, 그래도 조무래기의 필두격인 슬라임이잖아? 저딴 녀석은 내 마법으로 순식간에 해치워버리겠어. ……내가 만들어낸 폭염으로 순식간에……!"

그 순간, 거대 슬라임이 온몸을 부르르 떨면서 기묘한 소리를 냈다. 그 소리가 동굴을 타고 뻗어나갔다.

마마코에게는 효과가 없었다. 포타에게는 효과가 없었다. 마사토에게도 효과가 없었다.

와이즈는 마법을 봉인 당했다. 「이럴, 수가……」 와이즈는 이 세상 모든 것에게 배신당한 듯한 눈길로 발치를 쳐다보며 멍하니 서있었다. 그럴 수밖에 없는 것이다…….

"심정은 이해하지만 지금은 그럴 상황이 아니라고! 이 멍청아!"

"어? ……앗……?!"

거대 슬라임이 맹렬하게 돌진해왔다. 마사토는 재빨리 와이즈를 이 동굴의 벽면으로 옮겼다. 그리고 『꼬옥』 몸을 밀착시키며 그녀를 감쌌다. 「자, 잠깐?! 닿았거든?!」, 「괜한 소리 하지 말고 가만히…… 우오오오오?!」 말캉말캉, 하는 감촉이 마사토의 등에 가해지면서 슬라임이 그대로 지나갔다.

"큭! 몸의 앞쪽에도 뭔가 닿은 것 같지만, 등에서 느껴진 감촉이 너무 강렬해서 그쪽은 전혀 신경을 쓰지 못했어!"

"신경 쓰이지 않을 정도로 사이즈가 작아서 거참 미안하게 됐네!"

"뭐, 지금은 그런 소리를 할 때가 아니잖아. 저 녀석을 쫓아가자!"

"앗, 자, 잠깐만 있어봐! 하다못해 한 대만 좀 때리자!"

마마코와 포타는 정신이 나갔는지 거대 슬라임한테서 계속 도망만 치고 있었다. 마사토는 와이즈의 마법서 따귀(타격 속성)를 민첩하게 피한 후, 끝내주는 탄력을 지닌 거대 슬라임을 쫓기 위해 내달렸다.

마사토는 비명과 진동을 쫓으며 동굴 안쪽으로 향했다. 가슴 사이즈가 빈약한 와이즈가 던지고 있는 분노의 돌멩이 탄환을 맞으면서도 그는 계속 동굴을 나아갔다.

한동안 계속 달려가니 동굴 안쪽에서 빛이 쏟아져 나오고 있었다. 속도를 높이며 단숨에 뛰어가 보니 그곳에는 널찍한 공간이 존재했다. 땅속에 존재하는 거대한 이 공간의 입구 쪽에 마마코와 포타가 서 있었다.

"엄마! 포타! 둘 다 무사해?!"

"예! 저도, 마마 씨도 무사해요! 다친 곳은 없어요!"

"좀 놀라기는 했지만 괜찮단다. 그것보다…… 저건……."

"응……. 큰일 났네……."

이 공간의 내부는 밝았다. 마마코가 빛을 뿜고 있는 건 줄 알았는데, 그렇지 않았다. 빛을 뿜고 있는 것은 바로 거대 슬라임이었다.

반딧불이처럼 몽환적인 빛이 어딘가에서 계속 날아오더니, 거대한 슬라임에 차례차례 흡수됐다. 그때마다 안 그대로 거대하던 슬라임이 점점 더 팽창되는 것 같았다.

"빨리 손을 쓰지 않으면 돌이킬 수 없는 사태가 벌어질 거야……. 좋아, 서둘러 퇴치하자!"

"응! 이 엄마도 힘낼게! ……포타 양은 안전한 곳으로 대피하렴!"

"예! 저도 열심히 응원할게요!"

"좋아! 그럼 나와 엄마가 둘이서……!"

"잠깐만! 나도 있다는 걸 잊지 말란 말이야!"

와이즈가 언성을 높이며 그렇게 말했지만…….

"이봐~. 무리는 하지 말라고, 와이즈. 너는 마법이 봉인됐잖아?"

"미안하지만, 시간이 지나니 그 봉인이 풀렸어. 나는 이제 마법을 쓸 수 있거든? ……이번에야말로 내 실력을……!"

바로 그때, 거대 슬라임이 온몸을 부들부들 떨기 시작했다. 그와 동시에 기묘한 소리가 이 동굴 안에 울려 퍼졌다.

마마코에게는 효과가 없었다. 포타에게는 효과가 없었다. 마사토에게도 효과가 없었다.

와이즈는 마법을 봉인 당했다. 「이렇게 될 줄 알았다니깐!」 와이즈는 토라졌는지 마법서를 베개 삼으며 벌러덩 드러누웠다. 마법이 봉인된 마법사는 짐덩이나 다름없다.

"불쌍한 녀석. 그래도 안전한 곳에서 퍼질러 자라고. 포타에게 돌봐달라고 하면 되겠네. ……엄마, 싸울 수 있겠어?"

"물론이란다. 이 엄마가 힘내서 해치워버릴게!"

"기합이 잔뜩 들어간 것 같은데 이런 소리를 해서 미안하지만, 저 녀석은 내가 해치울 거야. 그럼…… 가자!"

마사토는 천공의 성검 필마멘트를 손에 쥐었고, 마마코는 대지의 성검 테라디마도레와 바다의 성검 알투라를 거머쥐었다. 그리고 용사와 용사의 어머니는 동시에 몸을 날렸다.

가장 먼저 공격을 펼친 이는 마사토였다.

"드디어 내 시대가 왔다!"

부풀어 오른 거대 슬라임의 코앞까지 다가가더니 온힘을 다해 검을 휘둘렀다……!

미스. 거대 슬라임은 거대한 몸집에 어울리지 않는 재빠른 움직임으로 도약하더니 마사토의 공격을 간단히 피했다.

"큭?! 이 녀석, 몸집이 큰데도 움직임이 빠르잖아!?"

"이 엄마에게 맡기렴! 에잇!"

마마코는 테라디마도레와 알투라를 교차시키더니, 단숨에 휘둘렀다. 흙벽으로 된 이 동굴의 사방팔방에서 바위 칼날이 튀어나왔고, 물방울 탄환이 탄막을 형성하며 일제히 발사됐다. 이건 피하는 게 불가능…….

미스. 거대 슬라임은 고속으로 고무공처럼 통통 튀면서 모든 공격을 피했다.

적은 하나다. 머릿수별 대미지가 적 하나에게 전부 들어간다면 한 방에 보내버릴 수 있겠지만, 맞지 않는다면 노 대미지인 것이다.

"이, 이럴 수가……. 이 엄마, 최선을 다했는데……. 엄마, 침울~." 홀쩍.

"이봐, 엄마! 긴장 풀지 마! 곧 반격을……!"

당했다.

『고비보보보보보보보보보보보보보!』

슬라임의 형태가 변하면서 구멍이 생기더니 거기서 대량의 액체가 분사됐다. 로션처럼 끈적끈적한 그 액체가 날아왔다. 공격목표는…… 마마코였다.

"큭! 엄마!"

"꺄앗!"

마사토는 반사적으로 마마코를 밀쳐서 쓰러뜨렸다. 그리고 자신의 몸을 방패삼아 마마코를 지키려했지만…… 슬라임이 뿜은 것은 액체였다. 결국 두 사람은 몸을 맞댄 채 그 미끈미끈한 탁류에 삼켜졌다.

그리고 그 탁류가 멎었을 즈음, 마사토가 몸을 일으켜보니…….

"푸핫! 엄마! 괜찮…… 어…… 어?"

"어, 어머?"

마사토의 밑에 깔려있던 마마코의 원피스가 슈와~ 하는 소리를 내면서 녹았다. 그리고 그 안에 있던 브래지어 또한 슈와~ 하는 소리를 내리며 녹았다.

그러자, 마마코의 훌륭하기 그지없는 두 계곡이 눈앞에서 출렁~ 하며 모습을 드러냈다.

이야, 오래간만이야. 어릴 적에 욕실에서 지긋하게 봤던 이후로 처음이지?

"자, 잠깐, 어?! 뭐가 어떻게 된 거야?! 내 옷은 전혀 녹지 않았는데…… 앗?!"

허둥대다 액체 때문에 손이 미끄러진 마사토는 「우읍?!」 눈앞의 계곡에 얼굴을 들이밀고 말았다. 미끌미끌~ 출렁출렁~. 그리고 몸을 일으키려다 또 손이 미끄러지는 일이 무한 반복됐다.

"짜, 짬깐만?! 우읍?! 미끄러워?! 푸읍?!"

"아, 아아아, 안 돼, 마 군! 이 엄마와 마 군은 모자지간이잖니! 아무리 엄마를 좋아해도 그렇지, 밀쳐서 쓰러뜨린 걸로 모자라 옷을 녹여서 벗긴 다음에 그렇고 그런 짓을 하려는 거니?! 하다못해, 하다못해, 불이라도 꺼줘!" 반짝~!

"빛나고 있는 건 바로 당신이라고! 그리고 이상한 소리 하지 마! 헛소리 할 때가 아니라고!"

"하, 하지만! 이 엄마, 질척질척해졌어! 저기, 마 군! 이 엄마, 질척질척해졌단 말이야! 질척질척~!"

"좀 진정해애애애앳! 더는 아무 말도 하지 마아아아아앗! ……아, 아무튼 빨리 떨어져! 그리고 옷 갈아입고 와! 갈아입을 옷을 챙겨왔을 거 아냐!"

"참, 맞아! 여별의 옷을 챙겨왔지! 그럼 잠시 다녀올게!"

마마코는 아직 무사한 원피스 치마 부분을 꼭 움켜쥐면서 허둥지둥 후퇴했다.

하지만 자신의 짐을 찾기 위해 포타와 와이즈가 있는 곳으로 뛰어가는 마마코의 모습을 보고 마사토는 순간적으로 불안을 느꼈다.

"……앗, 큰일 났어?! 엄마가 저쪽으로 가면……?!"

슬라임— 그것은 여성의 옷을 녹이는 존재. 여성의 인권을 깡그리 무시하는 무법자.

저 끈적끈적한 액체에 의해 포타와 와이즈의 옷까지 녹아버리면서, 3세대 합동 속살 축제가……?!

그리고 운명의, 거대 슬라임의 추격!

『고보우비바보보보보보보보!』

또 분사된 끈적끈적 액체가 젊고 앳된 소녀들을 집어삼키려 했다……!

하지만 그 액체는 갑자기 방향을 전환하더니, 마마코만을 덮쳤다! 「뭐하자는 거여?!」 진짜로 마마코만 덮친 것이다.

바로 옆에 포타와 와이즈가 있는데도 액체는 마치 의지를 지닌 것처럼 마마코의 몸에만 찰싹 달라붙어서…….

"꺄아~! 용서해줘! 더는 안 돼~!"

미끈미끈한 액체 때문에 미끄러진 마마코가 바닥을 기어다니는 가운데…… 겨우겨우 남아있던 치마 부분이 슈와~하는 소리를 내면서 녹자, 매끈한 엉덩이가 반짝이면서 훤히 드러났고…… 진짜로 T백을 입고 있었다. 그것도 새것이 틀림없다.

새 팬티지만 미끈미끈 액체 때문에 슈와슈와~하면서…….

"마 군! 어쩌면 좋겠니?! 이 엄마의 속옷이 녹아버리겠어! 이 엄마, 알몸을 훤히 드러낼 것 같단 말이야! 응?! 마 군!"

"나를 부르지 마! 친아들이라는 난감한 입장이라서 가능한 한 보지 않으려고 노력 중이란 말이야! ……큭! 저 녀석은 대체 왜 엄마만……."

어쩌면 이건 집합적 무의식에 의한 행동일지도 모른다. 거대 슬라임의 몸속으로 빨려 들어간 빛의 정체는 어쩌면 누군가의 의지인 걸까.

어머니라는 존재는 옷이 녹아서 벗겨질 경우가 같은 여성 중에서도 극도로 적다. 그런 어머니를 벗길 기회는 지금 뿐이기에…… 어머니를 최우선적으로…….

뭐, 지금은 그런 생각이나 할 때가 아니다.

"빨리 손을 써야 해! 하지만 어떻게 하지……. 저 녀석은 움직임이 너무 빨라……. 어떻게든 움직임을 느리게만 만들면……!"

바로 그때였다.

"스파라 라 마지아 펠 미라레…… 둔화!"

『코보?!』

"한 번 더! 렌토!"

『고베보밧?!』

거대 슬라임에게 연속마법이 작렬했다. 움직임을 둔하게 만드는 마법이 2중으로 걸리자 몬스터의 움직임이 눈에 띄게 느려졌다. 고속으로 움직이던 슬라임이 둔중한 물체가 되더니, 지면을 기어 다니듯 이동하고 있었다.

대체 누가 마법을 사용한 걸까? 물론 그녀다. 방금까지 토라진 채 드러누워 있던 와이즈가 어느새 위풍당당하게 서 있었다.

"너…… 어떻게 마법을……?"

"흐흥. 나 정도 되는 고레벨 현자의 몸에서 샘솟아나는 마력은 마법 봉인의 효과를 능가……."

"제가 마법 봉인을 푸는 아이템을 건네줬어요! 늦어서 죄송해요!"

"그랬구나! 잘했어, 포타! 너는 정말 착한 애야!"

"잠깐만, 포타가 아니라 나를 칭송하란 말이야! 나, 지금 활약하고 있거든?! 나한테도 할 말이 있지 않아?!"

"너한테도 고맙게 생각하고 있어⋯⋯. 마법을 쓸 수 있다면 금방 해치워버릴 수 있을 텐데, 이렇게 저 녀석의 숨통을 끊을 기회를 나한테 넘겨줘서 고마워!"

"아, 아차⋯⋯?!"

마사토는 그대로 내달렸다. 둔중한 움직임으로 동굴 안쪽으로 도망치려 하는 거대 슬라임에게 단숨에 접근한 그는 용사답게 대형 보스 몬스터를 격파⋯⋯.

"하필이면 아들 앞에서 이 엄마의 옷을 벗겨?! 벌을 좀 받아야겠네! 에잇!"

하지만 그 전에 마마코가 테라디마도레를 휘두르자, 수많은 바위 칼날이 거대 슬라임을 꿰뚫었다. 모든 공격 명중. 오버 킬.

엉큼한 거대 슬라임을 해치웠다!

거대 슬라임의 숨통을 끊어준 마마코는 알몸 상태로 끈적끈적한 액체에 범벅이 된 채, 크고 부드러운 계곡을 위아래로 흔들어대며 기뻐하고 있었다.

"마 군, 봤니?! 이 엄마가 해냈단다!"

"어떻게 보냐고! 기뻐할 짬이 있으면 빨리 옷이나 입어! 아들의 마음고생을 좀 헤아려 달라고! ⋯⋯큭, 그건 그렇고⋯⋯ 또 엄마한테 활약할 기회를 빼앗기고 말았잖아⋯⋯. 젠장! 빌어먹을!"

"푸풉. 꼴좋다~. 나도, 너도, 결국 이렇게 될 운명인 거야. ⋯⋯어? ⋯⋯저, 저기, 마사토⋯⋯ 저기 좀 봐⋯⋯."

"뭐야. 대체 뭘 보라고⋯⋯ 아⋯⋯."

와이즈는 바위 칼날에 온몸을 꿰뚫린 채 사라지고 있는 거대 슬라임을 손가락으로 가리키고 있었다. 그 거대한 몸은 검은 먼지로 변하더니, 대량의 젬을 남기며 흩날렸다.

그렇게 겉 부분이 사라지자 바위 칼날에 꿰뚫린 관이 모습을 드러냈다.

그리고 관의 뚜껑이 분리됐다. 그 안에 있는 것은…….

"……어…… 시라세 씨……?"

대답이 없었다. 그야말로 시체 같았다.

"이이이이, 이 엄마, 호호호호, 혹시, 도도도도, 돌이킬 수 없는 짓을……?!" 허둥지둥!

"괜찮아. 걱정하지 마. PK페널티는 발생하지 않은 것 같으니까, 아마 엄마가 공격을 하기 전에 이미 죽었을 거야."

"『고인 능욕』 같은 건 신경 쓸 필요 없어. 어차피 상대는 이 사람인걸. ……자, 내 마법으로 되살려냈어."

"감사합니다. 무사히 되살아났다는 걸 이 자리를 빌려 알려드립니다."

동굴 안에서 어찌어찌 지상으로 기어 나온 후…….

마사토 일행은 대답을 할 수 있을 만큼 회복된 전직 시체와 마주했다. 상대는 묘령의 여성이다. 수녀 같은 복장을 하고 있지만, 표정은 항상 차갑고 냉담하며, 온기는 거의 느껴지지 않았다.

하지만 이미 그런 사람이라는 것을 알고 있기에, 꽤 마음 편히 대할 수 있었다. 왜냐하면 이 사람은 원래 이런 사람이니까 말이다.

"으음. 안녕하세요. 하루만이네요. 현재 성함과 직업은 어떻게 되시죠?"

"저는 시라아세. 정체불명의 수녀, 시라아세라는 걸 알려드립니다."

"알았어요. 앞으로는 그렇게 부를게요."

그녀의 이름은 시라아세. 정체불명의 수녀다.

"우선 여러분에게 감사 인사를 드리겠습니다. 저를 구해주셔서 감사합니다."

"아, 구했다고 하는 건 좀 그렇지 않을까요? 이미 숨을 거둔 상태였으니까요."

"저를 되살려냈다=구원했다, 인 걸로 판단해도 괜찮습니다. ……그럼 답례라고 하기에는 좀 그렇지만, 부디 이걸 받아주시죠."

시라아세는 품속에서 팔찌를 꺼냈다. 딱히 고급스럽지 않은데다, 꽤 낡은 듯한 팔찌인데…….

"이게 뭐지……. 포타. 이걸 감정할 수 있겠어?"

"예! 맡겨만 주세요! ……으음, 이건……『민첩 2 팔찌』예요!"

"호오, 민첩 2 팔찌구나. ……팔찌 앞에 이상한 말이 붙는 걸 보면 꽤 미묘한 액세서리 같은걸."

"그렇지 않아요! 이건 마법의 액세서리거든요! 이 액세서리를 장비하면 민첩성이 엄청 좋아져요!"

"뭐?! 그게 정말이야?!"

민첩성이 좋아진다……. 즉, 전투 상황에서의 행동속도가 상승하는 것이다.

마마코보다 먼저 공격을 할 수 있게 된다면, 활약을 할 기회가 늘어날 것이다.

"좋아. 그럼 이건 내가……!"

"나한테 완전 딱이네!"

마사토가 팔찌를 쥐려던 순간, 와이즈가 옆에서 채갔다.

"이건 내가 가지겠어! 내 꺼야! 자, 결정! 민첩성은 내가 최고!"

"이봐, 잠깐만! 네가 민첩해져봤자 아무 의미도 없잖아! 어차피 마법 영창에 시간이 걸릴 테니까 말이야! 그런 건 용사인 내가 장비해야 한다고!"

"으음~ 이 엄마 생각에는 와이즈 양이 가져도 괜찮을 것 같구나. 방금 그 몬스터를 쓰러뜨릴 수 있었던 건 와이즈 양 덕분이니까 말이야. 이 엄마는 와이즈 양에게 주고 싶네~."

"안 돼! 엄마가 뭐라고 하든, 이건 내가……!"

"저는 마마 씨의 결정이 옳다고 생각해요!"

"나도 물론 마마코 씨의 의견에 찬성해."

3대 1로 이 건은 승인되었습니다.

"큭…… 엄마의 영향력이 원망스러워……."

"우후후~. 그럼 바로 장비해봐야지~."

와이즈는 민첩2 팔지를 착용하려고 했다.

하지만 팔뚝의 말랑말랑한 살집에 걸린 탓에 제대로 착용할 수가 없었다.

"어, 어라……. 어, 어떻게 된 거지? ……이럴…… 수가……."

"풉! 너, 팔뚝만 쓸데없이 굵나 보네! ……하지만 네가 그래선 나는 팔에 들어가지도 않을 것 같은걸." 침울.

"제가 보기에는 마마 씨의 팔에 딱 맞을 것 같아요!"

"어머, 그러니? 그럼 시험 삼아 한 번 차볼까?"

마마코는 얼이 나간 와이즈한테서 팔찌를 넘겨받더니 팔뚝에 착용했다.

딱 맞았다. 팔찌는 빨려들듯이 마마코의 팔뚝에 쏙 들어갔다.

마마코의 민첩성이 상승했다! 일행 중에서 가장 먼저 공격을 펼쳐서 적을 소탕하는 어머니가 됐다! ……참고로 다른 동료가 나설 기회는 또 줄어든 것 같았다.

"어머나! 어떻게 하지?! 이 엄마가 더 활약하게 된 것 같네!"

"그래주지 않는다면 곤란하죠. ……휴우…… 마마코 씨가 장비하도록 사이즈를 조정한 보람이 있군요……. 쿨럭쿨럭…… 괜한 정보는 알려드리지 않는다~. 그게 시라아세의 원칙입니다."

"그럴 줄 알았어……. 진짜 성가시다니깐……."

"어머니 보정이 너무 심하잖아……. 완전 정신이 나갔네……."

"자식은 믿음직한 부모를 존경하며, 그와 동시에 부모자식 간의 유대도 깊어진다. 아름다운 모자지간이군요. ……하지만, 부모님에게만 어드밴티지를 주다간……."

""하아, 왠지 의욕이 바닥났어~.""

"아이들이 입을 모아 이런 소리를 하니, 두 분에게는 끈끈한 유대의 힘을 발현시켜주는 멋진 아이템을 드리죠."

시라아세가 그렇게 말하면서 내민 것은 별다른 장식이 되어 있지 않은 심플한 커플링이었다.

"포타. 감정 부탁해."

"예! ……으으음, 이건…… 『아데리레의 반지』예요!"

"그게 뭔데?"

"콤보용 액세서리예요! 이걸 장비한 두 사람 중 한 명이 공격을 한 직후, 다른 한 명이 바로 공격을 할 수 있어요!"

"바로 공격을 할 수 있다면…… 마법 영창이나 스킬을 쓰기 위한 준비 단계를 건너뛰고 바로 공격을 펼칠 수 있다는 거야?"

"즉, 캐스트 캔슬인 거네?! 우와, 최고잖아! 그야말로 나를 위한 아이템이야!"

"후후후. 마음에 드신 듯 하니 다행입니다. ……휴우, 이걸로 자식들의 불만을 불식시키는 데 성공했군요. 식은 죽 먹기네요."

""그딴 소리는 안 하는 편이 좋을 텐데 말이야~. 이 사람은 왜 꼭 이런 소리를 하는 걸까~.""

"더는 알려드릴 게 없다는 점도 알려드린다. 그게 시라아세 퀄리티입니다. ……그럼 저는 이만 실례하겠습니다."

시라아세는 가볍게 인사를 건네고 사라지려 했지만, 「아,

참」 갑자기 멈춰서면서 마사토 일행을 향해 돌아서더니 엄숙한 목소리로 이렇게 말했다.

"느닷없이 이런 이야기를 드려 정말 죄송합니다만, 뛰어난 실력을 지닌 여러분에게 부탁드리고 싶은 퀘스트가 있습니다."

"퀘스트? ⋯⋯뜬금없네요⋯⋯."

"예. 돌발 퀘스트, 혹은 특수 퀘스트라고 여겨 주십시오. 그에 걸맞은 보수를 준비해뒀으니 꼭 부탁드리고 싶습니다!"

"어머나, 보수를 받을 수 있는 건가요? 정말 기대되는 군요!"

"어떤 걸 받을지 저도 엄청 기대돼요!"

"어차피 또 마마코 씨 전용일 거지? 나는 안 속아."

"아뇨. 이번 보수는 여러분 전원이 이용할 수 있으니 안심하십시오. ⋯⋯만약 맡아주시겠다면, 카산 마을 서쪽에 있는 마망 촌이라는 조그마한 농촌으로 가주십시오. 자세한 이야기는 그곳에서 해드리겠습니다."

"⋯⋯어떻게 생각해?"

"현지에 오면 이야기를 해주겠다는 게 좀 미심쩍네. 거기 갔다간 다짜고짜 문제에 휘말리는 거 아냐? ⋯⋯개인적으로는 불길한 예감이 드는데⋯⋯."

와이즈가 그렇게 말하자, 시라아세는 그녀답지 않게 웃음을 흘렸다.

"퀘스트를 맡아주시겠다면, 우선 카산 마을에서 장비를 갖추는 편이 좋을 겁니다. 만반의 준비를 마치고 임하는 걸 권합니다. 그럼 저는 이만 실례하겠습니다."

시라아세는 옅은 미소를 머금으며 돌아갔다.

"시라아세 씨의 퀘스트 의뢰…… 불길한 예감이 잔뜩 드는걸."

"나도 동감이야. 하지만 보수가 뭔지 궁금해~. 분통이 터질 정도로 궁금하단 말이야~."

"저도 궁금해요! 대체 어떤 엄청난 아이템을 받을 수 있을까?!"

"그래……. 확실히 궁금하기는 하지만……."

마마코는 손뼉을 살짝 쳐서 일행의 주목을 모은 후, 기쁨과 즐거움과 젊음이 넘쳐흐르는 듯한 미소를 지으며 선언했다.

"우선 쇼핑부터 하러 가자꾸나! 오~!"

앞으로 뭘 어떻게 하든 간에, 우선 쇼핑부터 하기로 했다.

일행은 다시 카산 마을로 돌아왔다. 방금 전투에서 얻은 대량의 젬을 환전소로 가져가니, 묵직한 금화 주머니로 바꿔줬다. 자금은 풍족했다. 자, 이 돈으로 뭘 살까?

"여행상인의 기본 스킬 덕분에 10퍼센트 할인이 돼요! 그리고 저는 감정 스킬도 가지고 있으니 품질 확인은 저에게 맡겨주세요! 1맘도 허투루 낭비하지 않겠어요!"

"맘? 그게 뭐니?"

"돈의 단위예요!"

"그렇구나……. 물건의 가격을 살펴보니, 1맘이 1엔 정도인 것 같네……."

일행은 그런 대화를 나누면서, 마마코를 선두로 노점 마켓을 둘러보았다.

앞장을 서고 있는 마마코가 멈춰선 곳은…….

"마 군, 여기 좀 보렴! 달걀이 정말 싸구나! 열두 개가 든 한 바구니가 100맘밖에 안 한대!"

"엄마. 우리는 식재료를 사러 여기에 온 게……."

"앗, 거기 아가씨! 이것 좀 시식해보지 않겠어?! 미노타 고기로 만든 큐브스테이크인데, 정말 맛있다고!"

"어머나, 정말 맛있네! 한 팩에 얼마나 할까?!"

"아니, 그러니까 먹을 걸 사러 온 게……."

"앗! 저기, 아름다운 언니! 언니의 피부를 더욱 찬란하게 만들어줄 멋진 미용액이 있는데 사지 않겠어요?! 지금 사면, 특별히 3개 세트를 단돈 3,000맘에 드릴게요!"

"어머나! 내 피부에 맞을지도 몰라! 확 사버릴까?!"

"가격을 제대로 확인해! 원래 개당 1,000맘에 파는 거니까 한 푼도 깎아주지 않았다고! ……그것보다 좀 진정해! 엄마, 나한테 주목!"

"으, 응?"

마사토는 마마코의 얼굴을 꼭 잡더니 자신 쪽으로 돌렸다. 그리고 중요한 교육을 시작했다.

"저기, 엄마……. 우리는 지금 게임 안에서 모험의 준비를 하고 있어."

"그, 그래. 이 엄마도 알고 있단다."

"알긴 뭘 안다는 거야! 엄마는 눈곱만큼도 이해하지 못했어! ……RPG에서 쇼핑이라고 하면, 무기, 방어구, 아이템, 기본적으로 이 세 가지를 사는 거야! 다른 건 살 필요가 없다고!"

"마, 맙소사…… 그, 그럼……."

"응? 왜 그래?"

"마 군의 양말이나 팬티도 사면 안 되는 거니?! 마 군은 어제 착용했던 양말과 팬티를, 오늘도, 내일도, 앞으로도 쭉, 빨지도 않고 계속 입을 거구나?!"

마마코의 경악에 찬 목소리는 주위에 널리 울려 퍼졌습니다. 노점 마켓 구석구석까지 말이죠.

마사토는…… 어제 착용했던 양말과 팬티를 오늘도 그대로 입고 있는 소년으로서 주위의 이목이 집중된 마사토는…….

"……일용품을 사는 건, 허락할게요."

울먹거리면서 그렇게 말할 수밖에 없었다.

일행은 일용품과 의류를 취급하는 가게가 모여 있는 구역으로 향했다. 옷걸이에 걸린 멋진 의복이 줄지어 있는 가게, 값싼 속옷을 수레에 산더미처럼 담아놓고 싼 가격에 팔고 있는 가게 등, 사방팔방을 둘러봐도 옷만 보였다.

"미안하지만, 우선 마 군의 옷가지부터 살게. 팬티, 양말, 셔츠. 그 외에도 손수건이나 수건…… 참, 잠옷도 살까?"

"……멋대로 골라서 사세요……."

"그럴 수는 없어. 마 군이 골라야지. 일전에 이 엄마가 마 군의 팬티를 멋대로 골랐더니 이런 걸 어떻게 입느냐면서 엄청 화를 냈잖니."

"그건 엄마가 이상한 걸 사왔기 때문이잖아……. 이 나이에 어떻게 곰이 그려진 팬티를 입느냔 말이야……."

"저기, 마사토 씨!"

"응~? 포타, 왜 그래?"

"저는 곰 팬티가 귀엽다고 생각해요! 실은 저도 지금 곰 팬티를 입었어요!"

"포타……."

마사토는 포타 앞에서 몸을 웅크리더니, 상냥한 눈길로 응시하면서 말했다.

"나 이외의 다른 남자 앞에서는 절대 그런 말 하면 안 돼."

"예! 알겠어요!"

마사토 앞에서는 그런 소리를 해도 된다. 그는 신사니까 말이다.

"저기, 한 마디만 더 해도 될까요?!"

"그래. 뭔데? 이번에는 어떤 멋진 말을 나에게 들려줄 거야?"

"저는 아이템 크리에이션 스킬을 몇 개 가지고 있어요! 소재로 삼을 천이 있으면 마사토 씨의 팬티나 양말을 만들 수도 있어요! 그러니까……!"

"좋아! 나는 네 팬티를 입겠어!"

"경찰 아저씨~ 이 사람 좀 잡아가세요~."

"방금 한 말 취소! 나는 네가 만든 팬티를 입겠어!"

휴우, 위험했다. 말실수 때문에 인생이 끝장나고 말 뻔한 것이다.

이런 식으로 시끌벅적하게 떠들면서 돌아다니고 있을 때…….

"앗, 모험가 여러분! 괜찮으시다면 방어구를 착용해보시지 않겠습니까?! 괜찮은 물건이 잔뜩 있어요!"

우리를 향해 그렇게 말한 이는 의류 구역의 바로 옆에 있는 방어구 가게의 여성 점원이었다.

가게 앞에는 가죽으로 된 각종 방어구와 중량이 꽤 나가지만 뛰어난 방어력을 자랑하는 금속제 갑옷과 방패가 줄지어 놓여 있었다. 디자인도 각양각색이며, 유럽 느낌이 물씬 나는 정통파부터 다양한 민족풍의 개성파도 있었다. 진짜 별의 별게 다 있는 것 같았다.

"우와, 드디어 목적지에 도착했네! 그래! 나는 이런 게 사고 싶었어!"

"그렇죠?! 그렇죠?! 손님이 찾으시는 물건이라면 저희 가게에 분명 있을 거예요! 자, 이런 건 어떤가요?!"

점원이 그렇게 말하며 보여준 것은…… 예의 그것이었다.

분류상으로는 갑옷이지만, 몸을 지키는 면적이 극단적으로 작은 그거 말이다. 가슴과 하복부만 살짝 가리고, 실제로 효과가 있을지 의문이 드는 숄더 아머가 달려있는, 여성용 그거 말이다.

"호오. 이게 바로 비키니 아머라는 거구나."

"기동성을 극도로 추구한 이 갑옷은 어떤가요? ……자, 손님의 동료 분에게 권해 보세요. 엄연한 방어구이니 부끄러워할 이유가 눈곱만큼도 없답니다."

"마, 말도 안 되는 소리 하지 마! 이딴 걸 남자가 어떻게 권하냐고! 게다가 우리 파티에는 이런 걸 절대 입히고 싶지 않은 사람이……!"

"어머나, 멋지네. 이 엄마는 이런 걸 처음 본단다."

"절대 입어선 안 되는 사람이 관심을 보였어어어어어어엇?!"

마마코는 점원한테서 비키니 아머를 넘겨받더니 흥미롭다는 듯이 응시했다.

"한 번 입어보고 싶은데, 그래도 될지 모르겠네."

"물론이죠! 저쪽에 탈의실이 있으니 얼마든지 입어 보세요! 그 외에도 다양한 방어구가 있으니 마음껏 입어보셔도 됩니다!"

"어머 정말? 그럼…… 이것과, 이것도 입어볼까."

"마마코 씨가 입어볼 거라면, 나도 좀 입어봐야지."

"그, 그럼 저도 입어 봐도 될까요?!"

"물론이죠! 여성 손님 세 분, 탈의실로 안내하겠습니다~!"

이러쿵저러쿵 하는 사이, 마사토의 여성 동료들은 마음에 든 장비품을 들고 가게 옆에 있는 간이 탈의실에 들어갔다.

마사토만 홀로 남겨둔 채 말이다.

"그리고, 나는 그저 기다릴 뿐인 건가."

"남자들은 이럴 때 항상 이런 취급을 당하니까요. 그냥 포기하세요."

점원이 그렇게 말하며 어깨를 두드려주자 마사토는 무심코 한숨을 내쉬었다.

그렇게, 마마코, 와이즈, 포타, 세 세대를 대표하는 여성들의 RPG 패션쇼가 당당히 개막됐다.

"혹시나 해서 말씀드립니다만, 손님께서 흘린 코피 및 기타 액체에 의해 더러워진 장비품은 구매해주셔야 하니 주의해주십시오."

"코피 같은 걸 왜 흘리냐고. ……그것보다, 기타 액체라는 건 대체 뭔데……?"

"구체적으로 말씀드려도 될까요?"

"……아뇨. 관두세요."

"그렇죠? 그럼 이제 시작해볼까요. 나오시죠!"

가게 옆에 있는 탈의실의 커튼이 걷히더니, 모습을 드러낸 이는…….

"마 군! 이 엄마의 이런 모습은 어떠니?"

비키니 아머를 장비한 마마코였다!

방어구란 대체 어떤 건가……. 그런 철학적인 생각에 빠지게 하는 비키니 아머를 마마코가 착용하자, 엄청난 사태가 벌어졌다.

갑옷의 상반신은 마마코의 훌륭하기 그지없는 가슴 계곡의 5분의 1도 감싸지 못했다. 가슴이 흔들릴 때마다 그대로 쏙 빠져나올 것만 같았다. 잘록한 허리와 매끄러운 복부, 그리고 그 아래의 삼각지대가 최소한으로만 가려져 있었다. 그야말로 노출도가 상상을 초월할 수준이었다.

그리고 마사토는 머리를 감싸 쥐었다. 악력으로 두개골을 으깨버릴 것만 같을 정도로 세게 말이다.

"……어머니의 비키니 아머 차림을 본 아들의 심정을 아는 사람은 세상 천지에 나뿐이겠지……."

"어, 어머나? 마 군이 기뻐해줄 거라고 생각했는데…… 어울리지 않는 거니?"

"솔직히 말해 어울리지 않는 건 아니거든?! 하지만 좀 더 근본적인 문제가 존재한다고! 그러니까 빨리 갈아입고 와!"

"으, 응. 알았단다. 그럼 다른 옷으로 갈아입고 올게."

"원래 옷으로 갈아입으라는 소리거든?!"

마마코는 다시 탈의실에 들어갔다. 다음에는 대체 어떤 위험물이 되어서 나타날까.

하지만 그 전에…….

"다음은 젊은 두 분께서 등장할 차례입니다!"

"오오! 그래, 걔들이 있었지! 눈보신 컴온! 내 마음을 치유해줘!"

다음으로 등장한 이는 와이즈와 포타였다.

"후훗! 내 연속 백마법으로 몸과 마음을 전부 회복시켜주겠어! ……라고나 할까?"

"저, 아이템을 만들 수 있어요! 잔뜩 만들 수 있다고요!"

와이즈는 백마도사 장비를 착용했다. 술식 문양이 그려진 순백색 로브를 걸친 그녀는 상냥한 미소를 머금으며 등장했다. 마치 천사…… 같다는 건 좀 오버일까.

포타는 아이템 제작사 스타일을 하고 나타났다. 학자 같은 옷을 입었고, 학자용 모자도 썼으며, 조그마한 안경이 콧등에 놓여 있었다. 귀여운 박사님 같았다.

마사토는 두 사람을 번갈아 쳐다본 후, 안도의 한숨을 내쉬었다.

"응. 이런 걸 기대했어. 이건 일단 정답이라고 생각해."

"흐흥~. 그렇지? 때로는 이런 스타일도 나쁘지 않은 것 같네. 나의 순진무구함이 돋보인다고나 할까? 내 추종자가 늘어날지도 몰라. 히히."

"사기꾼이군."

마사토는 딱 잘라 그렇게 말했다.

"잠깐만, 진지한 표정으로 그런 소리 하지 말아줄래?! 농담했을 뿐이란 말이야!"

"포타는 완전무결하게 귀여운걸~. 부비부비 좀 할게~. 우헤헤~."

"까, 깐지러버요!"

"손님, 침이 장비에 묻으면 구매하셔야 해요."

어이쿠, 큰일 날 뻔 했다. 마사토는 기타 액체를 닦으면서 말을 이었다.

"다들 만족했지? 그럼 원래 입던 장비로 갈아입고 여기서 철수……."

"마 군, 기다려 주렴! 이런 엄마는 어떠니~?"

"엄마가 절대 탈의실에서 나오지 않기만 바랬는데……?!"

마마코가 또 등장했다. 탈의실의 커튼이 힘차게 걷히더니, 모습을 드러낸 이는…….

"오오스키 마마코, 열다섯 살이에요. 에헷☆ ……어떠니?"

여고생 스타일의 마마코였다. 상의로는 블레이저 교복. 하의로는 엄청 짧은 치마를 입었다. 끝내주게 멋진 가슴 탓에 블라우스의 단추가 금방이라도 떨어질 것 같았다! 팬티도 보인다고!

그리고 마사토는 감싸 쥔 머리를 확 뜯어내서 내던져버리고 싶어졌다.

"엄마가 여고생 코스프레…… 하지만 얼굴과 몸이 너무 젊어서 위화감이 느껴지지를 않아……. 이 당혹스러움을 어떤 말로 표현하면 될까……. 그것보다 대체 왜 여고생 교복을……."

"아얏! 손님, 죄송합니다만 그건 이벤트용 비매품이랍니다! 부디 양해 부탁드려요!"

"어머, 그래? 미안해. 마마코, 또 덤벙댔어. 꺄핫☆"

"이제 그만해애애앗! 제발 부탁이니까 좀 갈아입어어어어어엇!"

"알았단다. 그럼 다른 옷으로 갈아입을게."

"내 말은 그런 뜻이 아니라고오오오오!"

마사토가 애원했지만, 마마코는 탈의실로 돌아가더니…… 재빨리 다른 옷으로 갈아입고 다시 등장했다.

그 모습은…….

"이 엄마는 결심했단다……. 이 암흑의 힘으로 모든 것을 멸망시키겠어."

마신(魔神), 아니, 마여신(魔女神)이라고 불러야 할까. 활활 타오르고 있는 검은색 지옥불이 그려진 칠흑색 갑옷을 걸치고 부정한 힘의 화신이 된 마마코가 빛이 사라진 눈동자로 앞을 바라보며 걸음을 내디뎠다.

어둠에 빠져 타락한 어머니다.

마사토는 아무 말 없이, 그저 망연자실한 눈길로 그 모습을 지켜볼 수밖에 없었다.

"어, 어머? 마 군, 왜 그러니? 이 엄마, 어딘가 좀 이상해?"

"응? 아, 아냐……."

의외로 나쁘지 않다고 생각했다는 점은 비밀로 하자고 마사토는 생각했다.

"으, 으음! 그건 나쁘지 않네! 응, 나쁘지 않아! 노출도도 적어서 아들도 마음 놓고 쳐다볼 수 있어! 엄청 무섭긴 하지만 말이야!"

"어머, 그러니? 마 군의 마음에 들었다니 다행이야. 그럼 다음에는……."

"이제 됐어! 충분하다고!"

"그래도 딱 한 벌만 더 입어볼게. ……와이즈 양이 입은 걸 봤더니, 이 엄마도 입어보고 싶어졌단다. 이거 말이야."

마마코는 그렇게 말하면서 자신이 입을 새하얀 로브를 보여줬지만…… 잠깐만 있어봐.

"와이즈가 입었던 거야? 하지만 그건…… 포타, 어때?"

"아, 그건 치유의 로브인데, 주로 힐러 등을 맡는 마법사의 장비예요."

"나는 현자이자 마법사니까 착용 가능하지만, 마마코 씨에게는 무리일 거야."

"예! 마마 씨의 직업은 용사의 어머니이니까, 장비 가능한 건 용사와 마찬가지로 전사 계열 방어구예요! 그러니 유감스럽게도 장비를 할 수 없을 거예요!"

다른 이들이 설명을 해줬지만…….

마마코는 이해가 안 된다는 듯한 표정을 지으며 손에 쥔 로브를 자신의 몸에 맞춰보며 입을 열었다.

"하지만 보렴. 어깨 폭이 딱 맞잖니. 사이즈도 괜찮아 보이는걸?"

"아니, 저기 말이야. 사이즈가 문제가 아니라, 직업상 입을 수 없는 건데……."

"직업은 딱히 문제될 게 없지 않을까? 어차피 옷이잖니. 사이즈만 맞으면 입을 수 있을 거야."

"저기, 엄마? 현실에서는 그렇지만, 게임에서는……."

"정말 괜찮아. 그럼 한 번 입어볼게."

뭐가 괜찮다는 건지 모르겠지만, 마마코는 다시 탈의실에 들어갔다. 그리고 옷을 갈아입고 있는 것 같은데…….

"으음…… 착용이 불가능한 장비를 억지로 입으려고 하면,

어떻게 돼?"

"그, 그건…… 저도 모르는데요……."

"저기, 점원 분? 어떻게 되나요?"

"글쎄요……. 그런 무모한 짓을 하는 분은 지금까지 없었거든요……."

대체 어떻게 될까? 마사토 일행이 걱정스러운 표정으로 지켜보고 있을 때…….

갑자기 절박한 목소리가 들렸다.

"마, 마 군! 큰일 났어! 도와줘!"

"뭐!? 어, 엄마?! 무슨 일이야!?"

뭔가 큰일이 난 것 같았다. 마사토가 허둥지둥 탈의실로 뛰어가서 커튼을 걷어보니, 그곳에는……!

"꺄아! 뭐가 어떻게 된 거야?!"

로브를 뒤집어쓰듯이 걸치려고 하지만, 손과 머리가 옷을 통과되지 않았기에 몸을 버둥거리고만 있는 마마코가 있었다.

손과 얼굴이 로브에 돌돌 말린 탓에 뜻대로 움직일 수가 없는 것 같았다.

게다가 옷을 갈아입던 도중인지라 속옷 차림이었다.

왠지 그렇고 그런 플레이 중인 듯한 마마코는 계속 버둥거리면서 훌륭하기 그지없는 가슴을 위아래로 흔들어댔고, 잘록한 허리 또한 배배 꼬고 있었다. 이 광경은 대체 뭐야?! 완전 반라 댄스잖아! 에로틱해~!

하지만 상대는 어머니다.

"큭……. 이 사람이 엄마만 아니라면…… 하다못해 피만 이어지지 않았다면…… 나는 소년답게 가슴이 두근거렸을 텐데…… 젠장……."

"마 군! 이 엄마를 벗겨줘! 마 군이 벗겨줬으면 좋겠어!"

"이익, 닥쳐! 벗겨줄 테니까 가만히 있으라고!"

딱히 이상한 의미는 없이, 아들은 어머니의 옷을 벗겼다.

착한 아이는 자기가 장비할 수 있는 방어구만 착용하도록 하세요.

"하아……. 엄마와 같이 있으면 정말 힘들다니깐……."

"그래. 상대가 엄마니까, 아까 같은 상황에 벌어졌을 때 여러모로 골치 아프네."

"어? 와이즈도 그렇게 생각하는 거야?"

"당연하지. 엉큼한 짓을 당하고 있는 상대가 평범한 여자애였다면『너 지금 뭐하는 거야!』하고 외치면서 내가 너를 날려버려도 됐을 거잖아."

"너한테 그런 역할을 맡긴 적 없다고."

"하지만 상대가 어머니라서 그냥 내버려둬도 된다는 생각이 든단 말이지. 영 손을 쓸 수가 없다니깐. ……아아, 너를 날려버릴 기회를 놓쳤네. 이럴 때는 화끈하게 날려버리고 싶은데 말이야."

"날리지 않아주셔서 정말 감사합니다."

방금 가게에서 나온 마사토 일행은 다른 방어구 가게로 향했다.

　그곳도 아까 들렀던 가게 못지않을 정도로 상품이 많았다. 방어구 애호가라면 하루 종일 있어도 질리지 않을 정도였다. 퉁명한 점원이 「알아서 골라봐」 하고 시선으로 말하고 있었다. 마사토 일행은 그렇게 하기로 했다.

　"포타 양이 품질이 좋은 걸 가르쳐주니까, 그 중에서 취향에 맞는 걸 고르면 되는데…… 이렇게 종류가 많으니 고민되는구나……."

　"맞아……. 왕도적으로 갈지, 독창성 추구할지…… 내 센스가 시험받고 있어……."

　"아, 이거라면 마사토에게 어울릴 것 같지 않아?"

　와이즈가 손에 쥔 것은 검은색 가죽으로 된 롱재킷이었다. 마물을 연상케 하는 기하학적 문양이 재킷 전체에 그려져 있으며, 왼손에는 방패를 모티프로 한 문양이 자수로 새겨져 있었다.

　"딱 보자마자 감이 왔어. 틀림없네. 이건 『오야&바나레』라는 브랜드의 제품이야. 화염이나 눈보라 브레스 공격에 상당한 내성을 지녔어. 게다가 이 타입은 왼손을 앞으로 내밀면 방어 장벽이 전개되니까 꽤 편리해."

　"흐음~. 대단하네. ……너, 의외로 잘 아는구나."

　"당연하잖아. 지금 내가 입고 있는 것도 그 브랜드의 제품이거든. 옷깃 부분에 같은 로고가 새겨져 있어. ……자, 봐."

와이즈는 마사토의 목덜미를 자신의 옷깃 쪽으로 잡아당겼다. 그래서 마사토가 쳐다보니…… 으음, 왠지 좋은 향기가 나는 것 같은…… 아, 지금 신경 써야 하는 것은 그런 게 아니다.

"저기, 포타. 이것 좀 봐봐. 꽤 괜찮지 않아?"

"감정해볼게요! ……으음, 이건…… 전사용 경장비(輕裝備)…… 마사토 씨도 장비 가능…… 방어성능에 과장 없음…… 가격은 30,000맘 정도가 적절…… 예! 저도 이걸 추천하겠어요!"

"포타가 추천하는구나. 그럼 이걸로……."

……하고 생각하던 마사토는 갑자기 말을 멈췄다.

"저기, 문득 든 생각인데 말이야. 이걸 입으면…… 저기, 그러니까…… 나는 와이즈와 같은 브랜드의 옷을 착용하는 거지?"

"……헉?! 그, 그럼……?!"

검은색 가죽 롱재킷과 와이즈가 입은 소서러 재킷은 같은 브랜드의 제품이라 그런지 전체적인 디자인이 비슷했다.

언뜻 보면 일부러 옷을 맞춰 입은 것처럼…… 즉, 커플처럼…….

바로 그때였다.

"저기, 마 군! 이것 좀 봐줘! 이건 어떤 것 같니?!"

"으, 응……?"

갑자기 마마코가 마사토의 팔을 잡아당겼다. 그가 그대로 끌려가보니…….

완전히 같은 디자인의 여성용과 남성용 갑옷 두 벌이 진열되어 있었다. 백은(白銀)으로 만든 갑옷이며, 곳곳에 정교한 세공이 되어 있었다. 그리고 마그마를 연상케 하는 붉은색과 깊은 바다를 연상케 하는 푸른색으로 격조 높게 꾸며져 있었다. 이 세상을 구성하는 위대한 힘이 확연히 느껴지는 듯한 멋진 갑옷이었다.

"보아하니 용사 모자 전용 갑옷이네……. 우리한테 장비하라고 대놓고 말하고 있는 듯한 느낌마저 들어……."

"엄마도 같은 생각이야. 마 군의 검과 이 엄마의 검, 그 세 자루의 검과 같은 색깔을 띠고 있잖니? 코디네이트적으로는 완벽한 것 같아. 게다가, 으음…… 뭐라더라…… 아무튼 엄청난 거래. 포타 양, 내 말 맞지?"

"예! 이 갑옷은 독이나 혼란 같은 상태 이상을 완전히 막아주는 힘을 지닌 것 같아요!"

"오오, 상태 이상을 완전 방어!"

"게다가 상처를 회복시키는 마법이 일정시간마다 발동해요!"

"자동 회복 기능도 달렸구나! ……엄청 고성능이잖아. 진짜로 가지고 싶네. ……하지만 그렇게 간단히 손에 넣지는 못할 것 같은걸."

표시 가격은 세트로 29,800,000,000,000,000,000맘.

2,980경맘. 일, 십, 백, 천, 만, 억, 조, 경의, 그 경이다.

"팔 생각이 없다는 소리나 다름없잖아."

"그래. 이렇게 비싼 건 무리네. 하다못해 29,800맘이라면 모르겠지만 말이야."

"홈쇼핑에서나 언급될 듯한 가격이네. 뭐, 세상일이라는 게 우리가 바라는 대로만 굴러갈 리가 없지…….”

하지만 바로 그때, 안광이 날카로운 점원이 움직였다. 마마코의 발언을 듣자마자 가격을 변경한 것이다. 대량의 0이 사라지더니, 갑옷의 가격은 두 개 세트로 29,800맘이 되었다.

“맙소사…… 부모의 희망대로 된 거냐……. 대체 이 세계는 부모를 얼마나 우대하는 거냐고…….”

“마 군! 두 개 세트로 29,800맘이래! 이구팔! 이 가격에 사면 절대 손해는 아닐 거야!”

“뭐, 그렇기는 해. 안 사는 게 이상할 지경이지만…… 그래도…… 이걸 산다는 건 내가 엄마와 같은 디자인의 갑옷을 입는다는 거잖아…….”

“부모자식이 같은 디자인의 옷을 입는 건 멋진 일이라고 생각한단다!”

“말도 안 되는 소리 하지 마. 그런 건 완전 무리라고. …… 절대 하기 싫지만…… 으음…… 상태 이상 완전 방어와 자동 회복을 포기하는 건…….”

이렇게 끝내주는 갑옷은 흔치 않다고 말하는 것처럼 갑옷은 찬란히 빛나고 있었다. 하지만 어머니와 커플룩을 해야만 하는 것이다. 마사토는 인생 최대의 선택지에 직면했다…….

바로 그때, 와이즈가 검은색 가죽 롱재킷을 안아들며 다가왔다.

“잠깐만! 너, 설마 내가 골라준 방어구가 아니라 저걸 사려는 거야?!”

"와, 와이즈……."

"잘 생각해봐! 내가 골라준 방어구도 엄청나단 말이야! 적의 브레스를 완화시켜주거든?! 게다가 마법과 물리, 양쪽에 대응할 수 있는 장벽도 칠 수 있어!"

"으, 응…… 그것도 엄청 고성능이긴 해. 괜찮은 방어구인 건 틀림없어. ……하지만 그걸 고르면 너와 커플룩을……."

"그그그, 그래도! 완벽한 커플룩은 아니잖아! 디자인은 거의 비슷하지만, 색깔이 다르니까 말이야!"

"색깔이 달라도 커플룩은 커플룩이란다. 주위 사람들은 전부 그렇게 여기겠지."

마마코도 은근슬쩍 끼어들었다. 그리고 자연스럽게 마사토의 앞에 서더니, 와이즈와 마주보고 서며 대치했다.

"저기, 와이즈 양? 만약 커플룩을 하는 게 부끄럽다면 그 재킷을 억지로 권하지 않는 편이 좋지 않겠니?"

"부, 부끄럽기는 하지만…… 아, 맞다! 이걸 권하는 이유가 더 있어!"

"어머, 그게 뭐니?"

"우리 파티에는 동료를 지킬 탱커가 없잖아? 그러니까 마사토가 이걸 장비하고 있다가, 필요할 때에 탱커 역할을 하는 거야! 전술적으로 나쁘지 않네!"

"탱커가 뭔지는 잘 모르지만, 동료를 지키려면 제대로 된 방어구를 장비하는 편이 좋지 않을까? 내가 고른 갑옷이 튼튼할 거야."

"그야 저 갑옷이 튼튼하기는 하지만! 그런 부분은 내가 마법으로 커버해주겠어! 내가 완전히 서포트에 전념한다면 전혀 문제될 게 없잖아!"

……이런 식으로 시끄럽게 떠들어대고 있었다.

"두, 두 사람 다 진정해! 이딴 일로 다툴 필요 없잖아?"

"이딴 일……?" 발끈.

"필요 없지는 않다고 생각하거든?!" 발끈발끈.

복장 선택— 그것은 여자의 싸움. 자신의 센스를 시험받는 사투. 함부로 끼어들면 죽어! 죽는다고!

하지만 더 싸우게 뒀다간 진짜로 뭔가가 폭발할 것만 같았다.

"두, 두 사람 다 이마에 힘줄이 불거졌으니까 좀 진정해! ……아, 그래……. 내, 내 방어구니까! 내가 정하도록 하겠어! 어때?!"

결정권은 장비를 할 사람인 마사토에게 있다. 그러니 그가 선택한다.

브레스 내성과 방패 기능을 지녔고, 와이즈와 커플룩인 검은색 가죽 롱재킷.

상태이상 방어와 자동회복 능력을 갖췄으며, 어머니와 커플룩인 전설의 갑옷.

어느 쪽을 고를 것인가……. 마사토는 이미 결심을 굳혔다.

즉, 간단한 이야기인 것이다.

"소지금에 여유가 있으니까 둘 다 사면 되잖아. 그리고 시간, 장소, 상황에 맞춰 입으면 된다고."

출현하는 적의 공격 패턴 등에 맞춰 장비를 변경하는 것은

RPG의 상식이다. 마사토의 판단은 올바르다고 할 수 있다.

하지만…….

"쳇, 도망치는 거네. 정말 근성 없는 애라니깐."

"이렇게 우유부단한 애로 기른 적은 없는데……."

와이즈와 마마코는 실망에 찬 눈길로 마사토를 쳐다보았다. 마사토는 처량한 기분을 맛봤다. ……참고로 포타는 애매한 미소를 짓고 있었다. 이런 상황에서 어떻게 대응해야 할지 잘 아는 착한 아이다.

아무튼 방어구 건은 이렇게 정리됐다……고 생각했지만…….

다음 날 아침.

"……엄마. 어떻게 된 건지 설명해줘."

"오, 오해하지 마렴! 악의가 있었던 건 아니란다! 마 군이 기뻐해줄 거라고 생각했을 뿐이야!"

"그렇게 생각해서, 밤에 깨끗하게 빨아서 말린 후, 나한테 건네준 거구나……. 이 안타깝기 그지없는 물체를 말이야."

마사토는 재킷에 팔을 집어넣었다. 하지만 소매 밖으로 팔이 나오지 않았다. 무릎 언저리에 닿을 정도였던 끝자락은 바닥에 닿을 정도로 늘어나 있었다.

가죽천이 늘어나서 흐느적거리는 롱재킷을 장비한 마사토는 슬픔으로 가득 찬 눈길로 마마코를 응시했다.

"엄마…… 가죽 재킷을 빨 때는 섬유유연제를 쓰면 안 된다고……."

"착용감이 좋아질 거라고 생각했어! 좋은 향기가 날 줄 알았어! 그런데 예상보다 더 천이 늘어나버리지 뭐니! 정말 미안해!"

마마코는 필사적으로 고개를 숙이며 사과했다. 본인이 말한 것처럼, 나쁜 뜻이 있었던 건 아니겠지만…… 마사토는 약간 울컥했다.

'아, 큰일 났네……. 또 싫은 느낌이 들어…….'

무엇이 싫은 거냐면, 이런 자기 자신이 싫다. 기분이 언짢아지고 있는 자신이 정말 싫다.

그걸 알면서도 멈출 수가 없다. 막을 수가 없다.

머릿속이 화로 가득 차더니, 말이 멋대로 입 밖으로 튀어나왔다.

"저기…… 엄마는 이 세계에 온 후로 너무 들뜬 거 아냐?"

"뭐? ……그, 그래……. 마 군과 함께 모험을 하는 게 기뻐서……."

"그런 게 아니라, 너무 덤벙대는 것 같다고. 전혀 차분하지 못하다고나 할까……. 그래서 그런지, 툭하면 제멋대로 행동하거나 나를 제쳐두고 혼자 나서잖아."

"그럴 생각은……."

"그럴 생각이 없더라도 실제로 그러고 있잖아. 나도 전투에 참가하고 싶은데, 내가 나서기도 전에 엄마가 적을 전부 쓰러뜨려. 우리 파티도 엄마가 이끌고 있다고. 나는 완전 꿔다놓은 보릿자루 신세잖아. 나는 이래봬도 용사거든? 그런 부분도 좀 생각을 해줬으면 좋겠다고나 할까…….."

"저기, 마사토."

바로 그때, 와이즈가 옆에서 끼어들었다.

"그쯤 해둬. 말이 너무 심하잖아. 그리고 논점이 어긋나고 있어."

"아, 그렇기는 한데…… 그건 그렇고 지금은 와이즈도 우리 엄마한테 한 소리를 해야 하는 거 아냐? 네가 고른 재킷을 엉망으로 만들었잖아."

"나도 약간 열받기는 했고, 불평을 하고 싶지만…… 나는 너처럼 기분 나쁜 짓거리를 하고 싶진 않거든."

"기분 나쁜 짓거리라니…… 나는 그저……."

"진짜 기분 나쁘네~. 포타도 그렇게 생각하지~?"

와이즈는 포타를 부르더니 마사토의 앞으로 쑥 밀었다. 「저, 저기……」 포타는 희미하게 불안이 어린 눈동자로 마사토를 응시했다.

마사토와 마마코가 다투는 모습을 보고 겁을 먹었…… 아니, 그렇지 않다……. 마사토가 마마코를 일방적으로 비난하는 모습을 본 포타는 마치 그를 비난하듯 지그시 쳐다보고 있었다. 포타 본인은 그럴 생각이 없겠지만 말이다.

'잠깐만 있어봐. 내가 그렇게 잘못한 거야……?'

마사토는 그렇게 외치고 싶었다. 그런 마음이 뱃속 깊은 곳에서 펄펄 끓고 있었다.

하지만 그런 짓을 했다간 더욱 꼴사나울 거라는 것을 겨우

겨우 눈치챘다. 귀여운 동생뻘인 여자애 앞에서는 멋진 오빠이고 싶다. 그런 생각 덕분에 어찌어찌 마음을 다잡을 수 있었다. 그래, 참자. 폼이라도 잡아보자고.

마사토는 분노를 한숨에 담아서 토하더니, 마마코를 향해 살며시 고개를 숙였다.

"……미안해. 말이 좀 심했어."

"뭐? 아, 괜찮아. 잘못한 사람은 이 엄마잖니. 엄마야말로 미안해. 여러모로 폐만 끼쳐서 정말 미안해."

"아냐……."

서로가 사과를 하면서 이 일은 무사히 해결됐다. 그리고 전부 원상 복구…….

……되지는 않은 것 같았다. 사라지지 않은 거북한 분위기가 마사토의 몸에 기분 나쁠 정도로 찰싹 들러붙어 있었다.

제4장
이해심 넘치는 어머니라서 다행이라고는,
눈곱만큼도 생각 안 해.

하늘을 올려다보니, 구름 한 점 없을 정도로 맑았다. 때때로 부는 바람이 상냥하게 등을 밀어줬다. 앞으로 나아가라는 듯이 말이다.

모험을 갈구하며 여행을 떠나기에 딱 좋은 날이다.

"좋아~ 그럼 출발! 다들 나를 따라와~!"

"예! 따라갈게요!"

그 힘찬 목소리에 맞춰, 일행은 카산 마을을 떠났다.

초원을 나아가는 발걸음은 가벼웠다. ……약 두 명만 말이다.

"저기 말이야! 목적지까지 경주 안 할래?"

"예! 저는 할게요!"

"좋아~ 하자! 가장 먼저 숲에 도착한 사람에게 호화로운 보수를 프레젠트할게!"

진홍색 재킷을 걸친 여고생 현자, 그리고 커다란 숄더백을 안아든 여행상인 소녀. 이 두 사람은 사이좋게 달리거나, 춤추듯이 덩실덩실 뛰며 콧노래를 부르는 등 화기애애하게 떠들고 있었다. 단둘만 꽃밭에 있는 것 같았다.

대체 왜 저러는 건지 모르겠다.

"하아……. 이봐, 와이즈. 그리고 포타. 대체 왜 그러는 기야? 너희 둘 다 텐션이 이상하거든?"

"으, 으음…… 그게……."

"응~? 그건 말이지……."

마사토가 말을 걸자 와이즈는 멋들어지게 뒤쪽으로 돌아서면서 미소를 지었다.

그리고 느닷없이 마사토의 멱살을 움켜잡고 확 잡아당기더니 송곳 같은 시선으로 맹렬하게 그를 노려보았다. 무시무시한 눈빛이다! 이 사람, 엄청 무섭네?!

"으, 으음…… 와이즈 님……?"

"저기, 마사토~? 우리가 왜 이러는 건지 모르겠어? 저기, 진짜 모르는 거야? 어디 사는 누구 씨 덕분에 파티의 분위기가 가라앉았으니까, 그걸 어떻게든 끌어올려 보려고 우리가 필사적으로 노력 중이라는 걸 모르겠어? 응? 정말 모르는 거야?"

"윽…… 죄, 죄송합니다……."

"딱히 사과하라는 건 아냐. 그것보다, 네가 책임감을 가지고 어떻게든 해야 할 일은 따로 있다고 생각하거든? 너는 어떻게 생각해? 응? 어떻게 생각하는데?"

"아, 예……. 저 스스로도 책임감을 가지고 어떻게든 해야 한다고 생각하고 있으니, 부디 용서를……."

"알았으면 빨리 어떻게든 해봐. 자, 빨리 말이야."

와이즈는 두 손으로 마사토의 가슴팍을 밀어서 그를 다섯 걸음 정도 후퇴시켰다. 그러자…….

마사토는 마마코와 나란히 섰다.

"어머. 마 군, 무슨 일이니?"

"뭐? 아, 으음……."

외출용 원피스 위에 경장비화된 갑옷을 걸친 마마코는 평소와 다름없는 목소리, 그리고 평소와 다름없는 어조로 마사토에게 말을 걸었다.

하지만 그녀의 표정은 어딘가 가라앉아 있었다. 압도적인 젊음은 여전했지만, 뭔가 마음에 걸리는 부분이 있는 것처럼 희미하게 어두운 미소를 짓고 있었다. ……원인은 말로 설명할 필요가 없을 것이다.

마마코의 얼굴에 드리워준 먹구름을 치워서 태양처럼 찬란한 빛을 되찾는다. 그것이 마사토의 사명이지만…….

"저기, 말이야……. 그러니까…… 내 장비 말인데……."

마사토가 말을 꺼내자, 마마코는 갑자기 겁먹은 듯한 표정을 지으면서 허둥지둥 고개를 숙였다.

"미, 미안해, 마 군! 정말 미안해! 어떻게 사과하면 좋을지 모르겠어!"

"아, 사과 안 해도 돼! 이제 괜찮아! 포타가 깔끔하게 수선해줬거든! 나, 이게 꽤 마음에 들었어!"

마사토가 현재 장비 중인 방어구는 『아머드 재킷』이라고 해도 될 듯한 형태였다. 엉망이 된 재킷, 그리고 갑옷의 어깨 부분과 건틀릿 부분을 합쳐서 경갑옷으로 리폼한 것이다. 포타의 스킬인 아이템 크리에이션에 의해 탄생한 작품이다.

합성을 한 결과, 상태이상의 완전 방어는 내성 수준으로 하락했고 자동 회복과 브레스 내성 효과도 저하됐다. 그 점은 좀 아쉬웠다.

하지만 도움이 되는 기능을 하나로 합칠 수 있었고, 디자인도 나쁘지 않은데다, 포타가 직접 만들어준 거라는 점이 기뻤다.

'그러니까, 이제 개의치 않아도 돼……'

우여곡절이 있기는 했지만 지금 상태로도 충분히 만족한다, 차라리 잘된 걸로 여기자…… 그런 식으로 이야기를 이어가고 싶지만……

"정말 미안해. 이 엄마도 앞으로는 제멋대로 행동하지 않을게. 마 군을 방해하지 않을 거야. 그러니까, 부탁이야……. 이 엄마를 미워하지는 말아줘."

마마코는 완전히 위축되어 있었다. 미안한 마음으로 가득 차 있는 것이다. 철벽의 미안해 태세다. 무슨 말을 한들 들은 척도 하지 않을 것 같았다.

마사토는 어쩔 수 없이 후퇴……하고 싶었지만 「도망치지 마! 크르릉!」 앞쪽 서서 걷고 있는 두 사람에게 다가가려고 했더니 와이즈가 위협을 하면서 마사토를 돌려보냈다. 그는 결국 마마코의 곁으로 되돌아가고 말았다.

"아…… 으음…… 저기……."

"미안해. 진심으로 미안하다고 생각해. 이 엄마는 앞으로 아무것도 안 할 거야. 그러면 마 군도 화를 내지 않을 거지?"

"그건…… 아니, 그런 게 아니라…… 아무것도 하지 말라는 건 아니라고나 할까⋯⋯."

마사토는 불현듯 좋은 생각이 났다.

"아, 그래! 역할! 중요한 건 역할이야!"

"역할?"

"이런 게임은 각자가 역할을 가지고 있고, 그것을 수행하면서 파티로서 행동하거든. 자기 역할을 완수하는 과정에서 신뢰가 생겨나고, 파티를 짜서 사이좋게 지내고 싶다는 생각을 하게 되는 거야. 그러니까⋯⋯."

"자기 역할을 완수하는 게 중요⋯⋯ 그럼 이 엄마의 역할은 뭘까⋯⋯. 식사 준비? 그리고 세탁? 아, 학부모회에 출석하는 것도 엄마의 역할이지."

"좋아, 일단 진정 좀 해. 그리고 현실이 아니라 게임을 기준으로 생각을 해보라고."

"아, 마, 맞아! 우리는 게임 안에서 모험을 하고 있었지!"

"그래. 그러니까 말이야."

솔직히 말해 마마코의 역할로서 적당한 게 뭐가 있을까?

있다. 딱 적당한 게 말이다.

"그러고 보니 엄마는 가이드북을 가지고 있지? 거기에는 이제부터 우리가 향할 방황의 숲이란 곳의 지도도 실려 있지 않아?"

"맵⋯⋯ 아, 지도 말이구나. 실려 있단다. 이 엄마가 체크를 해봤거든. 페이지의 가장자리를 접어뒀으니까 금방 찾을 수 있을 거야."

"좋아~. 그럼 엄마의 역할은 한동안 길안내야. 얼마나 길을 잃기 쉬운지 방황의 숲이라는 이름마저 붙은 이곳을 엄마의 내비게이션으로 간단히 돌파한 후, 순식간에 마을에 도착하자고. 마음껏 활약을 해줘. 엄마만 믿을게."

"응! 내 역할을 완벽하게 수행할게! 이 엄마, 힘낼 거야!" 반짝~!

"좋아, 바로 그 마음가짐이야! 활기차게 나아가자고!"

하늘의 태양, 그리고 의욕을 되찾은 마마코의 미소 중에 뭐가 더 눈부신지 묻는다면 근소한 차이로 마마코의 손을 들어줄 것 같다. 마사토가 그런 부끄러운 생각을 진지하게 했다는 것은 비밀이다.

왜 이 숲에서 길을 잃는 것일까. 그 이유는 두 개다.

하나는 사람들이 다니는 길인지 짐승이 다니는 길인지 분간이 안 되는 길이 복잡하게 뒤엉켜있는 점이다.

그리고 다른 하나는 바로 나무다. 별다른 특징이 없는 나무들이 일정간격으로 자라고 있는 탓에, 사방을 둘러봐도 똑같은 경치만 펼쳐져 있다고 하는, 길을 잃고 헤매기 딱 좋은 숲이 만들어진 것이다.

그런 방황의 숲에, 마사토 일행은 마마코를 선두로 삼으면서 들어섰다.

그리고 약 서른 번 남짓 입구로 되돌아왔다.

아니, 정확하게는 『어느새 또 입구로 되돌아왔다』에 가까울 것이다.

"하하~! 완전히 헤매고 있는 것 같네! 엄마, 대체 어떻게 된 거야?!"

"가이드북에 적힌 대로 나아가고 있는데…… 마 군! 이 엄마에게 한 번만 더 기회를 줘! 이 엄마의 역할을 다하고 싶어!"

"그 말을 한 번 더 믿어보겠어. ……그럼 출발하자."

숲의 입구에서 출발한 마사토 일행은 일단 직진을 했다. 「앞에 있는 수풀을 지나면 오른쪽으로 가면 돼」 수풀을 지나고 오른쪽. 「다음은 왼쪽이야」 왼쪽으로 꺾은 후에 짐승들이 다닐 법한 길을 지나서 「그대로 전진해」 쓰러진 나무를 넘고 「왼쪽이야」 기둥처럼 서있는 바위 사이를 지나자…….

입구였습니다. 다녀왔어~. 어서와~.

"하아……. 길 안내조차도 제대로 못하는 거야……."

"미, 미안해! 정말 미안하단다!"

"앗…… 아, 아냐……. 그렇게 사과하지 않아도 되는데……."

마사토가 한 말에 마마코가 과잉반응을 하면서 필사적으로 고개를 숙였다. ……또 사고를 치고 말았다. 마사토 스스로도 조심하자고 생각하고 있었는데 말이다.

마사토는 또 위축된 마마코에게서 가이드북을 넘겨받은 후, 혹시나 싶어서 체크를 해봤다. 거기에 그려진 맵은 이 방황의 숲이 틀림없었으며, 마마코도 거기에 적힌 해설에 따라 적절하게 안내를 했었다.

그런데도 숲을 빠져나가지 못하다니…….

"특수한 아이템이 필요한 건가? 아니면 이벤트? ……아냐, 그런 게 있다면 여기에 적혀 있을 거야……. 그럼 버그? ……하아…… 진짜 쓸모없네……."

"쓰, 쓸모없는 엄마라…… 미안해……."

"아, 아냐! 방금 그건 엄마한테 한 말이 아니라고!"

마사토는 허둥지둥 그렇게 말했지만 의기소침해진 마마코는 고개를 들지 못했다.

바로 그때, 누군가가 마사토의 뒤통수를 찰싹! 소리 나게 때렸다.

"아야…… 뭐, 뭐하는 거야……."

이런 짓을 할 사람은 한 명 뿐이다. 고개를 돌려보니, 역시 와이즈였다.

하지만 와이즈는 아무 말 없이 함께 있던 포타를 마사토의 앞으로 쑥 밀었다. 포타의 순수한 눈동자가 슬픔에 젖은 채 마사토를 지그시 올려다보고 있었다. 지그시, 지그시…….

"아, 알았어! 내가 어떻게든 할게! 나만 믿으라고!"

말은 그렇게 했지만, 어떻게 할까. 좋은 방법이 생각나지 않지만…….

바로 그때였다.

"……저기, 마 군? 잠시 이쪽으로 와줄래?"

마마코는 가라앉은 목소리로 그렇게 말했다. 그리고 나무 사이로 쏟아지는 햇살을 받으면서 무릎을 꿇고 앉더니, 자신의 무릎을 살며시 두드렸다.

"……응?"

대체 왜 저러는 걸까. 마사토가 영문을 모르겠다는 표정으로 고개를 갸웃거리자, 마마코는 나뭇가지를 손가락으로 가리켰다. 그곳에서는 들새 두 마리가 사이좋게 짹짹거리고 있는데…….

'아…… 아하~. 왜 저러는지 알겠네.'

마사토는 자신의 어머니가 왜 저러는 건지 이해했다. 하지만…….

"저기, 엄마. 그건 좀 아니잖아."

"그, 그래? 이 엄마 생각에는 꽤 괜찮은 것 같은데…… 역시 무리구나……."

"저기, 모자지간끼리만 의사소통하지 마. 우리한테도 설명을 해달란 말이야. 대체 뭘 하려는 건데?"

와이즈는 약간 불만 섞인 표정을 지었다. 포타도 흥미로워하는 듯한 표정으로 마사토와 마마코를 쳐다보고 있었다. 아무래도 설명을 해줘야만 할 것 같았다.

"꽤 바보 같은 소리처럼 들릴지도 모르지만…… 나는 어릴 적에 귀청소를 싫어했어. 간지러운 게 딱 질색이었거든. 엄마가 그런 나한테 이렇게 말했어."

『엄마의 무릎을 베고 누워서 귀청소를 받으면, 동물의 말을 알아들을 수 있어』하고 말했단다. 마 군을 그 말을 듣고 기뻐하더니, 그 후로는 귀청소를 거부하지 않았어. ……우후후. 그립네. 일주일 전 일이었지?"

"10년 전 일이야! 초등학교 들어가기 전에 그게 거짓말이라는 걸 눈치챘다고!"

"일주일 전이든, 어제든 딱히 상관없거든? 그 이야기가 지금 왜 튀어나온 건데?"

"즉, 엄마가 자기 무릎을 베고 누운 나한테 귀청소를 해주면, 들새의 말을 알아들을 수 있게 되어서 이 숲을 빠져나갈 힌트를 얻을 수 있을지도 모른다는 바보 같은 생각을 한 거야. 그렇지?"

"그래. 그렇게 되면 참 좋을 것 같아. ……그리고 이 엄마는 몸이 반짝이기도 하잖니? 그러니까 어쩌면, 그런 일도 벌어질 거라고 생각했는데……."

"엄마가 엄청난 능력을 발휘하는 건 알아. 하지만 그래도 그건 무리라고. 말도 안 되는 소리 하지 마."

"그, 그렇지? ……이상한 소리를 해서 미안해……."

"윽…… 아, 저기, 그렇게 툭하면 사과하지 않아도 되는데……."

마마코는 풀이 죽은 채 고개를 숙였다.

분명 마마코 나름대로 할 수 있는 일이 없는지 필사적으로 생각했을 것이다. 지금까지의 실수를 만회하기 위해 열심히 생각해서 내놓은 의견일 텐데…… 마사토가 딱 잘라 거절한 것이다. 거기까지 생각이 미친 마사토는 가슴이 욱신거렸다.

바로 그때, 누군가가 마사토의 등을 때렸다. 고개를 돌려보니 와이즈와 포타가 눈에 들어왔다. 비난과 슬픔이 어린 눈길로 마사토를 지그시 응시하고 있었다. 아무 말 없이 지그시 말이다. 두 사람의 저런 시선을 보니…….

아무래도 할 수밖에 없을 것 같았다.

"아~ 저기, 엄마."

"응……?"

마사토는 마마코의 무릎에 머리를 얹었다. 부드러운 허벅지에 볼을 댄 채, 살며시 눈을 감았다.

"으음…… 마 군?"

"일단 한 번 시험해보는 것도 괜찮을 것 같아. 그러니까, 빨리 귀청소를 해줘."

"그, 그래! 알았어! ……포타 양, 내 짐을 꺼내주겠니?"

"예! 여기 있어요!"

"그럼 나는 지그시 상황을 지켜보고 있을게. 남들 앞에서 당당히 자기 엄마에게 무릎베개 귀청소를 받고 있는 남자의 얼굴을 지그시 관찰하겠어. 크크큭."

"제발 부탁이니까 저쪽으로 가! 꺼지라고!"

수치 플레이를 당하는 것 같지만 지금은 참아야 한다. 참을 수밖에 없다.

"그럼 마 군. 가만히 있으렴."

마마코의 밝은 웃음소리가 들리더니, 귀 안에 귀이개의 끝부분이 들어왔다.

딱딱한 귀이개가 차분하면서도 상냥하게 귀 안 곳곳을 부드럽게 긁으니 간지러웠다. 마사토는 이 감촉이 정말 싫었다. 지금도 그다지 좋아하지 않았다.

하지만 귀의 반대편, 그러니까 어머니의 무릎에 닿아있는 볼에서 느껴지는 감촉은 좋아했다. 부드럽다. 따뜻하다. 고개가 약간 들리기 때문에 목에 부담이 가해졌다. 하지만 정말 기분 좋았다.

그래서 마사토는 솔직하게 생각했다.

"엄마의 무릎베개네."

"응. 엄마의 무릎베개야."

"윽……."

무심코 입 밖으로 내뱉고 만 말 때문에 부끄러움이 밀려왔다.

그건 그렇고, 무릎베개는 반칙이라는 생각이 들었다. 단순히 머리를 올려뒀을 때의 감각만이라면 저반발성 베개가 훨씬 낫다. 하지만 이 무릎베개에 가득 들어있는 절대적 만족감은 다른 베개를 벴을 때는 절대 맛볼 수 없을 만큼 특별했다.

이 무릎베개에만 있는…… 어머니의 무릎베개에만 있는, 특별한 무언가가 분명 존재하는 것이다.

완고해진 마음조차 누그러뜨리는 무언가가 말이다.

'이 기회에 말해두는 편이 좋겠지. 이건 찬스야.'

마사토는 마마코에게 전해야만 하는 것이 있다. 그리고 지금이라면 전할 수 있을 것 같은 느낌이 들었다.

"……저기, 엄마."

"왜 그러니?"

"여러모로 미안해. 나, 엄마한테만 말이 너무 심한 것 같아……. 마음을 아프게 해서 정말 미안해. 내가 잘못했어."

"마 군……."

"엄마가 쓸모없다거나, 방해만 된다는 생각은 추호도 안 해. 엄청 도움이 돼…… 아, 이런 식으로 말하면 안 되겠네……. 엄청 믿음직해. 지금도 봐. 혼자서는 귀청소도 못하는 나를 엄마가 이렇게 도와주고 있잖아."

"어머, 어머. 이 엄마는 귀청소 담당인 거니? 이 엄마의 역할은 그게 다인 거야?"

"아, 아냐! 그런 뜻이 아니라……!"

마사토가 허둥지둥 몸을 일으키며 반론을 하려고 하자 「차 암~ 움직이면 안 돼」 마마코는 상냥한 손길로 그의 머리를 눌렀다. 그리고 그대로 아들의 머리를 쓰다듬어줬다. 몇 번이나, 몇 번이나, 사랑스럽다는 듯이 말이다.

그리고 마마코는…….

"이 엄마는 말이지. 엄마를 이렇게 배려해주는 상냥한 마 군을 좋아한단다." 반짝~.

"고마워…… 그런데, 엄마. 또 빛나고 있거든요?"

기쁨에 찬 빛이 넘쳐 흘러나왔다. 마사토는 그 눈부신 빛을 피하려는 것처럼 눈을 감았다.

그리고 어마어마한 수치심을 느낀 마사토의 의식은 그대로 꿈속으로 빠져들…….

어머니의 무릎베개를 벤 채 잠이 들었다가 깨어난 마사토는 상상을 초월할 정도로 어마어마한 수치심을 느꼈다. 확 죽어 버리고 싶을 지경이었다.

"오, 오해하지 마! 그건 엄마의 무릎베개가 지닌 효과야! 자기 무릎을 벤 사람을 잠들게 만드는 특수 스킬……!"

"아, 예. 그런가요. 엄마의 무릎을 베고 쿨쿨~ 자서 참 좋겠네요~."

"큭……. 후회가 되어서 죽을 것 같아……!"

"하지만 귀청소를 받고 새의 말을 알아듣게 된 건 정말 대단하다고 생각해요! 덕분에 숲을 빠져나왔잖아요!"

"음. 나도 그 점에 있어서는 경악하고 있어. 진짜로 새의 말을 알아들을 수 있을 거라고는 생각도 못했거든……. 엄마는 대단하네. 능력의 한계가 어디까지인지 짐작조차 안 돼."

"이 엄마는 그 말을 들으니 정말 기뻐! 기운이 나!" 반짝~!

머리 위를 날아다니고 있는 새의 울음소리가 마사토의 귀에는 명확한 말로서 들렸다. 『오른쪽으로 가, 오른쪽으로 가, 아래쪽으로 가, 아래쪽으로 가』, 『왼쪽으로 가, 오른쪽으로 가, 왼쪽으로 가, 오른쪽으로 가』 그런 말이 명확하게 들렸다.

지시대로 나아가면, 입구로 돌아가 버릴 텐데…….

덤불을 빠져나가보니, 그곳은 입구가 아니었다. 아니, 평범한 숲도 아니었다. 나뭇가지와 줄기에 가시가 달린 공격적인 나무들이 즐비한 그곳은 마치 가시로 고문을 하는 곳 같았다.

그런 곳에 사람이 있었다. 보아하니 정체불명의 수녀, 시라아세 같았다.

"아! 여행자 여러분! 자, 이쪽으로 오시죠! 저와 함께 좋은 걸 하시죠! 함정 같은 건 없으니 걱정하지 마세요! 우후후! 아하하!"

시라아세는 무허가 선물가게에서 대충 만든 엉터리 성모 인형처럼 기괴한 미소를 짓더니, 꼭두각시 인형처럼 괴상한 손짓발짓을 취하며 자신의 품에 뛰어들라는 제스처를 취했다.

어이없는 정도를 넘어, 감탄을 금할 수 없을 정도로 퀄리티가 낮았다.

"수상하니 마니 생각할 필요도 없을 만큼, 명백한 함정이군."

"우리는 초면이 아닌데 「여행자 여러분!」이라고 부르잖아. 텐션도 평소와 달라. 완전히 맛이 간 것 같네."

"저, 저기…… 제 눈에는 시라아세 씨의 등에 나무뿌리 같은 게 꽂힌 것처럼 보이는데요……. 저걸 통해 몸을 침식당한 것 같은데……."

"맙소사! 빨리 구해야 해!"

마마코는 바로 뛰어가려 했지만 뭔가를 눈치채며 멈춰 섰다.

마마코는 마사토를 지그시 쳐다보며 한번 더 말했다.

"맙소사! 빨리 구해야 해!"

"아, 응. 가장 먼저 뛰어가는 역할을 나한테 양보하겠다는 거구나. ……으음, 하지만…… 딱 봐도 함정인데……."

"그럼 내가 갈게. 너는 엄마 무릎이나 베고 새근새근 잠이나 자. 푸픕."

"어머, 그러겠니? 그럼 마 군, 이리 오렴."

마마코는 바닥에 앉더니 자신의 무릎을 손으로 두드렸다.

"스탠바이 하지 마! ……앗, 이봐, 와이즈!"

와이즈는 마사토와 마마코를 곁눈질하면서 앞장을 섰다. 그리고 명백하게 상태가 이상한 시라아세에게 다가가더니, 그녀의 손을 잡고 잡아당겼다. 바로 그 순간…….

덥석! 하고 잡아먹혔다.

"……어? ……이봐, 맙소사……."

잡아먹혔다……. 지면 채로, 이 자리에 있던 마사토 일행 전원이 삼켜지고 말았다.

함정의 정체는 마사토 일행이 도달한 장소 그 자체였다. 그곳은 마치 거대한 덫과 같았다. 스위치인 미끼에 먹잇감이 닿은 순간, 덥석 잡아먹히는 장치다.

마사토 일행이 밟고 있던 지면이 솟구치면서 둘로 나눠지더니, 마치 입안의 음식을 씹는 것처럼 가시투성이인 나무들이 맞물리며 우물거렸다.

"홋. 이럴 줄 알았다니깐! 내 예측대로야!" 에헴!

"그럼 함정이 발동되기 전에 처리해. 하아…… 그럼, 엄마."

"알았어! ……하고 말하고 싶지만…… 이 엄마는 일어설 수가 없어."

"뭐?"

설마 다치기라도 한 것일까. 서둘러 상황을 살펴보니 「……흠냐……」 마사토 대신 포타가 마마코의 무릎을 베고 쿨쿨 자고 있었다. 「와이즈, 저기 좀 봐! 어때?! 내 말이 맞지?!」, 「그래. 네 말이 맞다는 걸 인정할게!」엄마의 무릎베개에는 수면 효과가 있는 것 같았다.

"이 상황에서 용케도…… 그래도 잘했어, 포타! 엄마가 움직이지 못한다면……!"

"이제부터는 우리가 활약할 차례야! 시작하자, 마사토!"

"그래! 이참에 콤보 효과도 시험해보자고!"

"찬성! 그럼 해보자!"

사이즈가 보정된 상태에서 마사토의 왼손 가운데 손가락, 그리고 와이즈의 오른손 가운데 손가락에 착용된 아데리레의 반지가 빛을 뿜으며 효과를 발동시켰다. 콤보 공격 개시.

그리고 마사토는 필마멘트를 움켜쥐었지만…… 「……대체 어디를 공격하면 되는 거지?」, 「나도 그걸 묻고 싶었어!」접힌 지면, 맞물린 나무. 일단 눈에 들어오는 것을 전부 공격해보는 수밖에 없다.

"용서해줘, 대지야! 용서해줘, 나무들아! 환경에 상냥하지 못한 용사라 미안해! ……와이즈, 날려버려!"

"오케이~! 캐스트 캔슬! 폭구(爆球)! 그리고! 화염!"

마사토의 검을 이용한 공격, 그리고 와이즈의 마법이 연속으로 작렬했다. 주위를 베고, 폭발시키고, 불태운 후「내 행동력이 다 찰 때까지 대기!」, 「서두르란 말이야!」잠시 휴식을 취하고「좋아, 가자!」, 「오케이! 캐스트 캔슬!」또 베고, 폭발시키고, 불태웠다.

그런 식으로 무턱대고 공격을 퍼부어봤지만, 콤보 발생은 매끄럽게 이뤄지고 있는데도 불구하고 공격이 먹히는 것 같지 않았다.

대지의 입은 계속 입안의 내용물을 씹고 있으며 곧 마사토 일행도 씹히고 말 것만 같았다.

"큰일 났어! 이대로 있다간 진짜로 잡아먹힐 거야!"

"나도 알아! 그래도 대체 뭘 어떻게 하면 되는데?! 이 주위를 공격해봤자 전혀 의미가 없는 것 같잖아! 아직 공격을 안 해본 건…… 시라아세 씨뿐인데……."

"뭐, 뭐어, 시라아세 씨가 급소인 것 같긴 하지만……."

불행한 사고에 의해서라면 몰라도, 대놓고 직접적으로 공격을 하는 건 좀……. 바로 그때였다.

"어라? 시라아세 씨가 어디 갔지?"

"……쿨……."

찾았다. 시라아세 씨는 마마코의 바로 옆에 있었다. 마마코의 무릎을 베고 잠든 포타의 반대편에서, 시라아세도 무릎을 베고 숙면을 취하고 있었다. 『이봐』 참고로 그녀의 등에 기생한 뿌리 몬스터도 함께 잠든 것 같았다.

"이건…… 설마, 엄마의 새로운 스킬인가?!"

마마코는 자기 자신까지 잠들어버리는 대신, 적아군 가리지 않고 최대 두 명까지 확실하게 잠들게 하는 수면 스킬【어머니의 무릎베개】를 어느새 습득했다.

"보스급 몬스터까지 재우다니…… 엄마의 무릎베개는 무시무시하네."

"이건 기회야! 시라아세 씨에게 기생한 뿌리가 이 몬스터의 본체일 게 틀림없어! 상대가 잠들어서 저항하지 못하는 사이에, 우리 둘이서 저걸 회쳐버린 다음에 깔끔하게 불살라버리자!"

"그런 식으로 말하지 마……. 마치 우리가 악당인 것 같잖아……."

"미, 미안해……."

하지만 그게 우리가 할 일이기는 했다. 「*주 : 상대는 몬스터입니다!」마사토는 잠들어서 움직이지 못하는 상대를 검으로 난자했다. 「*주 : 상대는 몬스터입니다!」와이즈는 연속마법으로 저항하지 못하는 상대를 불태웠다. 두 사람 다 입조심을 하면서 맹공을 펼쳤다.

"마사토! 마무리를 지어!"

"나한테 맡겨어어어어어어어어어엇!"

시라아세의 등에 달린 뿌리에 천공의 성검 필마멘트의 끝부분이 깊숙이 박히면서 결판이 났다. 악마의 뿌리를 해치웠다!

광범위하게 뿌리를 내리고 있던 몬스터가 퇴치되자 변형되었던 지면이 다시 원래대로 돌아갔고, 기생을 당한 시라아세의 몸도 해방됐다. 「몸 곳곳이 타들어간 것 같은데?」, 「*주 : 기생된 시점에서 이미 숨을 거뒀습니다. 당신은 아무 잘못 없습니다」페널티 없음.

그리고 승리를 확정됐다는 것을 알려주는 결과 화면이 표시됐다. 그와 동시에 레벨업을 알리는 윈도우 화면이 빠빠빠빰~! 하고 연속으로 표시됐다.

"좋아. 레벨이 잔뜩 올라서 대량의 SP도 입수했어. 괜찮은 스킬을 습득할 수 있을 것 같은걸. ……휴우…… 꼴사나운 전투이기는 했지만, 주위를 제대로 배려하며 이겼어! 이건 우리의 승리! 이게 우리의 실력이라고!"

"맞아. 마마코 씨에게 도움을 받기는 했지만, 확실히 우리의 힘으로…… 아니, 마사토가 한 번 공격할 동안에 나는 두 번 공격을 했으니까 3분의 2 이상은 내 덕분이지?"

"그, 그런 소리 하지 마……. 모처럼 기분이 좋았는데……."

"아, 그래~. 미안해. 그럼…… 자, 할래?"

와이즈가 주먹을 내밀었다. 지금까지 몇 번이나 이럴 기회를 놓쳤던 만큼, 안 할 수야 없다. 두 사람은 승리를 축하하면서 주먹을 맞댔다.

그리고…….

끼얏호~! 예이~! 승리의 기쁨에 젖어든 아이들을 몰래 응시하고 있는 이가 있었다.

"……엄마의 역할은, 이런 걸지도 모르겠네."

마마코는 작은 목소리로 그렇게 중얼거린 후, 다시 눈을 감았다.

"스파라 라 마지아 펠 미라레…… 기상(起床)!^{알자레} 그리고! 소생!"^{리아니마토}

와이즈가 연속마법을 사용했다. 기상 마법으로 마마코와

포타를 깨우고, 소생 마법으로 시라아세를 되살려낸 것이다. 곧 표정이 무뚝뚝한 수녀가 몸을 일으켰다.

"여러분, 또 만났군요. 저는 정체불명의 수녀, 시라아세라고 합니다. 어떤 식으로 정체불명인지는 이 시라아세, 알려드리지 않을 겁니다."

평소와 마찬가지로 종잡을 수 없는 사람으로 되돌아간 것 같았다. 그래도 아까 전처럼 기분 나쁘게 웃어댈 때보다는 훨씬 나았다. 마사토 일행은 그런 시라아세를 보면서 가슴을 쓸어내렸다.

자, 그럼…….

""시라아세 씨. 자.""

마사토와 와이즈는 환한 미소를 머금더니, 동시에 손을 내밀었다.

"……예? 왜 손을 내미는 거죠?"

"그야 물론 보수를 받기 위해서죠. 퀘스트 보수를 달란 말이에요."

"우리는 보스를 쓰러뜨렸잖아? 보수를 준다고 일전에 말했지?"

"아하…… 유감스러운 사실을 알려드려야할 것 같군요. 여기 있던 악마의 뿌리는 이 숲 에어리어의 보스이지만, 제가 의뢰하려던 퀘스트의 달성 목표는 아닙니다. 퀘스트는 이제부터 부탁을 드릴 예정이죠."

""어…… 정말……?""

"정말입니다. 하지만…… 방금 그 몬스터는 설정과 다른 장소에서 출현한 것 같고…… 숲의 사양도 변경된 것 같은데…… 아까 제 상태는 마치 어카운트 해킹……. 역시 그 사람이 손을 썼을 가능성도……."

"으음, 시라아세 씨?"

"뭘 그렇게 중얼대는 거야? 하나도 안 들리거든?"

"실례했습니다. 혼잣말이니 개의치 마시길. 그럼……."

시라아세는 두 손을 모으더니 기도를 드렸다.

"그럼 이 재회에 감사하며, 퀘스트 의뢰를 드리겠습니다."

"어떤 건데요?"

"굳건한 부모자식간의 유대의 힘으로 이 앞에 있는 마망 촌에서 벌어지고 있는 사건을 해결해 주십시오."

시라아세는 그런 알쏭달쏭한 말을 입에 담았다.

"으음…… 구체적인 내용은 설명해주지 않을 건가요?"

"그건 마을에 가서 물어보세요. 필요한 정보를 수집하는 것도 퀘스트의 일환입니다."

"그런 건 괜히 뜸들이지 말고 그냥 가르쳐줘도 되는 거 아냐?"

"이것도 일종의 양식미니까요. ……자, 그럼 출발할까요. 저도 마망 촌까지 동행하겠습니다."

"어머나! 시라아세 씨가 동료가 되어주는 거구나! 이 엄마, 감격했어!"

"동료가 늘어나는 건 좋은 일이라고 생각해요! 저도 감격했어요!"

"뭐~? 나는 이 사람이 좀 거북한데~."

"나는 딱히 아무렇지 않아. 그럼 출발하자고."

정체불명의 수녀, 시라세가 파티에 들어왔다.

그리고 시라아세는 은근슬쩍 와이즈에게 다가갔다. 「자기가 거북하다고 말한 사람한테 왜 일부러 다가오는 건데?!」, 「그저 괴롭히려는 것뿐입니다, 후후후」 이런 짓을 하고도 남을 사람이라는 건 알고 있었기에 다른 동료들도 그저 미묘한 시선으로 두 사람을 쳐다보기만 했다.

"그럼 출발하죠. ……그런데 마마코 씨, 이쪽에서의 생활은 어떻습니까? 혹시 불편한 점이 있다면 말씀해 주시죠. 바로 대처하겠습니다."

"으음, 글쎄요……. 가능하면 마 군이 좀 더 어리광을 부려 줬으면 하지만…… 이렇게, 꼭 포옹해준다던가요."

"그럼 마망 촌의 온천에서 혼욕을 즐기는 건 어떻습니까? 알몸으로 교류를 나누는 겁니다. 참다못한 마사토 군이 그대로 마마코 씨를 덮칠 테죠. 위험할 정도로 사이가 좋아질 수 있을 거라고 생각합니다."

"어머나! 진짜로 그렇게 되면 정말 난처할 거예요!" 꺄아~ 꺄아~. 부끄러워~.

"그건 의미가 다르거든?! 절대 하면 안 되는 짓이거든?!"

"그 외에도 약물을 투여하는 건 어떤가요. 이쪽 세계에서는 약사법이 적용되지 않으니, 그 어떤 약도 자유롭게 쓸 수 있습니다."

"약사법이 없어도 괜찮은 건가요?"

"괜찮지는 않습니다만, 약사법이 있으면 아이템의 사용 및 매매가 제한되니까요. 피치 못할 조치입니다."

"아…… 평소에 아무 생각 없이 썼지만, 회복약도 일단은 의료품이지……."

이야기꽃을 피우고 위험한 약품 냄새를 희미하게 풍기면서, 일행은 방황의 숲을 빠져나갔다.

우거진 숲을 빠져나가자 마을의 정경이 눈앞에 펼쳐졌다. 넓은 밭과 밭 사이에 간소한 집이 몇 채 존재했으며, 좁은 논길을 소가 느긋하게 걷고 있었다. 햇살은 따뜻하고 바람도 잔잔하며, 농작물에 장난을 치는 아이들을 꾸짖는 목소리 또한 온화했다. 마망 촌은 그런 곳이었다.

바로 그때였다.

"그럼 저는 이만 실례하겠습니다. 여러분과 함께 걸은 몇 걸음은 영원히 잊지 않겠습니다."

시라아세가 파티에서 빠져나갔다.

"어어?! 벌써 파티에서 이탈하는 거예요?! 동료가 되고 아직 서른 걸음도 채 걷지 않았는데요?!"

"정확하게는 스물여덟 걸음입니다. 마망 촌까지만 함께 가기로 약속했으니까요. 약속은 반드시 지킨다. 그것이 시라아세의 스타일입니다."

"시라아세 씨, 잠시만 저희와 함께 다니지 않겠어요? 시라아세 씨와 좀 더 이야기를 나누고 싶답니다."

"그 마음은 정말 기쁩니다만, 이제부터 해야 할 일이 있습니다. 부디 양해 부탁드립니다. 그럼 이만…… 아, 그 전에 드릴 말씀이 있습니다."

시라아세는 와이즈의 귓가에 입술을 대면서 말했다.

"당신의 어머님이 이 근처에 계신 듯하니, 이 기회에 잠시 이야기를 나눠볼까 합니다. 괜찮다면 저와 함께 가지 않겠습니까?"

마사토는 우연히 그 귓속말을 들었지만 아무것도 듣지 못한 척 하기로 했다.

와이즈는 잠시 동안 망설이는 듯한 표정을 지었지만 곧 시라아세에게서 돌아섰다.

"……빨리 혼자 가버리지 그래? 나는 딱히 할 이야기가 없거든."

"그렇군요. 그럼 어쩔 수 없죠. ……여러분, 저는 이만 실례하겠습니다. 다시 만나는 날까지 건강하십시오."

시라아세는 공손히 인사를 건넨 후 마망 촌에 들어갔다.

고개를 돌린 와이즈가 조금 신경 쓰였지만 아무튼…….

"……이제 어떻게 하지?"

"그야…… 시라아세 씨는 다른 볼일이 있다고 하잖니. 그녀와는 여기서 헤어지기로 하고, 우리는 마망 촌으로 향하자."

"그래. 그럼 가자."

마사토 일행은 일말의 쓸쓸함을 느끼면서 마망 촌을 향해 걸음을 옮겼다.

하지만 같은 방향으로 향하고 있기에 앞장서고 있는 시라아세의 뒤를 졸졸 따라가는 느낌인데다, 거리도 2미터 정도밖에 떨어져 있지 않았다. 하지만 아까 작별 인사를 나눈 탓에 말을 거는 것도 좀 그랬다.

"'……어…… 엄청 거북해…….'"

시라세를 비롯해 다섯 명 전원은 미묘한 분위기 때문에 질식할 듯한 느낌을 맛보면서 걸음을 계속 옮겼다.

"바쁘신데 죄송하지만, 잠시 실례해도 될까요?"

"응? ……다, 당신들, 보아하니 모험가 같은데, 혹시 저 숲을 지나온 거야?! 이야, 젊은 아가씨들이 정말 대단한걸!"

"어머나, 아가씨라뇨. 이래봬도 저는 열다섯 살이나 된 자식을 둔 엄마랍니다. 이 애가 제 친아들인 마 군이에요. ……자, 마 군도 인사를 하렴."

"엄마! 번번이 자식을 소개하지 말라고 내가 항상 말했잖아!"

"뭐어어어어어어엇?! 당신이야말로 열다섯 살 같은데?! ……이, 이렇게 젊고 아름다운 어머님은 태어나서 처음 봐……."

"고마워요. ……저기, 잠시 이야기 좀 나누지 않겠어요?"

마을 사람들에게 말을 거는 사이 시라아세는 재빨리 나아갔다. 「(배려해줘서 고마워)」 마사토는 마음속으로 감사인사를 한 후, 마을 사람들의 이야기에 귀를 기울였다.

듣자하니 이 마망 촌에서는 곤란한 일이 일어나고 있는 것 같았다. 하지만 자세한 이야기는 촌장한테서 들으라고 했기에 일행은 촌장의 집으로 향했다.

"하아…… 괜히 뜸 들이지 말고 그냥 확 가르쳐주면 될 텐데……."

"나도 그 말에 동감이지만, 너무 그러지 마. 양식미를 중요시하는 거잖아. 잘 훈련된 마을 사람 여러분들이네."

"그런데 촌장 씨의 집은 어디인지 모르겠구나……."

"분명 저기일 거예요! 틀림없어요!"

포타는 숲을 배경 삼듯 위치한 커다란 민가를 가리켰다. 마을 사람 중 누군가가 연락을 한 건지, 촌장으로 보이는 노인이 지팡이를 짚으면서 다가오더니 마사토 일행에게 인사를 건넸다.

일행은 촌장에게 안내를 받으며 집 안으로 들어갔다. 듣자하니 이곳은 촌장의 집이자 마을의 집회소이며, 여관이 없는 이 촌락의 숙박시설도 겸하고 있는 것 같았다.

그런 커다란 저택의 식당. 차조기 주스라는 보랏빛 웰컴 드링크로 목을 축이고 있을 때, 촌장이 천천히 이 마을에서 벌어지고 있는 사태를 이야기해줬다.

"얼마 전의 일입니다. 이 촌락에 자기 이름이 『밤의 여제』라는 악마가 나타났지요."

"밤의 여제…… 악마……."

"느닷없이 나타난 그 악마는 강대한 힘으로 마을 사람들을 굴복시킨 후 어떤 요구를 했습니다. ……목숨이 아깝다면 산 제물을 바치라고 하더군요."

"설마 마을에서 가장 아름다운 여자애를 내놓으라고 한 거야?! 몰개성하지만 그래도 용서할 수 없는 녀석이네!"

마사토는 분노를 터뜨렸다. 이 상황에서 화를 내야 용사답다고 생각한 것이다. 그렇지? 맞아. 하지만……

"아~ 여제라서 그런지 여자를 원하지는 않더군요."

"아, 그렇겠네요. 여제라면 일단 여성일 테니까요."

"예. 오히려 여자애는 꼴도 보고 싶지 않다고 하더군요……. 여제가 요구한 건『이 마을에서 가장 호리호리한 근육남이자, 매일같이 가슴팍과 복근을 쓰다듬어도 질리지 않을 만큼 끝내주는 미남 호스트』였지요."

"흐음…… 엄청 머리 나쁘고 밝히는 중년 여자 같은 이미지가 문득 머릿속에 떠오르는데……."

마사토는 힐끔 동료들을 둘러봤다. 마마코는 쓴웃음을 머금었고, 포타는 영문을 모르겠다는 듯이 귀엽게 고개를 갸웃거렸으며…… 와이즈는 머리를 감싸 쥐고 있었다. 확실히 저런 리액션을 취하고 싶어질 듯한 요구 내용이었다.

촌장은 더욱 인상을 찡그리면서 호소했다.

"산 제물은 오늘 밤에 건네기로 되어 있습니다. 이제 시간이 없고, 거절할 방법도 없는데다, 그 요구에 부합되는 자도 이 마을에는 없죠. 그야말로 사면초가인 상황에서 난처해하고 있을 때, 여러분이 이렇게 와주셔서…… 저기, 뭐라고 할까요……."

"아~ 촌장님이 무슨 생각을 하고 있는지 알 것 같네요. 즉, 이런 소리를 하려는 거죠?"

"예. 우선 미소를 지으면서『부디 그 일은 개의치 않으시며 머물러 주십시오』하고 말한 다음, 무료로 음식을 대접하고 무료로 방을 제공한 후, 무료로 이 마을이 자랑하는 온천을 이용하게 해드리며 어떻게든 여러분이 이 마을에 머무는 시간을 늘린 다음, 그 여제와 딱 맞닥뜨리게 해서 이 사태를 어떻게든 해볼까 생각하던 참입니다."

"어, 약간 예상외네. 의뢰가 아니라 웃는 얼굴로 시키는 방식이었구나. ……뭐, 좋아."

어차피 이 퀘스트는 이미 맡았으니까 말이다.

숲에 둘러싸인 마망 촌은 해가 일찍 진다. 태양이 기울자 나무 그림자가 마을을 뒤덮었으며, 밤이 재빨리 다가왔다. 그 어둠과 함께 자칭 밤의 여제라는 악마가 출현할 예정 시각도 다가오고 있었다.

하지만 그 전에 일단 여행의 피로를 씻어내고 원기를 회복하기로 했다.

"캬아~ 끝내주네……. 정말 좋은 물인걸~ 마마망~."

마사토는 현재 암석으로 만든 노천온천을 독점하고 있었다.

마망 촌이 자랑하는 온천, 이름 하여『마망의 젖탕』.

촌장의 집 뒤편에 있는 이 온천의 간판을 본 순간, 마사토는 여기에 들어갔다간 온갖 말도 안 되는 음해를 당할 것 같은 느낌이 엄습했다. 그래도 이곳은 온천이다. 옷도 자존심도 전부 벗어던지며 어깨까지 물에 담그니, 아니나 다를까 「물이 정말 좋네~ 마마망~」 같은 말이 절로 나올 정도로 이 온천에 매료되고 말았다.

"큰일 났네~. 나, 어쩌면 예뻐졌을지도 몰라."

우윳빛 액체를 두 손으로 퍼서 얼굴에 끼얹자 피부가 매끈해졌다. 「훗. 나중에 거울을 보는 게 두려워지는걸」 마사토는 열심히 얼굴 마사지를 계속……

"어이이봐, 이럴 때가 아니잖아."

마사지나 하고 있을 때가 아니다. 확인해야만 하는 일이 있으니까 말이다.

마사토는 칸막이 너머의 여탕을 향해 말했다.

"이봐~ 엄마. 내 말 들려?"

"어머, 무슨 일이니?"

그리고 대답은 뒤편에서 들려왔다.

고개를 돌려보니 이곳에 없었으면 했던 이가 있었다. 머리카락을 모아서 올려 묶은 마마코가 아무렇지도 않은 듯이 그곳에 있었으며, 자못 당연한 듯이 물을 몸에 끼얹고 있었다.

당연히 몸에는 아무것도 걸치지 않았으며 우윳빛 액체가 목덜미에서 등, 그리고 잘록한 허리를 타고 바디라인을 따라 흘러내리더니…… 동그란 엉덩이에서 방울져 떨어졌다.

아, 보면 안 된다. 아니, 안 봤다.

"……이봐. 엄마가 여기서 뭐하고 있는 거야?"

"기왕이면 마 군과 함께 온천을 즐기고 싶어서 말이야. 부모자식 사이니까 괜찮지?"

"여기가 가족 전용 온천이라면 백억 보 양보해서 납득하겠지만, 유감스럽게도 여기는 공공장소라고. 마을 사람들도 이용하는 공용 온천이란 말이야."

"촌장 씨에게 물어봤더니, 오늘은 우리만 쓰게 해주겠다고 하더구나. 그러니 괜찮아."

"큭, 괜한 짓을……."

"그러니까…… 두 사람도 어서! 마 군이 내 육체에서 눈을 못 떼는 지금이 기회야!"

"눈을 못 떼는 건 아닌…… 잠깐만, 어? ……다른 두 사람도 들어오는 거야……?"

"차암~. 돌아보면 안 돼. 이쪽을 봐. 두 사람은 한창때의 여자애니까 배려해줘야 하잖니?" 꼬옥.

"……한창때인 아들도 좀 배려해주세요."

마사토가 마마코에게 머리를 꽉 잡혀서 그녀의 풍만한 가슴 쪽으로 시선이 고정되어 있을 때였다. 등 뒤에서 후다다닥, 첨벙! 하고 누군가가 뛰어와서 온천에 쏙 들어가는 소리가 들려왔다.

"오, 오래 기다렸죠?! 저는 이미 어깨까지 물에 담갔으니까 괜찮아요!"

아무래도 포타가 탕 안으로 들어온 것 같았다.

이제 와이즈만 남았는데…….

"저기, 진짜로 혼욕을 할 거야?! 마, 말도 안 돼! 농담하는 거지?!"

"어머나, 어머나. 가족과 함께 목욕을 못하겠다는 거니? 그래선 내 딸이 되는 건 역시 무리일 것 같네. 유감이야."

"잠깐만! 그렇다면 들어가겠어! ……마마코 씨의 딸이 될 수 있다면 그게 가장 나아……. 그딴 이야기를 들었더니, 더욱…… 중얼중얼……."

"그럼 들어오렴. 알고 있겠지만 수건을 온천물에 담그는 건 매너 위반이란다. 나는 그런 것에 엄격해."

"나도 알아! 이딴 건 필요 없어!"

평평하기 그지없는 몸을 감추고 있던 수건을 발치로 던져버리고, 알몸으로 당당히 다가오……는 듯한 소리가 들린 후, 와이즈가 온천에 들어갔는지 첨벙~ 하는 소리가 들렸다.

"마사토! 이쪽 쳐다보면 죽여……."

"정말, 와이즈 양. 여자애가 그런 말을 함부로 입에 담으면 안 되잖니."

"윽…… 이, 이쪽을 쳐다봐도 아무 짓을 안 할 거지만, 그래도 정도껏 해!"

"으, 응……."

정도껏이라면 봐도 된다는 의미로 여겨지는 허가가 내려졌다.

천천히 온천에 들어가며 두 개의 가슴 섬을 온천물에 띄운 마마코, 소중한 숄더백을 한시도 몸에서 떼어놓을 생각이 없는지 머리 위에 얹어둔 포타, 코 밑까지 온천물에 담그며 최상급 경계 태세를 취한 와이즈, 그리고 단정하게 무릎을 꿇고 있는 마사토. 네 사람은 혼욕 동료가 됐다!

마사토는 개인적으로 【혼욕남 레벨 1】의 칭호를 얻었다!

"엄마…… 무슨 생각인 거야……."

"시라아세 씨도 말했지? 알몸의 교류를 통해 친해질 수 있다고 말이야. 이 엄마도 그건 좋은 아이디어라고 생각한단다. 그래서 다 같이 해보려는 거야. ……이 엄마가 이렇게 서포트를 해줘서 기쁘지?"

"큭…… 정말…… 정말…… 정말……."

지금은 화를 낼 때가 아니다. 감사의 말을 건넬 때도 아니다. 마사토는 마음을 비우며 물에 몸을 담갔다. ……솔직히 말해 마음을 비우는 건 무리지만 말이다.

"자, 그럼 이야기를 나눠볼까? 마 군은 밤의 여제 씨와의 싸움에 대해 이야기를 나누고 싶은 거지? 내 말 맞지?"

"그, 그래! 맞아!"

마사토는 물을 얼굴에 끼얹은 후, 표정을 굳히면서 이야기를 시작했다. 이제부터 전술에 관해 진지하게 상의해야 하니 마사토는 마음을 단단히 먹었다.

"촌장의 이야기에 따르면 악마 같은데, 실제로는 어떨까? 힘이나 공격 패턴 같은 것에 관한 정보가 필요한데…… 저기, 엄마. 가이드북에 딱히 적힌 건 없었어?"

"그게 말이지……. 가이드북에는 수많은 몬스터에 관한 데이터가 적혀 있었지만, 밤의 여제라는 이름의 악마에 관한 건 적혀 있지 않았단다."

"가이드북에 데이터가 없다는 건…… 설마……."

기재 실수. 혹은 신규로 추가된 몬스터일 가능성도 있다. 마사토가 참가한 이 게임은 현재 시험 운용 중이다. 정식 서비스 전의 테스트로서 상시 업데이트가 이뤄지고 있을 테니 그럴 가능성도…….

바로 그때였다.

"밤의 여제는 마법사 계열이야. 공격, 보조, 회복, 뭐든 다 써. 게다가 캐스트 캔슬도 가지고 있어서 영창 중의 빈틈을 노리는 것도 불가능해. 그뿐만 아니라 횟수 내성의 무적 방어도 지니고 있으니까, 본체에 대미지를 가하기 위해서는 세 번 이상 연속 공격을 해야만 해. 정말 성가신 상대야."

와이즈의 입에서 정보가 술술 흘러나왔다. 마마코와 포타는 감탄한 듯한 표정으로 그런 와이즈를 쳐다봤지만…….

마사토는 그러지 않았다. 신경 쓰이는 점이 있기 때문이다.

"……꽤 자세하게 알고 있는걸."

"당연하잖아? 왜냐하면 그 녀석은…… 아……."

"그 녀석은?"

"으, 으음…… 저기…… 아~ 그게…… 그거야, 그거…… 아~ 그러니까……."

와이즈는 수상하기 그지없는 거동을 선보이면서 계속 고개를 돌리더니 「이쪽 쳐다보지 마! 이 색골아!」, 「풉?!」 마사토에게 물을 끼얹었다.

하지만 그런다고 마사토가 고개를 돌릴 리가 없다. 희미하게 달아오른 쇄골과 평평하기 그지없는 상반신을 쳐다볼 절호의 기회, 아니, 추궁을 하고 있는 중이니까 말이다.

"이봐."

"그, 그러니까! 딱히 별다른 이유 같은 건 없어! ……저기…… 너희와 합류하기 전에 얻은 정보에 불과해! 그런 녀석이 있다는 소문을 들었을 뿐이란 말이야!!"

"그 말을 믿으라는 거야?"

"좀 믿어! 우리는 동료잖아?! 동료를 의심하는 거야?! 저질! 인간쓰레기!"

"말이 너무 심하잖아! ……하아, 알았어. 일단 그런 걸로 해두겠어. 어디까지나 일단은 말이지."

"멋대로 해! ……정말…… 휴우…… 덥네. 좀 현기증이 날 것 같아. 이 온천, 좀 뜨거운 것 같지 않아?"

와이즈는 천천히 일어서더니, 탕 가장자리에 연분홍색 엉덩이를 걸쳤다. 사실 온천 때문에 그런 게 아닌 것 같지만, 아무튼 뜨겁게 달아오른 자신의 온몸을 향해 손으로 부채질을…….

바로 그때, 와이즈는 눈치챘다. 자신이 마사토의 눈앞에서 알몸을 드러내고 있다는 사실을 말이다.

"……어……라……?"

소녀의 수치심이 폭발할 듯한 예감이 들었다.

하지만 마사토는 의외로 냉정했다. 왜냐하면 이미 체념하고 있었던 것이다.

"기다려, 와이즈. 나한테 유언을 남길 시간을 줘. ……엄마, 나는 여자애의 속살을 본 죄로, 수치심을 휩싸인 와이즈가 날리는 마법을 맞고 화려한 죽음을 맞이할 거야. 경우에 따라선 죽었다 살아났다를 여러 번 반복할지도 몰라. 그래도 안심해. 반드시 되살아날게."

"그래. 이건 게임이지. 시라아세 씨도 몇 번이나 되살아났잖니. 그럼 이 엄마는 마 군을 믿으며 지켜보고 있을게."

"저도 회복 아이템을 준비해둘게요! 그러니 걱정 안 하셔도 돼요!"

"고마워, 포타. ……그럼 와이즈. 단숨에 죽여줘."

마사토는 마을에 피해가 발생하지 않도록 숲을 등지며 섰다. 하지만…….

"흐, 흥! 나나나, 나를 얕보지 마! 이 상황에서 벌을 주는 건, 너 같은 녀석들한테는 상이나 다름없잖아! 그그그, 그딴 짓을 내가 왜 해?!"

"뭐, 라고…… 벌을 안 주는 거냐……. 너, 정말 괜찮겠어?"

"흐흥! 분해? 응? 분하지? 분하면 땅에 구멍이나 파서, 거기다 대고 말할 기회를 날려버린 『상을 주셔서 감사합니다!』 같은 소리나 실컷 외치란 말이야! ……크크큭…… 아하하…… 우에에에에에에에에에에에에에에에에에에에에엥!"

와이즈는 도망쳤다. 벌을 주는 걸 포기하며 도망친 것이다.

구사일생을 한 마사토는 망연자실한 목소리로 중얼거렸다.

"……감사, 합니다……."

용서해주셔서 감사합니다. 저에게 고통을 안겨주지 않아서 감사합니다…… 엄연히 옳은 말을 하고 있는데도, 마사토의 목소리에는 공허함이 묻어났다.

한편, 촌장의 저택 뒤편에 존재하는 숲 속의 한 장소.

새와 벌레 소리도 들리지 않는, 모든 생물이 도망쳐버린 듯한 그 장소에서…….

"이상하군요……. 온천 이벤트가 왕도적으로 전개된다면, 지금쯤 마사토 군이 여기까지 날아올 거라고 생각합니다만…… 오지 않는 군요."

시라아세는 마음속으로 가볍게 혀를 찼다. 기대가 완전히 빗나가고 만 것이다.

이 타이밍에 소동이 일어나준다면, 상대가 그쪽에 정신이 팔린 틈을 이용해 이 자리를 벗어날 수 있을 것이다. 하지만 꽤 떨어진 곳에 있는 저 마을은 아까부터 계속 조용했다.

"왜 그래?"

"……아무것도 아닙니다."

희열에 찬 목소리가 천천히 들려오자 시라아세는 마을에서 눈을 뗐다.

하지만 자신에게 말을 건 상대가 있는 쪽을 쳐다보지는 않앉다. 그곳에 펼쳐진 광경…… 사람에 따라서는 감미롭게 보일지도 모르지만, 취향에 맞지 않는 이에게는 추악하기 그지없는 광경을 보고 싶지 않기 때문이다.

그곳에는 다섯 명의 아름다운 청년들이 있었다. 하나같이 반라 상태인 그들 중 한 명은 네 발로 바닥을 기며 의자 역할을 맡았고, 한 명은 똑바로 서서 등받이 역할을, 그리고 좌우에 선 두 사람이 팔걸이 역할을 맡았다. 그리고 마지막 한 명은 거북이처럼 몸을 웅크려서 발받침 역할을 했다.

아름다운 청년들이 자신들의 몸으로 만든 인간 의자에 앉아있는 이가 바로 밤의 여제다.

갈색 피부, 글래머러스한 몸, 그리고 머리에 달린 양의 뿔…… 악마 같은 외모를 지닌 여제는 흐트러진 이브닝드레스를 여미려고도 하지 않은 채, 포도주와 청년의 감촉에 취한 상태에서 시라아세에게 음탕한 시선을 보내고 있었다.

"그것보다 아직 할 말이 남았어?"

"아뇨, 없습니다. 당신의 생각은 충분히 이해했습니다."

"그럼 어떻게 할 건데?"

"당신의 행위는 이 게임의 본분에서 크게 일탈하고 있습니다. 그러므로 당초의 계약 내용을 파기한 후, 서비스 제공을 정지한다고 하는 조치를 취할 수밖에 없습니다."

"어머나, 그래? 유감이야. ……하지만 난처하게 됐네……. 나는 남의 말에 잘 따르는 편이 아니거든. ……저항을 할지도 몰라."

"부질없는 짓입니다. 이미 당신을 무력화시킬 준비를 마쳐뒀으니까요. ……그럼 실행에 옮기겠습니다."

시라아세는 손을 들어올렸다. 그것이 신호다.

현장의 상황을 모니터링하고 있을 운영 측의 대책 팀이 이 신호에 맞춰 어카운트를 즉각 정지시킬 것이다. 그리고 여제는 그대로 로그아웃…….

……되어야만 하지만…….

"……어?"

아무 일도 일어나지 않았다.

여제는 인간 의자에 앉은 채 여전히 시라아세의 눈앞에 있었다.

"우후후. 왜 그래? 혹시 시스템 측에서 나를 처리하려고 한 거야? ……하지만 부질없는 짓이야. 나에게는 특별한 힘이 있거든."

"특별한 힘? 그게 대체……."

"글쎄? 뭘까? ……볼일은 다 봤지? 그럼 이만 끝내자."

밤의 여제의 눈빛이 날카로워지더니, 시라아세를 손가락으로 가리켰다. 「……윽……!」 그러자, 시라아세는 몸의 자유를 빼앗겼다. 꼼짝도 할 수 없었다.

'이건…… 해킹이군요……. 이게 그녀가 말한 힘이라는 건가요…….'

전혀 저항을 할 수 없다. 그리고 상대는 방해꾼을 주저 없이 처리할 것이다.

그렇다면 결말은 죽음뿐이다. 하지만 시라아세는 냉정했다. ……어떤 예감이 들었던 것이다.

"마지막으로 하나만 확인해도 되겠습니까?"

"응. 물론이지."

"따님과 화해할 생각은 없습니까?"

"없어. 나는 자유롭게 살 거야. 모녀간에 화목하게 지내는 건 딱 질색이거든."

"정말 그걸로 괜찮겠습니까?"

"당연하잖아? 똑같은 말 몇 번이나 하게 하지 마. 그딴 바보 같은 애 따위…… 그에 반해 이 애들 좀 봐. 정말 착한 애들이라니깐. 내 말을 얼마나 잘 듣는지 몰라. 멋진 아들들이지? 나는 예전부터 이런 애들을 가지고 싶었어."

"자식을 가구로 부리는 어머니가 어디에…… 아뇨. 당신에게 무슨 말을 한들 부질없을 것 같군요."

"맞아. 그러니까 이제 내 눈앞에서 사라져. 잘 가."

밤의 여제는 가볍게 손가락을 튕겼다. 그 손가락에서 뿜어져 나온 충격파에 휩쓸린 시라아세는…… 그대로 튕겨져 날아가더니 등 뒤에 있는 나무에 내동댕이쳐졌다. 추욱.

시라아세는 자신의 몸을 관통한 부러진 나뭇가지를 내려다본 후, 눈을 감았다.

게임 외부에서 여제를 무력화시키는 작전은 실패했다.

하지만 아직 방법은 남아 있다. 희망은 게임 내부에 존재하는 것이다.

'다음번에 눈을 떴을 때는, 믿음직한 모자지간이 제 눈앞에 있겠죠……'

그리고 그 희망은 모든 것을 좋은 방향으로 이끌어줄 게 틀림없다.

시라아세는 그런 예감을 느끼면서 관 안에 갇혔다.

제5장
아이는 아이대로, 부모는 부모대로, 나름 불만이 있겠지만, 그래도 부모자식이니까 어떻게든 된다고.

마사토는 온천을 나선 후 탈의실에 들어갔다.

그리고 그곳에는 촌장이 준비해둔 걸로 보이는 매력적이면서도 위험한 음료가 놓여 있었다.

"……마망의, 밀크……?!"

잠깐만 있어봐. 오해하지는 마. 탈의실에 준비되어 있는 건 목욕 후에 흔히 마시는 시원한 우유(병)다. 마망 촌에서 생산한 우유라서 그런 이름이 붙은 것뿐이리라.

마망의 밀크를 마시겠습니까?

"큭! 아냐! 이상한 오해 하지 말라고! 어디까지나 내일의 성장을 위해 마시는 거란 말이야!"

마사토는 허리에 손을 대더니 단숨에 우유를 전부 들이켰다. 푸하~. 맛있다.

바로 그때였다.

"마사토, 거기 있지?"

갑자기 탈의실의 문 너머에서 목소리가 들려왔다. 와이즈의 목소리였다.

"으, 응……. 나는 여기 있는데…… 설마 지금부터 벌을 주시려는 겁니까? 그럼 하다못해 옷을 입을 시간을 주십시오. 알몸으로 벌을 받는 건 좀······."

"왜 존댓말을 하는 거야? 그리고 딱히 벌을 주려는 건 아냐. 좀 할 말이 있는 것뿐이거든."

"그, 그래······?"

할 말이 있을 뿐이라고 둘러대면서 느닷없이 공격할 가능성은 충분히 있다. 그래서 마사토는 일단 옷을 입기로 했다. 그는 포타가 만들어준 곰이 프린트된 팬티를 착용하고, 셔츠를 입었다.

마사토가 옷을 입는 사이, 와이즈는 말을 고르는 듯한 어조로 이야기를 시작했다.

"저기······ 나, 지금부터 잠시 외출을 해야 할 것 같은데······."

"뭐? 외출? 어디 가는데?"

"그게······ 이 근처 숲을 산책한다고나 할까······."

"어이이봐, 우리는 곧 보스 전에 돌입할 거라고. 그런데 숲을 산책하겠다니······ 이미 꽤 어두워졌으니까 위험하지 않겠어? 몬스터도 나올 테니까 혼자 숲을 돌아다니는 건 위험할 거야."

"아~ 응. 그렇기는 한데······. 아······ 그럼 마사토도 같이 갈래?"

"뭐? 내가 왜?"

마사토가 약간 어이없다는 목소리로 되묻자······.

와이즈는 생각에 잠긴 것처럼 잠시 동안 입을 다문 후, 불쑥 말했다.

"……역시 됐어. 그럼 가볼게."

"뭐? 이봐, 왜 그래? 너, 좀 이상…… 어라?"

재빨리 옷을 입고 탈의실의 문을 열어보니 와이즈는 이미 그곳에 없었다.

숲 쪽을 쳐다보니 붉은색이 어둠에 휩싸이는 모습이 언뜻 보였다. 붉은색 옷을 입은 와이즈가 어둠에 물든 숲에 들어간 것 같았다. 진짜로 숲을 산책하려는 걸까……. 게다가 짐승들이 다니는 길도 없는 곳으로 들어간 것 같은데…….

"왠지 좀 이상하네……. 아무래도 쫓아가는 편이…… 아, 이런 생각을 할 때가 아니지! 젠장!"

마사토는 벽에 기대어 세워둔 천공의 성검 필마멘트를 움켜쥔 후 그대로 탈의실을 뛰쳐나갔다.

하지만, 와이즈를 쫓아가기로 한 것은 성급한 판단일지도 모른다.

"젠장, 실수했네……. 하다못해 어둠을 밝힐 거라도 가져올 걸 그랬어……."

안 그래도 길을 잃기 십상이라고 정평이 나있는 숲에, 그것도 일몰 직전이라는 시간대에 장비도 제대로 갖추지 않은 채 돌입했다. 이것은 자살행위라고 해도 과언이 아니다. 착한 아이는 흉내 내선 안 되는 짓이다.

길이 있고 없고를 떠나, 자신이 무엇을 밟고 있는지도 알 수가 없었다. 시야가 거의 확보되지 않은 상태지만 마사토는 계속 나아갔다. 「어이쿠?!」 뭔가에 발이 걸렸고, 「으윽?!」 거미집에 안면 박치기를 날리면서도 와이즈를 찾았다.

"그 녀석, 분명 길을 헤매고 있을 거야……. 그리고 나도 길을 잃으면서, 혹을 떼려다 혹 붙인 격이…… 그런 사태가 벌어지는 건 완전 사양이라고……. 이봐, 와이즈! 어디 있어? 이 근처에 있지?! 제발 이 근처에 있어주세요! 부탁입니다!"

수풀을 헤치면서 와이즈를 부르고, 겸사겸사 쓰러진 나무를 들어 올리며 지면을 확인해보니 「우왓! 벌레가 잔뜩 있잖아?!」 그러고 보니 이런 곳에 있을 리가 없다. 아무리 찾아봐도 보이지 않았다. 그저 시간만 흘러갔다.

마사토는 망연자실한 표정으로 하늘을 올려다보았다. 나뭇가지 사이로 보이는 것은 맑은 밤하늘에 떠있는 달과…….

흔들리는 그림자였다.

"어? 위에 뭐가 있어! 몬스터인가……. 어…… 이봐."

유심히 쳐다보니, 그것은 신발 바닥이었다. 왠지 눈에 익은 부츠의 바닥이었다. 소리 없이 낙하한 그것은 그대로 마사토의 얼굴을 밟더니 그대로 그를 지면에 쓰러뜨렸다.

이런 짓을 할 녀석은 딱 한 명뿐이다.

"하아…… 뭐하시는 겁니까. 혹시 이게 아까 전의 벌인가요. 벌을 주시지 않을 거라고 말했었잖아요?"

"벌 아니거든? 그냥 착지를 했을 뿐이야. 내 착지지점에 네가 서있었던 거란 말이야."

"이 녀석……."

마사토의 안면에 착지한 이는 바로 와이즈였다. 그리고 얼굴에서 내려선 와이즈는 「……내일은 핑크색을 입는 날이구나」, 「무슨 말 했어?」, 「아냐. 아무 말도 안 했어」 속옷을 아낌없이 드러내며 어이없다는 표정으로 마사토를 쳐다보았다.

"그런데 너는 이런데서 뭘 하고 있는 거야?"

"그건 내가 할 말이야. 너야말로 이런데서 뭘…… 응……?"

마사토는 말을 이으려다 문득 눈치챘다.

시라아세가 와이즈에게만 몰래 했던 그 말, 마망 촌에서 발생한 사태, 그것을 들은 와이즈의 태도, 이 상황…… 이 사태에 대해 유추할 근거라면 얼마든지 있었다. 마사토는 해답을 찾아낸 듯한 느낌을 받고 있었다.

하지만 혹시나 하는 마음에 확인을 해보기로 했다.

"이봐, 와이즈. 나, 어쩌면, 얼추, 아니 전부 눈치챈 것 같은데…… 너와 여제의 관계에 대해 묻지 않는 편이 좋겠어?"

"응. 안 묻는 편이 좋을 거야. 그 편이 너도 싸우기 편할 거잖아?"

"물으나 묻지 않으나 별 차이 없을 것 같은데……."

"그럼 뭐야? 마을을 협박해서 흥근 복근 놀이가 가능한 남자를 바치라고 강요한 사람이 나의 그거라는 걸, 내가 내 입으로 말해야만 한다는 거야? 이미 피를 토할 것 같거든? 피눈물도 얼마든지 흘릴 수 있을 것 같거든?"

눈을 부릅뜨면서 마사토를 쳐다보고 있는 와이즈의 눈은 새빨갛게 충혈되어 있었다. 금방이라도 피눈물이 터져 나올 것만 같았다. 큰일 났다.

"아~ 응. 그래. 당신의 심정을 이제 이해했습니다. 말 안 해도 돼."

"응. 고마워."

와이즈는 대충 그렇게 말하더니, 마사토의 어깨를 찰싹 소리가 나게 때렸다. 감사의 뜻을 표하는 태도와는 거리가 먼 듯한 느낌도 들었지만, 마사토는 기분이 썩 나쁘지 않았기에 순순히 감사의 뜻을 받아들이기로 했다.

그리고…….

"즉, 너는 몰래 상대방과 접촉해서 설득을 해볼 심산이었던 거지?"

"맞아. 내버려둘 수는 없잖아? 나와 관계가 없는 사람도 아닌걸."

"하지만 실제로 그러려니 좀 불안해서, 마음의 버팀목 삼아서 나를 동행시키려고 했던 거네."

"그, 그런 게 아냐! 나는 딱히 불안해서 네가 같이 가주기를 바란 게 아니거든?! 그런 생각은 눈곱만큼도 하지 않았어! 그러니까 기어오르지 마, 이 바보! 확 즉사마법을 연속마법으로 날려버린다?!"

와이즈는 어둠 속에서도 알 수 있을 만큼 얼굴이 새빨개진 채 부정했지만, 본인이 아니라면 아닌 걸로 여겨도 될 것이다.

"그, 그런 게 아니라! 나는 만약의 사태에 대비한 보험 삼아서 너를 데려가려고 했던 거야!"

"보험……."

"어쩌면 말이 통하지 않을 수도 있잖아! 느닷없이 공격을 해올 가능성도 있어! 그러고도 남을 녀석이거든! ……만일 전투가 벌어진다면, 여제에게 대미지를 입히기 위해선 공격을 3회 연속으로 날려야해. 나와 마사토의 콤보 공격이 필요한 거지. 그러면 상대의 무적 방어를 돌파해서 대미지를 입힐 수 있어."

"그렇구나……. 즉, 나와 콤보용 액세서리인 이게 필요한 거네?"

"그래. 이게 필요해."

두 사람은 호주머니에서 아데리레의 반지를 꺼냈고, 와이즈는 그것을 오른손 약지에 꼈다.

"자, 너도 껴."

"으, 응……."

마사토도 일단 같은 손가락에 반지를 꼈다. 딱히 깊은 의미는 없었다.

바로 그때, 마사토는 문뜩 이런 생각이 들었다.

"전투가 벌어질 경우를 고려하면, 역시 우리 엄마의 화력이 필요하지 않을까? 지금이라도 데려오는 편이……."

"아, 잠깐만 있어봐. 마마코 씨는 데리고 가지 말았으면 해."

"이유가 뭐야?"

"마마코 씨가 같이 가주면 전투가 벌어졌을 때 엄청 도움이 될 거야. 하지만…… 내 못난 부모와, 젊고 예쁜 데다 사람도 좋은 남의 부모가 한 자리에 같이 있으면, 완전 비교될 테니까 싫다고나 할까…… 이해하지? 아니, 억지로라도 이해해."

발끈!

와이즈는 충혈된 눈을 또 부릅떴다.

"아, 알았어! 이해했다고!"

마마코 같은 엄마를 둔 행복한 아들이 무슨 소리를 한들 역효과만 날 것이다. 아무래도 그녀가 바라는 대로 해야 할 것 같았다.

"그, 그럼 일단 우리 둘이서 가보자. 1차 목표는 어디까지나 설득이지만, 설득에 실패했을 때는 전투도 불사하는 거야. 알았지?"

"오케이. ……가능하면 그 바보와 맞닥뜨리기 전에 너와 나의 연계를 체크해두고 싶은데…… 아, 적당한 녀석 발견~."

나무 사이에서 꿈틀거리는 그림자가 있었다. 숲은 몬스터의 서식지다. 에어리어 보스를 쓰러뜨렸다고 해서 다른 몬스터가 사라지지는 않는 것이다. 그 몬스터들은 전의가 넘치는지 주저 없이 마사토와 와이즈에게 달려들었다.

"연계에 대해 설명할 필요 있어?"

"아니, 괜찮아. 이미지는 이미 파악했거든."

"그럼 가자! 잘 부탁해!"

"그래! 우선 내가…… 막아내겠어!"

늑대, 사슴, 곰 등, 눈매가 흉흉한 짐승들이 돌진을 해왔다. 우선 저 공격에 대처하는 것이 마사토의 역할이다.

마사토는 적의 공격을 자신에게 집중시키기 위해 앞으로 나섰다. 그리고 왼손을 내밀면서 아머드 재킷의 부속 효과인 방어 장벽을 전개했다. 그리고 그 장벽으로 적의 공격을 전부 받아냈다. 투콰쾅!

"으윽! 그래도 다 막아냈어! ……그리고!"

장벽으로 적을 밀어낸 마사토는 주저 없이 성검 필마멘트를 휘둘렀다.

근처에 있던 늑대를 횡베기로 벤 후…….

"와이즈! 콤보!"

"캐스트 캔슬! 폭염! 그리고 한 번 더! 폭염!"

연이은 폭발이 적 몬스터들을 한꺼번에 재로 만들었다. 압도적인 승리! 「좋았어!」, 「그럼 회수~!」 그리고 두 사람은 젬을 주웠다. 돈이 되는 것은 소중하니까 말이다.

아무튼 그런 식으로…….

"마사토를 탱커로 활용하는 것도 꽤 괜찮네. 엄청 싸우기 편해. 우리는 꽤 괜찮은 콤비일지도 몰라."

"그래. 그것보다 회복시켜줘. 방어구의 자동 회복만으로는 치료할 수 없을 만큼 대미지를 입었다고."

"그 바보와 싸우게 된다면 우선 마사토가 공격을 막아내고, 나는 힘을 모으면서 대기하는 거야. 그리고 다음 턴에 마사토가 공격을 날린 후, 내가 콤보를 넣어서 단숨에 박살을 내주자."

"잠깐만, 그 사이에 회복이라는 행동을 추가해줘. 회복을 받지 못하면 죽어버리는 게 탱커의 숙명이라고. 외톨이가 되면 쓸쓸해서 죽는 토끼보다도 수명이 짧단 말이야."

"실은 토끼는 외톨이가 되더라도 죽지 않는다던걸?"

"뭐? 정말? 처음 들었어……. 아무튼 회복도 추가해달라고."

"그래그래, 알았어. 아무튼 그런 부분은 임기응변으로 대처하자."

젬 회수를 마친 후…….

"그럼 출발……하기 전에, 목적지가 어디 있는지는 알고 있는 거야……?"

"걱정하지 마. 촌장한테서 산 제물을 건네줄 장소가 표시된 지도를 받아뒀거든. 안내라면 나한테 맡겨."

"오케이. 그럼…… 가자."

두 사람은 주먹을 맞댄 후, 걸음을 내디뎠다. 짙은 어둠이 드리워져 있는 숲 안쪽을 향해서…….

"……느낌상, 곧 도착할 것 같네."

"나도 비슷한 느낌이 들어. 이제부터 주의를 해야 할 거야."

두 사람은 신중에 신중을 거듭하며 숲에 난 길이 아니라 수풀을 헤치면서 나아갔다. 나뭇가지를 걷어내면서 앞을 살펴보니…… 숲 속의 탁 트인 장소에서 뭔가가 움직이고 있는 것 같았다.

달빛 아래에 그림자가 존재했다. 그것은 어둠과 같은 빛깔을 띤 소용돌이였다.

"저게 뭐야……. 소용돌이치고 있잖아……. 저런 워프 홀을 다른 게임에서 본 적이 있긴 한데……."

"아마 그런 게 맞을 거야. ……왔어."

어둠으로 이뤄진 소용돌이가 느닷없이 더 빠르게 회전하면서 사방으로 뻗어나갔다.

그것이 현관 정도 크기가 된 순간, 강렬한 향수 냄새가 주위에 퍼져나가기 시작했다. 무언가가 저 안에서 나오려는 것 같았다.

그리고, 곧 그것은 모습을 드러냈다.

진한 갈색 피부를 지닌 요염한 여성이었다. 반짝거리는 이브닝드레스에 감싸인 가슴은 풍만하고, 허리는 호리호리했으며, 엉덩이는 풍만했다. 그녀는 에로티시즘으로 가득 찬 몸을 요염하게 흔들면서 앞으로 나아갔다.

마사토의 눈길을 끈 것은 그녀의 머리에 달린 두 개의 뿔이었다. 관자놀이 언저리에 달린 그 흉측하게 비틀린 뿔은 그녀가 인간이 아니라는 증거였다.

'그야말로 악마…… 저 자가 밤의 여제…….'

상대가 누구누구 씨의 어머니, 즉 테스트 플레이어 중 한 명이라는 것은 알고 있다. 여제는 외모를 변화시키는 마법을 사용한 것이리라. ……저 여성과 눈매가 닮은 듯한 와이즈를 곁눈질한 후, 마사토는 다시 여제를 주목했다.

모습을 드러낸 여제는 가볍게 손가락을 튕겼다. 그러자 어둠의 소용돌이에서 반라 상태의 아름다운 청년 다섯 명이 뛰어나오더니 자신들의 몸으로 의자를 만들었다. 여제는 그 인간 의자에 당연한 듯이 앉은 후, 요염한 미소를 지었다.

"후후후. 오늘은 여섯 번째 아들을 손에 넣는 기념비적인 날이야. 어떤 애로 만들까……. 아, 그래. 브리지 자세를 시켜서 복근 테이블로 삼을까? 그거 괜찮네. 손 언저리에 둔 다음, 손가락 끝으로 복근을 매만지면서 와인을 마시는 거야……. 우후후후! 끝내주는 사치네!"

여제는 그런 말을 중얼거리면서 진심으로 즐거운 듯이 웃음을 흘렸다.

으음. 가능하면 얽히고 싶지 않은 타입의 인간이다.

상황을 지켜보던 마사토는 얼이 나간 듯한 표정을 지을 수밖에 없었고, 와이즈는…….

"……저 바보 부모오오오…… 대체 머리가 얼마나 나쁜 거야아아아……!"

금방이라도 폭발할 것 같았다. 진짜로 혈관이 터져버릴 것 같았다. 이마에 새파란 힘줄이 잔뜩 불거져 있었다.

"지, 진정해, 와이즈! 일단 설득을 하기로 했잖아! 이야기를 나눠보라고!"

"이야기 같은 거나 할 때가 아니거든?! 저딴 게 내 부모?! 완전 싫어 죽겠어! 저 망할 부모를 죽여 버리고, 나도 확 죽을래!"

"진정해! 그렇게 떠들다간……!"

"그래. 이미 눈치챘단다."

"'윽!'"

다른 곳을 쳐다보고 있던 여제는 어느새 요란하게 꾸며진 두꺼운 마법서를 출현시켰다.

다짜고짜 공격을 할 심산인 것 같았다.

"이봐! 상대방은 완전 싸울 작정인 것 같거든?! 말을 걸 여지조차 없다고!"

"그럼 계획 변경! 우선 저항을 못하게 박살을 내준 후, 한 시간 정도 설교를 하고 나서 이야기를 나눠보는 거야! 가자, 마사토!"

"어쩔 수 없지! 해보자고!"

마사토와 와이즈가 재빨리 몸을 날리려고 한 바로 그 순간……

"침묵.^{타체레}"

여제가 선제공격을 날렸다. 캐스트 캔슬로 바로 발동시킨 마법이 마사토와 와이즈를 덮쳤다. 하지만 마사토에게는 효과가 없었다.

와이즈는 마법을 봉인 당했다.

"자~. 관두자. 철수~. 수고했어요~. 아아~ 못해먹겠네."

"뭐하는 거야, 이 짐덩이야! 간단히 포기하지 마……!"

"사망.^{모르테}"

와이즈가 삐친 듯한 표정으로 바닥에 드러누웠을 때 또 여제의 마법이 발동했다. 사신이 몸을 통과한 순간 와이즈는 그대로 목숨을 잃으며 관에 갇혔다.

"어이 이봐 이봐 이것 봐! 진짜 인정사정없네! ……젠장! 이렇게 되면 나 혼자 싸울 수밖에 없는 거냐!"

무슨 말을 해본들 상대방은 들은 척도 하지 않을 것이다. 와이즈가 아까 말한 것처럼 우선 쓰러뜨린 다음에 이야기를 나눠보는 수밖에 없을 것 같았다. 그렇다면…….

불안을 떨쳐내며 힘차게 발을 내디딘 마사토는 밤의 여제를 향해 단숨에 쇄도했다.

"오오오오오오오!"

천공의 성검 필마멘트가 달빛을 반사하면서 날카로운 궤적을 자아냈다.

그리고 그 공격이 여제에게 작렬했다. ……하지만 여제의 주위에 전개된 칠흑빛 베일 한 장만이 잘렸다. 본체에게는 대미지를 주지 못한 것이다.

게다가 방금 잘린 베일도 금세 원상 복구되더니, 이중으로 포개지면서 방어태세를 취했다.

"쳇! 이게 횟수 내성의 무적 방어란 거냐! 성가시네!"

"후후후. 무적이라 미안하구나……. 그런데 너는 누구니? 인사도 하지 않고 무턱대고 달려들다니, 참 행실이 나쁜 아이네."

"그거 참 실례했습니다! ……나는 저쪽에서 사망 중인 현자의 동료야! 저 녀석이 너를 설득하고 싶다기에 도와주려고 바람처럼 등장한, 참견쟁이 용사라고!"

"어머, 그렇구나……."

마사토의 말을 들은 순간 여제의 눈이 불쾌하다는 듯이 일그러졌다. 진심으로 언짢아하고 있었다.

"하아…… 정말 하찮네. 아아, 어리석다니깐."

"어리석어? 무슨 소리를 하는 거야?! 와이즈는 너를 걱정해서……!"

"어리석어."

밤의 여제가 검지를 굽히더니 딱 소리가 나게 튕겼다. 그 순간, 눈에 보이지 않는 압력이 파열되면서 마사토를 그대로 튕겨냈다.

"커억?! ……이, 이봐…… 뭘, 한 거야……. 방금 그거, 마법이야? ……아니, 뭔가 달라……."

"손가락을 튕겼을 뿐이거든? 정말 그게 다란다. ……후후후…… 아하하하하핫!"

여제는 크게 팔을 휘둘렀다. 그 순간, 대기가 일그러지면서 비명을 질렀다.

방금 마사토를 날려버렸던 충격의 몇 배나 될 정도로 맹렬한 위력을 지닌 공격이 마사토를 덮쳤다. 「윽?」 마사토는 비명조차 제대로 지르지 못하며 그대로 뒤편에 있는 나무에 내동댕이쳐졌다.

그리고 마사토는 몸을 꼼짝도 할 수 없었다.

"윽…… 이게 뭐야?! ……헉…… 스턴 효과?!"

"그래. 바로 그거야. 일시적으로 행동 불능 상태가 되는 거였지, 아마? 나도 간략한 설명만 들어서 잘 기억이 나지 않네.

그래도 꽤 편리해. 이 다음에는…… 이렇게만 하면 되거든."

여제가 손을 살며시 들어올렸다. 그러자, 등 뒤에 있던 칠흑빛 소용돌이가 원뿔 모양으로 변했다. 그 원뿔의 예리한 끝부분이 마사토를 향했다. 회피 불능의 꼬챙이 관통 코스다.

여제는 마사토를 해치울 준비를 하면서 이렇게 말했다.

"이제 와서 내 앞에 나타나다니, 배짱 한 번 좋네. 정에 호소해서 어떻게 해볼 생각이었던 걸까? 하아, 어리석은 애야. 정말 민폐만 끼친다니깐. 부모자식 사이 같은 건…… 흥. 뭐, 좋아. 눈에 거슬리는 건 전부 해치워버리면 되거든. 같이 나타난 너도 같은 죄야. 빨리 내 눈앞에서 사라져."

"큭…… 당하겠어?!"

마사토는 방어 태세를 취하지도 못한 채, 패배를 맞이하는 순간을 기다릴 수밖에 없었다.

바로 그때, 지면이 느닷없이 흔들리기 시작했다. 그 진동은 점점 커졌다.

"지진이 일어난 거야? ……아냐……."

"이 흔들림…… 설마?!"

바로 그 설마였다. 마사토의 눈앞에 존재하던 지면이 치솟더니 첨탑처럼 뾰족해졌다.

이 광경은 전에도 본 적이 있다. 이것은…… 제아무리 떨어져 있더라도 아들이 있는 곳을 찾아내, 그곳에서 벌어지고 있는 온갖 상황을 타파하는 보조 스킬 【어머니의 송곳니】다.

그렇다면…….

"마 군! 거기 있구나! 지금 갈게!"

왔다. 마마코다. 원피스 위에 백은색 갑옷을 걸쳤고, 오른손에는 대지의 성검 테라디마도레, 왼손에는 바다의 성검 알투라를 쥔 마마코가 포타를 데리고 바람처럼 모습을 드러냈다.

달빛에 비친 그 모습은 늠름하기 그지없었으며, 위기에 처한 약자를 도우러온 영웅처럼 보였다.

"마마 씨! 저는 와이즈 씨를 살필게요!"

"부탁할게. 나는 마 군을…… 살피고 싶지만…… 그 전에 상대해야만 하는 사람이 있는 것 같네."

"어머, 당신이 나를 상대하겠다는 거야? 나, 엄청 강하거든?"

"강하든 말든 그런 건 상관없어요. ……귀여운 제 자식에게 심한 짓을 한 인간은 그 누구라도 용서 못해요! 저 아이의 어머니로서 절대 용서할 수 없답니다!"

"윽……?!"

순식간에 벌어진 일이었다. 마마코는 순식간에 여제의 코앞까지 쇄도하더니, 교차시킨 검을 인정사정없이 상대방의 목을 향해 휘둘렀다.

그 공격은 어둠의 베일에 막혔다. 하지만 그 공격에 호응해 발생한 바위 칼날과 물방울 탄환이 여제의 피부를 스치면서 상처를 입혔다.

"크윽?! 이, 이럴 수가?! 나한테 공격을 성공시켰어?!"

심각한 대미지를 입히지는 못했지만 마마코의 공격이 명중했다. 경악한 여제는 허둥지둥 마법을 발동시켰다.

"장벽!"

<small>바리에라</small>

그녀는 필사적으로 방어에 전념했다.

"아직 멀었어요! 자, 갑니다!"

"뭐, 뭐야?! 공격횟수가 너무 많잖아?! 당신, 정말 터무니없네!"

사실 마마코의 공격은 검을 휘둘렀을 때 발생하는 바위 칼날과 물방울 탄환이 메인이며, 검 자체의 공격에는 크게 의미를 두지 않는다.

하지만 여제의 무적 방어는 횟수 내성이다. 설령 대미지를 입지 않더라도 일정 이상의 충격이 가해지면 공격을 한 번 받은 것으로 카운트되면서 횟수가 한 번 줄어드는 것이다.

"좀 분하기는 하지만…… 역시 우리 엄마는 대단해……. 너무 세……."

마마코는 압도적인 속도로 몰아붙이면서 상대의 방어를 차례차례 파괴했고, 여제는 방어벽이 부서질 때마다 재빨리 새로운 방어벽을 만들어냈다. 두 사람의 싸움은 맹렬한 폭풍과도 같았다. 특히 마마코의 전체 공격은 여파가 어마어마했다. 나무는 간단히 쓸려나갔고, 대지 또한 산산이 파괴되었다. 그야말로 격전 그 자체였다.

마사토가 그 광경을 지그시 쳐다보고 있을 때였다.

"앗?! 맞아! 내 역할은 이런 게 아니지!"

마사토의 시선을 눈치챈 마마코는 혼신의 일격으로 여제를 밀어내더니 서둘러 마사토의 곁으로 뛰어갔다. 어? 왜 이러지?

"어, 어라? 엄마, 갑자기 왜 이래……?"

"미안해, 마 군! 마 군을 서포트하는 게 이 엄마의 역할인데, 또 괜히 나서버렸어! 그래도 이번에는 눈치챘어! 이 엄마가 지금 해야 할 일은……!"

마마코는 상냥한 미소를 지으면서 마사토의 손 위에 자신의 손을 얹으며 말했다.

"마 군. 지금이야." 자, 자.

"뭐가 『지금』이라는 거야?! 양보해주면 오히려 곤란하거든?! 기회도 뭐도 아니잖아! 그리고 나는 꼼짝도 할 수 없다고!"

"뭐?! 그럼 어쩌면 좋니?!"

"내가 묻고 싶을 지경이야! 아무튼 나는 신경 쓰지 말고 빨리 여제나 상대…… 어…… 아얏?!"

고개를 돌려보니 「큭! 좀 더 강하게 만들어 달라고 의뢰해야겠네!」 여제는 칠흑빛 소용돌이를 확대시키더니 인간 의자를 남겨둔 채 도주했다. 여제의 모습은 순식간에 사라지고 말았다.

밤의 여제와의 접촉은 그렇게 실패로 끝나고 말았다.

전투 종료 후, 즉시 반성회 돌입.

"그러니까! 아까 그 상황에서는 엄마가 활약해도 됐어! 그대로 화력으로 팍팍 밀어붙였으면 오케이였다고! 그대로 해치웠어도 괜찮았단 말이야! 그런데 왜 물러선 건데?!"

"하, 하지만 마 군!"

"왜?!"

"이 엄마는 불을 뿜지 못 해. 가스레인지가 아니거든."

"그러니까 가스레인지 이야기를 하는 게 아니라는 걸 몇 번 말해야 이해할 거냐고! 화력이라는 건 공격력을 말하는 거야! 학습 좀 해!"

"그, 그랬지. 기억력이 나쁜 엄마라…… 정말 미안해……."

마마코는 미안해하듯 고개를 푹 숙이더니, 기분이 그대로 가라앉……

─기 직전의 일이었다.

"아! 잠깐 스톱!"

마사토는 두 손으로 마마코의 볼을 누르며 그녀의 고개를 들어올렸다. 「으읍? 마 꾼?」 그러자 어머니의 우스꽝스러운 얼굴이 눈에 들어왔다. 「윽! 그냥 고개만 들게 하면 되는데!」 아무튼 고개를 들게 하는 데는 성공했다.

아슬아슬하게 세이프? 아웃인 듯한 느낌도 들기는 했다. 하지만 마사토는 눈치챘다.

'이 상황에서 무턱대고 화를 내면 안 돼……. 그래서는 예전과 다를 바 없어.'

그게 아니다. 그래서는 안 된다. 그러고 싶지 않다는 생각이 들었다.

제대로 대화를 나눠야 한다. 자신의 이야기를 들어주는 어머니가 눈앞에 있으니, 차분하게 말이다. 알려줘야 할 말을 차분하게 전하는 것이다.

"아~ 으음…… 그러니까, 그러니까 말이야……. 나는 엄마한테 불평을 하려는 게 아니라, 좀 주의를 주려는 것뿐이야. 어떤 식으로 행동하면 좋은지 설명해주려는 거라고."

"응. 알고 있단다. 마 군은 이 엄마를 생각해서, 중요한 걸 가르쳐주려는 거지?"

"그래. 그러니까 나도 앞으로는 어린애처럼 괜히 화를 내지는…… 으음…… 아무튼 말이야……. 다음번에는 좀 더 힘내자. 나도 제대로 가르쳐줄게."

"응. 이 엄마도 힘낼게."

마마코의 얼굴에 미소가 피어나자, 마사토는 고개를 끄덕였다. 그리고 마음속으로 안도했다. 그렇다. 이러면 된다. 이러는 게 옳다. 이게 정답이다. 하려고 마음만 먹으면 할 수 있는 것이다.

왠지 자신이 성장한 듯한 느낌이 든 마사토는 기쁨을 맛보면서 말을 이었다.

"……자, 그럼 본론에 들어가자."

마사토는 고개를 돌리더니 조금 떨어진 곳에 있는 와이즈를 쳐다보았다.

와이즈는 언짢아 죽으려는 듯한 상태였다. 삐친 어린애가 봉제인형에 화풀이를 하듯 자신의 무릎 위에 앉아있는 포타를 꼭 끌어안더니 그녀의 머리 위에 한껏 찌푸려진 자신의 얼굴을 올려놓았다.

"이봐, 와이즈. 일단 봉제인형 취급을 당하고 있는 포타가 꽤 난감해 하고 있는 것 같으니까 이제 그만 놔줘."

"포타는 난감해 하고 있지 않아. 내 말 맞지~?"

"아, 예! 저는 진짜 괜찮아요! 이대로 봉제인형 취급을 해주세요!"

"뭐, 포타가 괜찮다면 됐어. ……그럼 와이즈. 다들 모였으니까 이제 슬슬 자초지종을 이야기해주지 않겠어?"

"사이좋은 모자지간의 유대를 마음껏 과시한 걸로 모자라, 우리 모녀의 지독한 과거를 듣고 싶은 거야? 나를 괴롭히고 싶어 죽겠나 보네."

"아, 그런 건 아닌데…… 나는 얼추 짐작이 되지만 엄마와 포타에게는 이야기해두는 편이 좋지 않겠어? 동료한테 그런 걸 비밀로 할 수는 없잖아."

"……하아…… 알았어. 이야기하면 될 거 아냐."

와이즈는 땅이 꺼져라 한숨을 내쉰 후, 달을 올려다보며 이야기를 시작했다.

"그 밤의 여제라는 녀석 말인데…… 실은 내 엄마야."

마마코는 그 말을 듣더니 경악했다. 얼굴 또한 새파랗게 질렸다.

"어?! 그 사람, 와이즈 양의 어머님이었어?! ……저기, 마군. 사실이니?!"

"응. 아무래도 그런 것 같아. 악마 같은 외모를 지녔지만, 아마 마법으로 겉모습을 바꾼 것뿐일 거야."

"그래. 우리 엄마는 인간이야. 뿔 같은 건 안 달렸고…… 가

습도 그렇게 크지 않아. 솔직히 말해 너무 부풀렸다니깐. 허세 부리기는……."

"아…… 어어어, 어쩌지……. 이 엄마, 인정사정 안 봐주며 싸웠는데……."

"아~ 괜찮아. 그런 건 개의치 않아도 돼. 나도 확 날려버릴 생각이었거든. ……그렇게 해야 겨우 자식을 쳐다보는 바보 부모야. 진짜 최악이라니깐."

와이즈는 포타의 머리를 쓰다듬으면서 자신의 어머니에 대해 이야기하기 시작했다.

"우리 엄마는 말이지. 옛날부터 호스트클럽에 빠져 살았는데, 남자놀음을 관두지 못했어……. 참고로 내 진짜 이름은 『겐야』거든? 그거, 실은 엄마가 마음에 들어 했던 호스트의 예명이야."

"마, 맙소사……."

"호스트의 이름을, 자기 딸에게……?"

"와이즈 씨의 본명은 겐야 씨였군요……."

"그래……. 맞아……. 큭……."

겐야는 눈물을 필사적으로 참고 있었다. ……자신의 본명을 언급하면서 분노와 고통을 느끼고 있는 것 같았다. 아무래도 앞으로도 그녀를 와이즈라고 부르는 편이 좋을 것 같았다.

"엄마가 저 모양 저 꼴이라서 우리 집은 엄청 가난했어! 엄마가 집에 있는 돈을 호스트한테 다 썼거든! 딸의 급식비를 호스트에게 갖다 바친 적도 있어! ……아빠도 더는 못 참겠는지 엄마와 이혼을 했어. 그리고 나는 아빠와 살기로 했지. 그 걸로 전부 해결⋯⋯됐다고 생각했는데⋯⋯. 어느 날, 엄마가 불쑥 내 앞에 나타났어."

"다시 가족이 되자면서 말이야?"

"맞아. 내가 맹렬하게 반대하니까, 이 게임 이야기를 꺼내면 서 억지로라도 나와 다시 가까워지려고 하더라니깐. ⋯⋯그런 데 자신이 좀 세고 돈을 펑펑 벌 수 있다는 걸 알더니, 스트 레스 발산이라는 명목으로 게임 안에서도 남자놀음에 빠져서 나를 방해꾼 취급했어. 헛소리 하지 마~! 하면서 대판 다툰 후에 그대로 바이바이했지."

와이즈는 거친 콧김을 뿜으며 말을 전부 쏟아냈다.

그리고 마사토 일행을 향해 고개를 돌리더니, 많은 것을 포 기한 듯한 표정으로 덧없는 미소를 지었다.

"뭐, 그렇게 된 거야. 이미 우리 모녀는 끝났어."

"끝났다니⋯⋯ 너⋯⋯."

"아까 봤지? 내 말을 듣는 것은 고사하고, 제대로 쳐다보려 고도 하지 않으면서 즉사마법을 바로 날렸잖아. 분명 나 같은 건 안중에도 없는 거야."

"저, 저기! 제 생각에는 그렇지 않을 거라고⋯⋯!"

"됐어~. 괜한 배려 같은 건 할 필요 없어. 나도 그딴 부모 따 위한테는 관심 없어. 우리 모녀는 이제 완전히 끝난 거야⋯⋯."

"그렇지 않단다."

마마코가 딱 잘라 부정했다.

마마코는 와이즈의 앞에 서더니, 그녀를 지그시 응시하면서 다시 말했다.

"그렇지 않아. 부모자식 사이가 완전히 끝나는 일은 없단다. 부모자식 사이의 유대는 영원한 거야."

"저기, 마마코 씨…… 진지한 표정으로 무슨 소리를……."

"그게 사실이잖니. 부모자식 사이에는 유전자나 족보 같은 것과는 별개의, 끊으래야 끊을 수 없는 유대가 존재한단다. 그래서 부모자식 사이는 영원한 거야."

"뭐, 마마코 씨는 마사토와 사이가 좋으니까 부모자식 사이의 그런 걸 실감할 수 있을지도 모르지만, 나는 전혀……."

"그렇지 않아. 와이즈 양한테도 분명 있어. 아직 깨닫지 못했을 뿐, 네 마음속에도 분명 존재한단다. ……잠시 실례할게."

마마코는 와이즈의 손을 잡아당기며 일으켜 세우더니…….

그대로 그녀를 꼭 안아줬다.

"저기, 마마코 씨…… 이게 무슨……."

"자, 와이즈 양. 내 포옹을 느껴보렴. 어떠니?"

"어떠냐니…… 마마코 씨, 가슴이 크고, 부드러운데다, 좋은 향기도……."

"그래도, 왠지 뭔가 다르다는 느낌이 들지 않니?"

"그건…… 어렴풋이 내가 알고 있는 것과는 다르다는 느낌이 드는데…… 향기도 좀 다르다고나 할까, 딱히 나쁜 의미가 아니라, 이게 아닌 듯한……."

"그럼 누구와 다른 거라고 생각하니?"

"그, 그야 물론, 우리 엄마와…… 아…….."

와이즈는 문득 눈치챈 것 같았다.

그것이 언제 생겨났는지는 알 수 없다. 깨닫지 못한 채 마음속에서 계속 자라온 감정이다.

정체불명에, 애매하지만, 그래도 부정할 수 없을 만큼 명확하게 존재하는 감각이다.

그것은 분명 누구의 마음속에서 존재하는, 부모자식간의 유대다.

"어떠니? 아직 끝나지 않았지? 와이즈 양에게도 있잖니. ……그러니 말이야."

마마코는 마사토를 쳐다보며 빙긋 미소 지었다.

그것이 어떤 의미를 지니는지…… 그런 건 물어볼 필요도 없다.

"리벤지를 하자는 거구나."

세계를 구한다, 같은 거창한 것이 아니다. 자신의 옆에 있는 가까운 이를 위해, 비틀리고 만 부모자식간의 유대를 고쳐놓기 위해…….

평범한 용사의 절대 질 수 없는 싸움의 막이 올랐다.

"차, 착각하지 마! 나는 딱히 그런 걸 바라지 않지만, 마마코 씨가 하도 사정을 하니까 한번만 더 엄마를 만나보려는 것뿐이야! 뭐, 좀 친하게 지내는 것도 괜찮을 것 같다고 아주 조금 생각했을 뿐이란 말이야!"

"그래그래, 알았어. 우리 엄마와 허그~한 게 그렇게 조아쩌요~?"

시끄럽게 변명만 늘어놓는 녀석이 있지만, 개의치 않기로 한 후······.

마사토 일행은 여제를 추적하기 시작했다.

"포타, 어때?"

"향수 냄새가 짙어진 것 같은 느낌이 들어요! 이쪽이에요!"

"포타 양은 냄새에도 민감하구나. 정말 대단하네."

"냄새도 감정을 할 때 중요한 요소라서 스킬업을 시켜뒀어요! 그러니까 저만 믿으세요!"

조그마한 코를 킁킁거리며 수색을 하고 있는 포타를 뒤를 따르면서, 일행은 이 숲의 깊숙한 곳으로 향했다.

숲 안으로 들어가면 갈수록 나무가 우거지더니 하늘에서 쏟아지는 달빛이 하늘을 뒤덮은 나뭇가지에 막혔다. 앞으로 나아갈수록 깊어지는 어둠에 휩싸이며 일행은 더욱 깊은 곳으로 향했다.

그렇게 한참을 나아간 후, 포타는 뭔가를 발견했다.

"아, 뭔가가 있네요! ······저건······?"

전방에는 묘한 광경이 펼쳐져 있었다. 나무줄기에 관이 걸려 있는 것이다. 누군가가 여기서 숨을 거둔 것 같았다.

"우리 앞에 느닷없이 나타난 관 안에 들어있을 사람이라면 한 명밖에 짐작이 되지 않는데 말이야."

"나도 한 명밖에 생각 안 나. 그럼 후딱 되살려볼까. ……스파라 라 마지아 펠 미라레…… 소생!"

와이즈가 소생 마법을 걸자, 관이 안개로 변해 사라지면서 안에 들어있던 수녀가 모습을 드러냈다. 역시 이 사람이다. 자칭 정체불명의 수녀로 마사토 일행에게 잘 알려져 있는 인물, 시라아세다.

"으…… 아무래도 여러분이 또 저를 구해주신 것 같군요. 항상 폐를 끼쳐 죄송합니다."

"아뇨. 이제 익숙하니까요. 개의치 마세요."

"하지만…… 제 몸을 관통한 나뭇가지에서 빼낸 후에…… 되살려 주셨으면 했다는 것을…… 알려…… 드립……니……다……."

털썩.

"눈치가 없어서 죄송합니다!"

시라아세는 되살아나자마자 죽고 말았다. 죽은 자를 마법으로 되살려내는 것은 간단하지만, 그래도 사망 원인을 제거하지 않으면 다시 목숨을 잃는 것 같았다.

"마사토! 그쪽을 들어!"

"오케이!"

마사토 일행은 시라아세를 나무에서 내린 후, 다시 되살렸다.

그렇게, 마사토 일행은 시라아세와 재회했다.

"역시 제 생각이 옳았군요. 다시 눈을 떴을 때는 분명 여러분의 미소를 볼 수 있을 거라 믿었습니다. ……자, 그럼 상황 확인부터 하도록 할까요. 의뢰한 퀘스트는 어떻게 되어가고 있죠?"

"한창 진행 중이에요. 밤의 여제가 도망쳐서 지금 추적하고 있죠."

"그렇군요……. 그럼 여제에 대해 알아낸 점은 있습니까?"

"캐스트 캔슬로 마법을 쓸 수 있고, 횟수 내성의 무적 방어도 가지고 있어서 꽤 성가신 상대라는 건 알고 있어요. ……그리고……."

"여제가 내 엄마라는 건 이미 이야기했어."

와이즈가 의연한 목소리로 그렇게 말하자 시라아세는 의외였는지 눈썹을 살짝 찌푸리며 놀란 듯한 표정을 지었다. 하지만 곧 평소처럼 차분한 표정을 지었다.

"그럼 전부 이야기해도 좋을 것 같군요. 여러분을 이끄는 자로서, 이 시라아세가 여제에 관한 추가 정보를 알려드리도록 하겠습니다. 시라아세라는 이름에 걸맞게 말이죠." 번뜩.

"평소 페이스로 되돌아온 것 같네요."

"우선…… 밤의 여제는 와이즈 님의 어머님이며, 본명은 카즈노 씨입니다."

"카즈노 씨구나……. 다음에 만났을 때는 제대로 인사를 해야겠네."

"그런 건 전투가 끝난 후에 해. 전투 전에 어머니들의 토크로 이야기꽃을 피우는 건 피해줘."

"카즈노 씨는 테스트 플레이어입니다만, 게임 안에서 우쭐한 나머지 자신의 취미와 욕망을 향해 치닫고 말았습니다. 간단히 당사자를 찾아낼 수 있는데도 그런 짓을 저지르고 만 창피한 분이죠."

"큭…… 가족 얼굴에 먹칠이란 먹칠은 다 하네……" 부르르르……

"와, 와이즈 씨! 진정하세요! 와이즈 씨도 안 좋은 쪽으로 진화할 것만 같단 말이에요!"

부모와 마찬가지로 악마화할 것만 같은 딸을 동료들이 진정시킨 후…….

시라아세는 중요한 점을 밝혔다.

"그리고 스테이터스에 관해 알려드리겠습니다. 그녀는 와이즈 양과 마찬가지로 직업이 현자이며, 초회 특전으로 모든 마법을 처음부터 전수 쓸 수 있는 마법서를 받았습니다. 마마코 씨의 검과 마찬가지로, 어머님용 공식 치트 장비를 받은 거죠."

"와이즈…… 너도 고생이 많았겠네……"

"진짜 말로 다 못할 지경이었다니깐! 나는 SP를 소비해서 마법을 습득해야 하는데, 엄마는 그럴 필요가 없잖아! 전투 때도 엄마가 혼자서 다 쓸어버려서 나는 나설 기회 자체가 없었어!"

"한편, 대량의 SP를 모은 카즈노 씨는 그 포인트로 캐스트 캔슬 스킬을 습득한 것 같습니다. ……여제의 전투능력에 관한 설명은 이걸로 끝입니다."

"어? 자, 잠깐만요."

가장 성가신 능력에 관한 설명을 듣지 못한 것 같은데 말이다.

"시라아세 씨, 저기 말이죠. 여제에게는 무적 방어가……."

"그런 능력을 카즈노 씨에게 드린 적은 없습니다. 그리고 이 게임에 존재하지도 않죠."

"예? ……게임에 존재하지 않는다고요……?"

여제는 이 게임에 존재하지 않는 스킬을 쓰고 있다. 그렇다면…….

"……혹시, 치트?"

"치트? 저기, 마 군. 그게 뭐니?"

"아, 간단히 말해『야비한 짓』같은 거야. 하지만 경우에 따라서는 단순한 야비한 짓의 범주를 벗어나기도 해."

그것은 엄연한 부정행위다. 게임에 큰 해를 끼치며, 때로는 게임 자체의 존속조차 어렵게 만드는 범죄 행위다.

시라아세는 마사토의 말을 듣고 고개를 끄덕였다.

"맞습니다. 카즈노 씨는 아마 치트 툴을 가지고 있는 거겠죠. 로그를 체크해보니, 외부에서 치트 툴로 추정되는 프로그램을 받았다는 사실이 확인됐습니다."

"외부에서 말인가요?"

"입수 경위는 아직 명확하지 않습니다만, 상대방이 일방적으로 보냈을 가능성도 있습니다. 툴에는 무적 이외에도 NPC에게 비정상적인 행동을 시키거나 어카운트 강탈로 추정되는 행위 등, 꽤 폭넓게 이용이 가능한 기능이 갖춰져 있으며, 카즈노 씨는 그 효과에 매료되어 거듭 사용한 것으로 추정됩니다.

"……마치 마약 같군요."

"한번 쓰면 그걸로 끝, 그 후로는 나락으로 추락하는 거구나……."

"그 바보 부모…… 대체 뭐하는 거야……. 그런 짓을 하면 어떻게 해……."

"그렇습니다. 이건 웃고 넘길 일이 아니죠. 애초에 치트 툴의 사용은 금지되어 있으니까요. 만일 게임 운영에 지장이 생긴다면, 운영 측은 주저 없이 법적 조치를 취할 겁니다."

"고소를 당한다는 건가요……."

"이 게임을 제공하고 있는 것은 정부이며, 전국 규모로 전개될 예정으로 계획되어 이미 준비가 착착 진행 중이니까요……. 이 일로 인해 문제가 발생하거나 계획에 차질이 생긴다면, 경우에 따라서는 억 단위의 손해 배상을 해야 할 가능성도 있습니다."

"자, 잠깐…… 그, 그런 거금을, 엄마가 낼 수 있을 리가 없어……."

"못 내더라도 받아내겠죠. 그런 점에 있어서 법치국가는 철저하니까요."

"그…… 그렇게 되면…… 우리 엄마는, 어떻게 되는 건데……."

와이즈의 떨리는 손이 방황하듯 허공을 가르다…… 문득 마사토의 손에 닿았다. 그리고 그녀의 가는 손가락이 마사토의 손을 움켜잡았다. 마치 도움을 요청하듯…….

말로는 부정했지만, 역시 그녀의 마음속에도 어머니를 향한 정이 존재하는 것이다.

'알고 있어. 괜찮아. 걱정하지 마. 네 곁에는 내가…… 우리가 있어.'

살며시 귓속말을 하거나 와이즈의 손에 자신의 손을 포개는 등의 멋들어진 짓은 하지 않았지만, 마사토에게는 확고한 의지가 있었다. 그는 순식간에 결의를 다졌다.

"확실히 위험한 상황이기는 하지만, 아직 늦지 않았죠? 저희가 할 수 있는 일이 아직 있는 거죠?"

마사토가 그렇게 묻자, 시라아세는 잠시 동안 생각에 잠긴 후에 입을 열었다.

"이건 극단적인 방법이지만…… 현실세계 쪽에서 카즈노 씨가 사용하고 있는 컴퓨터를 파괴하면 사태가 종결될지도 모릅니다. 그것도 하나의 방법이라 할 수 있죠."

"그런 강경수단을 썼다간 난리가 날 거예요. 조용히 끝날리가 없다고요."

"맞습니다. 이 일이 알려지면 운영 측인 정부에 비판이 쇄도하겠죠. 즉, 운영에 지장이 생기게 될 겁니다. ……게다가 가상현실의 매개체인 컴퓨터가 파손된다면, 카즈노 씨의 신체적 안전을 보장할 수 없게 됩니다. 정부가 국민에게 해를 끼칠 수는 없죠. 그러니 이 수단을 채용할 수는 없어요."

"그럼 역시, 게임 안에서 어떻게 하는 수밖에 없겠네요."

"그렇죠……. 게임 안에서, 어디까지나 게임을 통해 손을 쓴다……. 이 사건이 벌어졌기 때문에 부모자식간의 유대가 깊어졌다는 감동적인 결과를 도출하는 게 최선일 겁니다. 그렇게 한다면 제가 추후에 적당히 보고서를 작성해서 제출하죠. 그러니……."

"좋아, 결정됐어."

최종적으로는 와이즈 모녀에게 달리기는 했지만 그 과정에서 해야만 하는 일을 하자. 싸워서 이긴다. 이겨서 여제를 막는다. 우선 그것부터 하는 것이다.

자신이 해야 할 일을 안 마사토는 동료들을 둘러보았다.

"와이즈한테는 물어볼 필요도 없지?"

"당연하잖아! 무조건 참가할 거야!"

"좋아. ……포타는 전투에 참가할 수 없으니까……."

"아뇨! 저도 최선을 다할래요! 제가 할 수 있는 일을 열심히 하겠어요!"

"응. 그래. 와이즈는 마법을 봉인당하고 바로 즉사할 거니까, 포타가 아이템을 준비해줘."

"잠깐만, 내가 당한다는 전제로 이야기하지 말아줄래?! 짐이 되지 않도록 나도 최선을 다할 거란 말이야!"

"꼭 그래줘. ……엄마는 어쩔래?"

"남의 가정사에 참견하는 건 주제넘은 짓이라는 생각이 들지 않는 건 아니지만, 이렇게 되었으니 전력을 다해 참견을 할 생각이란다. 엄마 화력 최대로 말이야. 화끈하게 구워버릴 거야."

"꽤 긴박한 상황이니까 괜히 딴죽을 날리지는 않을 거야. ……시라아세 씨, 저희는 결심을 굳혔어요."

마사토는 강한 의지가 어린 시선으로 시라아세를 쳐다보며 자신들의 뜻을 표명했다.

시라아세는 싸우려는 자들을 둘러보며 고개를 끄덕였다.

"알았습니다. 그럼 이 시라아세에게 숨겨진 금단의 힘으로, 여러분을 여제의 곁으로 안내해드리도록 하죠."

시라아세는 숲 안쪽을 향해 돌아서더니 양손을 들어 올리며 기도를 올렸다.

"상대의 위치를 알 수 있는 건가요?"

"예. 여제는 현재 존재할 리가 없는 이차원 공간에 숨어서 자신의 힘을 더욱 승화시키려 하고 있습니다."

"이차원 공간에서 자기 자신을 더욱 강화하는 거군요……."

"노골적으로 표현하자면 『새 창』을 열어서 부당하게 시스템을 뜯어고치고 있는 중이다, 고 할 수 있겠죠. 방금 시스템과에서 연락을 받았습니다."

"진짜 노골적이네요. 판타지 느낌이 완전 가셨어요."

다중 기동이 불가능한 사양의 게임이더라도, 치트 툴을 이용하면 컴퓨터에 다수의 게임 화면을 켜 넣고 같은 게임을 동시에 진행하는 게 가능하다.

퀘스트, 생산 등, 시간이 들기 때문에 하나만 골라야만 할 때도, 두 개를 동시에 해서 양쪽의 성과를 전부 손에 넣을 수 있기에 이득이다.

하지만 그런 부정행위는 절대 용서받지 못한다.

"밤의 여제…… 당신이 이렇게 나온다면 더는 봐주지 않겠습니다. ……힘에는 힘, 압도적인 힘으로 대응하도록 하죠……. 별개의 공간을 이곳과 이어서, 당신을 심판의 장소로 끌어내 겠습니다!"

그리고 시라아세는 힘찬 목소리로 읊조렸다!

"강권(強權) 발동! 다짜고짜 극대마법 『운·영·개·입^{계정 밴}』!"

"우와아…… 진짜 궁극 마법이네……."

온라인 게임 『MMMMMORPG(가제)』, 그 모든 것을 장악 하는 위대한 힘이 발동됐다.

눈앞의 경치가 강렬하게 일그러지기 시작하더니…… 그 일 그러짐이 사라지자 방금까지와 변함없는 경치가 눈앞에 존재 했다.

하지만 달랐다. 지금까지는 포타만이 느낄 수 있었던 향수 냄새가 숨이 막힐 정도로 자욱하게 느껴졌다. 이건 여제가 근 처에 있다는 명백한 증거…….

바로 그때였다.

"용암류(鎔岩流)^{프루소 디 라바}!"

여제의 목소리가 들리더니, 어두운 숲이 순식간에 시뻘건 색으로 물들었다. 전방에서 마그마의 탁류가 나무를 불태우면 서 단숨에 밀려왔다. 그러자 주위는 순식간에 불바다가 됐다.

어디까지나 게임 속의 연출이다, 같은 소리를 할 때가 아니다.

"큭, 다짜고짜 공격부터 하고 보네! ……마사토! 네 차례야!"

"솔직히 말해 울고 싶은 심정이지만, 이럴 때 안나서는 놈이 무슨 용사냐고ㅇㅇㅇㅇㅇㅇㅇㅇ!"

마사토는 마그마의 탁류를 막아서더니, 왼손을 앞으로 내밀면서 방어 장벽을 펼쳤다. 이걸로 막아낼 수 있을까? 무리더라도 막아내고 말겠다! 마사토는 방대한 열기를 뒤집어쓰면서도 동료들이 마그마에 삼켜지는 것을 과감하게 저지했다.

"어찌어찌 막아냈지만, 이대로 있다간 쪄죽을 거야! HP가 야금야금 닳고 있어!"

"그럼 식혀야겠네! 스파라 라 마지아 펠 미라레…… 풍설(風雪)! 그리고! 빙괴(氷塊)!"

와이즈가 연속마법을 펼쳤다. 격렬한 눈보라가 주위의 온도를 낮추고, 거대한 얼음 덩어리가 낙하하더니 마그마를 응고시켰다. 차갑게 식은 용암 위라면 지나다닐 수 있을 것이다.

그런 마사토 일행의 시선은 마법서를 손에 쥐고 당당히 서 있는 여제를 향했다.

"엄마! 지금 갈 테니까 꼼짝 말고 거기 있어!"

"앗! 이봐, 와이즈!"

와이즈는 여제를 보자마자 그대로 혼자서 앞장섰다. 마사토도 허둥지둥 뒤를 쫓으려 했지만…….

그 순간, 옆에서 바람을 가르는 소리가 들려오더니 뭔가가 그를 향해 날아왔다.

"뭐야?! 몬스터야?!"

마사토가 반사적으로 몸을 빼서 피한 후에 확인해보니 그것은 바로 나뭇가지였다.

옆에 있던 것은 나무 몬스터…… 아니다. 주위에 있던 나무였다.

마사토 일행의 주위에 있던 평범한 나무가 수평으로 이동을 하거나, 회전을 하면서 나뭇가지를 휘두르거나, 혹은 표적을 향해 쓰러진다고 하는 기묘한 행동을 취하고 있었다.

"이건…… 설마, 오브젝트를 조작해 우리를 방해하는 거야? 쳇, 성가시네! 주변 일대가 숲이라 나무의 숫자가 너무 많아!"

"여기는 이 엄마에게 맡기렴! 아무리 숫자가 많아도 한꺼번에 공격할 수 있단다!"

"전체공격을 할 수 있는 엄마가 있어서 다행이네! 그럼 여기는 엄마한테 맡길게! 나는 와이즈를 쫓아가겠어! 포타는 엄마 곁에 있어!"

"아, 예! 저는 마마 씨의 옆에 있을게요!"

"시라아세 씨는…… 어라……?"

옆에 있던 시라아세가 보이지 않는데…… 아, 쓰러진 나무에 깔린 관이 하나 있었다.

"제가 소생시킬게요!"

"응, 부탁해."

마사토는 포타에게 시라아세를 맡기기로 했다.

1차 공격을 마친 여제는 칠흑빛 소용돌이를 발생시키더니, 그 안으로 들어갔다. 와이즈는 그런 여제를 쫓으며 그대로 주저 없이 소용돌이에 뛰어 들어갔다.

"젠장! 심정은 이해하지만, 혼자 나서지 말라고!"

눈앞에 있는 나무를 걷어차서 쓰러뜨리고, 자신을 향해 쓰러지는 나무를 뛰어넘은 마사토 또한 그 칠흑빛 소용돌이에 뛰어들었다.

탁하고 흉흉한 소용돌이 안을 달리고 또 달린 끝에…….

그 너머에 있는 공간에 도착한 마사토는 걸음을 멈췄다.

"……여기는, 뭐지?"

완벽하게 정육면체로 형성된 공간이었다. 그곳의 벽과 천장은 프레임 없는 모니터 화면으로 구성되어 있었으며, 거기에는 프로그래밍 언어가 쉴 새 없이 표시되고 있었다. 그렇게 전자기기로 이뤄진 방이었다. 하지만 마사토는 그곳을 느긋하게 둘러볼 여유가 없었다.

이 공간의 안쪽에는 와이즈와 여제가 있었다. 거리를 두며 대치중인 두 사람 다 손에 마법서를 들고 있었다. 그야말로 일촉즉발의 상황이었다.

마사토는 서둘러 와이즈의 옆으로 뛰어간 후, 성검 필마멘트를 거머쥐었다.

"마사토, 왜 이렇게 늦은 거야?!"

"네가 혼자서 뛰어가 버렸잖아! ……그런데, 어떤 상황이야?"

"전혀 말이 통하지 않아."

와이즈가 노려보자 여제는 가볍게 코웃음을 쳤다. 하지만 곧 마사토를 지그시 쳐다보기 시작했다. 값을 매기는 듯한 눈길로 그를 지그시 쳐다보더니⋯⋯.

"흐음⋯⋯ 별 볼일 없는 남자애네. 잘생기지도 않았고, 근육질도 아니잖아. 쟤가 네 애인이니?"

"아냐! 그리고 너 따위가 내 남자 취향에 대해 이러쿵저러쿵 할 자격이 있다고 생각해?! 지금 해야 할 이야기는 그딴 게 아니라⋯⋯! ⋯⋯아무튼, 우선 내 말에나 대답해! 여기는 뭐야?! 설명하란 말이야!"

"하아⋯⋯ 거 되게 시끄러운 애네. ⋯⋯솔직히 말해 나도 몰라. 나는 아는 게 하나도 없어."

"뭐어?! 그게 무슨 소리야?! 시치미 떼지 말란 말이야!"

"어디까지나 사실을 말했을 뿐이거든? 나는 여기가 뭔지 몰라. 아이템 스토리지에 발신인 불명의 선물이 와있어서 열어봤더니, 이 방이 나타났거든. ⋯⋯그리고 내가 알고 있는 건 『여기서 빈 소원을 반드시 이뤄진다』는 것뿐이야."

"그, 그게 무슨 소리야⋯⋯."

"말 그대로야. 멋진 남성을 내 것으로 만들고 싶다고 말했더니, 남을 내 뜻대로 조종하는 방법을 가르쳐줬어. 강해지고 싶다고 말했더니, 나를 향해 날아오는 공격을 차단해주는 베일을 주더라니깐. 마법조차 쓰지 않고 적을 쓰러뜨리고 싶다고 말했더니, 손가락으로 가리키거나 팔을 휘두르기만 해도 적을 해치울 수 있게 해주지 뭐야."

"자, 잠깐⋯⋯ 무슨 소리를 하는 건지 모르겠는데⋯⋯."

"잠깐만 있어봐. 그건……."

여기는 여제가 사용하는 치트 툴…… 그 프로그램 안인가?

게다가 여제의 말을 들어보니, 그녀 본인이 툴을 조작하고 있는 게 아니라…….

'다른 누군가가 여제의 요구에 맞춰 조작을…… 효과를 발생시키고 있는 건가……?'

그렇다면 대체 누가…….

그런 생각은 나중에 하기로 했다. 여제가 움직였기 때문이다.

"질문에는 대답했어. 그럼 이만 돌아가 주겠어? ……코닐리오, 오레키오, 티포네. 셋 다 나오렴."

여제가 그렇게 말한 순간, 세 존재가 홀연히 모습을 드러냈다.

털이 푸른색인 토끼, 귀 같은 문양이 날개에 그려진 나비, 금은보화를 삼킨 채 소용돌이치고 있는 회오리.

불가사의한 세 존재를 거느린 여제는 마치 이 세상의 모든 것을 손에 넣은 듯이 희열에 찬 표정을 지었다.

"이 애들도 이 방에서 얻었어. 정말 우수한 애들이야. 이 방만 있다면, 나는 그 어떤 소망이든 이룰 수 있어. 이 세상의 정점에 서는 것도 간단해. 모든 것을 지배하는 것도 손쉬워. 그리고…… 건너편 세계, 현실세계를 지배하는 것도 꿈은 아냐."

"우와, 이 사람, 무슨 소리를 하는 거야? 정신 나갔네."

"엄연한 사실이야. 시험 삼아 물어봤더니 『가능하다』고 했거든. 이 게임은 내각부에서 운영하고 있으니까, 네트워크를 통해 침입이 어쩌고…… 뭐, 아무튼 가능하대."

내각부. 그곳은 바로 일본의 중추. 이 나라의 심장이다.

"여기서 『이 나라의 중요기밀 문서를 가지고 싶어』하고 말해서 입수한다면, 그걸 얼마에 팔아치울 수 있을까…… 공공기관의 시스템을 자유자재로 조작할 수 있게 된다면, 피해 발생을 막기 위해 어떤……."

"하, 하지 마! 그건 농담으로 넘어갈 수 있는 일이 아니잖아! 안 그래도 위험한 상황이거든?! 적당히 좀 해!"

"농담 삼아 한 말이 아냐. 내가 얼마든지 할 수 있는, 아니, 이제부터 내가 할 일이야. 좋아, 결심했어. 나는 지배자가 되겠어. 전부 내 뜻대로 할 거야. ……그러니까 더는 나를 방해하지 마. 내 앞에서 사라져. 네가 눈에 들어오기만 해도 기분이 나빠진단 말이야."

"잠깐만, 어떻게 친딸한테 그런 소리를 할 수 있는 거야?!"

"못할 게 어디 있어? 너는 내 기분을 나쁘게만 하는 존재인걸."

여제는 혐오감으로 가득 찬 눈길로 와이즈를 쳐다보며 속삭이듯 말했다.

"나는 말이지. 이래봬도 진심이었어. 이 게임을 통해 부모 자식간의 관계를 회복하려고 진심으로 생각했지. ……하지만, 이제 됐어."

"뭐……."

"자식은, 해악이야. 항상 제멋대로에, 폐만 끼쳐대며, 부모의 평온과 자유를 빼앗기만 하는 존재지. ……그러니까, 겐야."

"자, 잠깐만! 엄마, 잠깐만 기다려! 다시 한번……!"

"이제 됐어. 너 따위는 필요 없어. 빨리 내 눈앞에서 사라져."

여제는 천천히 와이즈를 손가락으로 가리켰다. 그와 동시에 귀 문양의 나비가 눈에 보이지 않는 속도로 날아오더니 와이즈를 그대로 튕겨냈다. 와이즈는 비명조차 지르지 못한 채 칠흑빛 소용돌이 밖으로 튕겨져 날아갔다.

그 순간, 마사토의 가슴에는 말로 형용할 수 없을 정도의 울분이 생겨났다.

그것은 참을 필요가 없는 분노다. 그렇기에 검을 쥔 손에 힘이 들어갔다.

"이봐, 너…… 왜 그 모양인 거야. 그러고도 저 애의 엄마야?"

"어머, 설교하는 거야? 관둬줄래? 결국 너도 저 애와 마찬가지 아냐? 부모를 부모라고 생각하지 않고, 입에서 나오는 대로 부모한테 지껄여댈 뿐만 아니라, 부모를 무시하며 멋대로 행동하고 있지 않아?"

가슴이 뜨끔거리게 만드는 말이었다. 그 말 한 마디 한 마디가 마사토의 정곡을 정확하게 찔렀다.

마사토 또한 짚이는 구석이 잔뜩 있었다.

"……그건 인정하겠어."

"우후후. 그렇지? 애들은 다 그렇다니깐."

"응. 맞아. ……그렇게 간절히 바랐던 게임 내 전송이 이뤄졌는데 엄마가 따라왔거든. 그게 마음에 안 들어서 나도 불같이 화를 냈어."

그 결과, 마마코를 울리고 말았다.

"함께 모험을 시작하기는 했지만 엄마의 말과 행동이 마음에 안 들어서, 별의별 소리를 다했어. 화풀이 삼아 입에서 나오는 대로 지껄여댔지."

그 탓에 슬픔에 젖은 채 고개를 숙인 마마코의 모습을 보았다.

하지만…….

"그래도 말이야……. 우리 엄마는 너 같은 소리는 하지 않았어."

마사토는 기억하고 있다. 눈물을 흘린 후의 마마코의 모습을 말이다.

아이가 제아무리 말도 안 되는 소리를 해도, 자신의 마음에 상처를 입혀도, 항상 용서해주며 평소처럼 미소를 짓던 그런 어머니의 모습을…….

어머니란 용서해주는 사람. 받아주는 사람.

마사토는 그렇게 생각하기에…….

"시답잖은 소리라는 건 알아. ……그래도 말이야. 자식의 그런 면을 받아들여줄 수는 없는 거야?"

"자식이 하도 폐를 끼쳐서 더는 못 참겠는데도 말이야?"

"그래도 딸을 받아줘. 그 녀석은 엄마와 다시 잘 지내보고 싶다고……."

"하아…… 말이 안 통하네."

여제는 조소 섞인 탄식을 토했다. 진심으로 어이없어 하면서 말이다.

"이래서 애들은 싫다니깐. 자기 사정만 생각하거든. 그런 뻔뻔한 소리가 통할 거라고 생각하는 거야?"

"나도 뻔뻔한 소리를 하고 있다는 건 알아. 그래도 이렇게 말할 수밖에 없어."

"싫어. 나는 신이 아니거든. 보다시피, 나는 악마란 말이지. 제멋대로인 자식을 용서해줄 마음 같은 건……."

"네 마음속에도 분명 있을 거야. 뭐라고 떠들어대든, 결국 어머니이니까 말이야. ……그래도 그걸 찾아낼 수 없다면……."

"어떻게 할 건데?"

"그 악마 같은 겉모습을 벗겨내서, 억지로라도 떠올리게 해주겠어."

마사토는 전의를 끌어올리면서 성검의 끝부분으로 상대를 겨눴다.

악마는 자신의 요염한 육체를 매만지면서 웃음을 흘렸다.

"어머나, 나를 알몸으로 만들려는 거야? 우후후, 아하하하하! 좋아. 어디 한 번 해봐……. 할 수 있다면, 말이야."

여제의 입가가 음탕하게 일그러지더니, 옅은 미소를 머금은 입술 사이로 마법의 명칭이 흘러나올 때까지…… 남은 시간, 0초.

그 순간, 싸움의 막이 올랐다.

봄바 스페라
"폭구(爆球)."

"그 마법은 좁은 범위의 폭파지?! 그럼 전력을 다해 거리를 벌리면 돼!"

벤토 네베
"풍설(風雪)."

"그건 광범위! 완전히 피할 수 없다면, 방어로 버티면 되지!"

마사토는 뜨거운 충격과 차가운 자극을 연이어 받았다. 여제가 콧노래를 부르면서 마법 공격을 연이어 날리자, 그는 완전히 수세에 처하고 말았다.

하지만 마법을 정통으로 맞는 것만은 확실하게 피했다. 쓸데없이 대미지를 입는 것만큼은 철저하게 방지하고 있었다.

"꽤 요령 좋게 대처하네."

"예습을 했거든! 당신 딸내미도 같은 마법을 쓰더라고! 역시 부모자식 사이라 그런지 공격 패턴도 비슷한걸!"

"흥. 짜증나게 하네."

여제는 불쾌함을 드러내며 팔을 크게 휘둘렀다. 그러자 마법이 아니라 충격파가 발사됐다.

"큭! 성가신 공격을 쓴 거냐!"

저 공격은 눈에 보이지 않는데다, 피할 수도 없다. 결국 마사토는 방어라는 선택지를 고를 수밖에 없었다.

하지만 그 공격의 엄청난 압력을 완전히 막아내지 못한 탓에 몸이 공중으로 떠밀렸고…….

결국 무기질적인 공간에서 흙과 풀 냄새가 감도는 지면으로 밀려난 마사토는 칠흑빛 소용돌이 밖으로 굴러 나오더니, 딱딱한 무언가에 부딪히며 멈췄다.

"커억?! ……으으…… 뭐, 뭐야……."

주변의 경관은 완전히 달라졌다. 울창한 숲이었던 이곳은 주위의 나무가 전부 사라진 탓에 탁 트인 공간으로 변했다. 겨우 남아있는 나뭇가지에 관이 걸려 있는데…… 저건 와이즈일 까? 포타가 그녀를 되살리기 위해 열심히 손을 쓰고 있었다.

그리고 마사토가 충돌한 것은 주위에 있던 나무들이 쌓여 만들어진 나무 산이었으며…….

……마 군! ……거기 있니?! …….

그 안에서 마마코의 목소리가 희미하게 들려왔다.

"엄마? ……설마, 이 안에 갇힌 거야?!"

마사토는 필마멘트를 휘둘러서 눈앞에 있는 나무 산을 베려 했다. 혼신의 힘을 다한 일격이 명중했다.

하지만 나무로 된 산에는 흠집 하나 나지 않았다.

"이봐, 뭐가 어떻게 된 거야?! 모험가 길드 건물은 파괴했었다고! 오브젝트는 평범한 공격으로 파괴할 수 있을 텐데……!"

"그래. 버그가 발생해서 파괴할 수 있었지. 지금까지는 말이야. ……하지만 수정이 완료된 것 같으니까, 이제 파괴할 수 없어. 즉, 네 엄마는 저기서 나올 수 없는 거지. 성가신 화력을 가진 녀석을 봉쇄하는데 성공했네. 우후후후훗, 아하하하하!"

칠흑빛 소용돌이에서 천천히 걸어 나온 여제는 희열에 찬 웃음을 터뜨렸다.

"정말 필사적으로 구하려고 하네……. 흐음? 혹시 엄마한테 도와달라고 하려는 거야? 평소에는 방해꾼 취급하면서, 난처할 때만 도움을 받으려는 거야?"

"그런 게 아냐! 나는 그저 구하고 싶을 뿐이라고! 자기 부모가 이런 꼴을 당하고 있으면, 자식들은 당연히 구하려고 할 거잖아!"

"말은 그러지만 결국 도움을 받으려는 거지? 아아~ 정말 싫다니깐. 역시 애들은 제멋대로야. 적당히 좀 했으면 좋겠네. 네 엄마도 분명 그렇게 생각하고 있을걸?"

"우리 엄마는 너 따위와 달라!"

"아니, 같아. 왜냐면 우리는 자식을 둔 어머니거든. 그러니까 내가 네 엄마의 마음을 가르쳐줄게. ……부모를 이용하려고 드는 애한테는……."

여제는 손을 들더니, 즉시 마법을 발동시켰다.

루체 데라 다나치오네
"천벌의 빛!"

그 목소리가 울려 퍼진 것과, 하늘에서 번개가 친 것, 그리고 전격이 마사토를 꿰뚫는 것이 거의 동시에 일어났다.

마사토가 반사적으로 치켜든 왼손 끝에 펼친 방어 장벽으로 그 전격을 막았지만, 그래도 어마어마한 대미지를 입었다.

"윽! 이건…… 꽤…… 아픈걸……."

결국 마사토는 무너지듯 두 무릎을 지면에 대고 말았다.

"자, 어머니의 마음은 맛봤어? 이 세상 모든 어머니는 분노에 사로잡혀 있어. 이건 분노의 철퇴란다. 우후후!"

"뭐, 화가 나기도 하겠지만…… 이건……."

"분노만이 아냐. ……실망과 낙담, 후회도…… 이 세상 모든 어머니는 자식을 좋게 생각하지 않아. 짐덩이야. 민폐 덩어리야. 자식이 사라지기만 바라지."

"그럴 리가……!"

"부모에게 있어 자식은 족쇄에 지나지 않아. 자유를 빼앗기만 하는 존재에 불과해. 우후후후후, 아하하하하하하하하하!"

여제는 귀에 거슬리는 웃음소리를 입 밖으로 토했다. 마사토는 반사적으로 반론을 하고 싶었지만…….

그 순간, 그는 느꼈다. 지면이 희미하게 흔들리고 있다는 사실을 말이다.

이 흔들림은 예전에도 몇 번이나 느껴본 적이 있다. ……그렇다. 틀림없다.

만물의 어머니인 대지가, 어느 어머니의 마음에 호응할 때에 발생하는 흔들림이다.

마사토는 자비를 베푸는 심정으로 여제에게 충고를 했다.

"……저기 말이야. 지금이라도 생각을 바꾸는 편이 좋지 않겠어?"

"뭐? 무슨 소리를 하는 거야? 내가 지금까지 한 말은 전부 사실이야. 어머니의 진실. 생각을 바꿀 필요 따위 없거든?"

"그래……. 그럼 각오나 해."

마사토는 혼신의 목소리로 외쳤다.

"너와는 완전 판판인 어머니가 이곳에 있다고! 그렇지?! 내 말이 맞지?! ……엄마!"

그 직후, 대지가 격렬하게 흔들렸다.

서있는 것은 고사하고, 지면을 기어 다니는 것도 어려울 만큼 땅이 흔들리는 가운데…….

나무들이 쌓여서 만들어진 산에서부터 지면을 쪼개는 거대

한 균열이 생겨났다. 그리고 그 균열에서 방대한 양의 물이 굉음을 내면서 뿜어져 나오더니 나무들이 휩쓸려서 떠내려갔다.

그렇게 나무들이 전부 떠내려가자 만물의 어머니 되는 대지의 성검과, 만물의 어머니 되는 바다의 성검을 쥔 마마코가 모습을 드러냈다.

검을 손에 쥔 마마코의 얼굴에는 평소와 다르게 미소의 흔적조차 남아있지 않았다.

"이, 이럴 수가…… 어떻게 된 거야? ……절대 부술 수 없을 텐데…… 절대 나올 수 없을 텐데……!"

여제가 뭐라고 떠들어대든 마마코가 탈출했다는 것은 엄연한 진실이다.

마마코는 여제를 똑바로 쳐다보면서 천천히 걸음을 옮겼다.

"저는 단 한시도…… 제 아이가 태어난 순간을 잊은 적이 없어요. 이 아이를 위해서라면 죽어도 좋다고 진심으로 생각했던 그 때를……. 제 아이가 처음으로 웃어줬던 날을, 처음으로 엄마라고 불러줬던 날을, 잊을 수 있을 리가 없어요. 왜냐하면 저는 엄마니까요."

한 걸음 한 걸음을 통해 지면을 다지듯, 자신의 말을 곱씹듯……

"그런 무한한 행복을 어떻게 잊을 수 있는 건지…… 사람마다 다 다르기에, 자기 자신만이 가지고 있는, 그 유일무이한, 부모자식간의 유대를 어떻게 함부로 할 수 있는 건지…… 저는 도저히 이해할 수가 없어요. 분노마저 느끼고 있어요. 그리고 슬프기 그지없어요."

마마코는 연민이 희미하게 어려 있는 얼굴을 들어올렸다.

그런 그녀의 시선은 한 걸음도 물러서지 않겠다는 듯이 당당히 서있는 여제를 향했다.

"하지만, 저는 믿어요. 당신도 자식을 둔 어머니라면, 떠올릴 수 있을 거예요⋯⋯. 아니, 떠올리게 만들겠어요. 당신의 아이인 와이즈 양을 위해서라도, 무슨 수를 써서라도 말이죠."

"흥. 미안하지만 사양하겠어. 나는 이제 흥미 없어. ⋯⋯아이 따위 필요 없어. 이 세상에는 나만 있으면 충분해. 그렇잖아? 나한테는 힘이 있어. 그 누구에게도 방해받지 않고, 모든 것을 뜻대로 할 수 있는 힘이⋯⋯."

"그렇다면 당신이 자랑하는 그 힘을, 당신이 업신여기는 힘으로 박살내겠어요. 그러면 눈치를 채겠죠."

"헛소리 하지 마. 그런 게 가능할 것 같아?"

"예. 물론이죠. 왜냐하면 저에게는 자랑스러운 아들이 있으니까요. ⋯⋯그렇지? 마 군."

그렇게 말하며 아들을 향해 고개를 돌린 마마코는⋯⋯ 평소와 다름없는 표정을 짓고 있었다. 자식을 둔 어머니 같아 보이지 않을 정도로 젊어 보이는 그 얼굴에는 마사토의 어머니다운 자애에 찬 미소가 어려 있었다.

'하아⋯⋯ 부모가 자랑스레 여기는 아들이 한심한 모습을 보일 수야 없지.'

마사토는 욱신거리는 몸을 억지로 움직이며 힘차게 일어섰다. 가슴을 펴고, 검을 쥔 그는 만신창이인데도 불구하고 몸에 기합을 잔뜩 넣으며 마마코의 옆으로 뛰어갔다.

그리고 딱 한 마디, 반드시 전해야만 한다고 생각하는 말을 슬며시 입에 담았다.

"항상 제멋대로 행동하는 아들이라서 미안해. 하지만…… 고마워. 엄마가 내 엄마라서 다행이야."

"괜찮단다."

마마코는 금방이라도 흘러내릴 듯한 눈물을 몰래 훔쳤다.

결전이다. 무기를 쥔 채 나란히 선 모자지간이 쓰러뜨려야만 하는 적과 대치했다.

여제는 경계심을 최대한 끌어올리면서 마법서를 손에 쥐었다. 금방이라도 마법 공격을 펼칠 것만 같았지만…… 바로 그때였다.

"마사토 씨! 받으세요!"

등 뒤에서 목소리가 들려왔다. 마사토가 고개를 돌려보니, 포타가 조그마한 구슬 같은 것을 그를 향해 던졌다.

"하늘을 향해 던지세요! 그러면 발동할 거예요!"

"으, 응!"

마사토는 포타가 시키는 대로 그 구슬을 받아서 하늘로 던졌다.

그 순간, 탁한 빛을 뿜고 있던 그 구슬에서 진동음과 함께 기묘한 떨림이 터져 나왔다. 그 떨림은 전장에 서있는 이들 모두에게 전해졌다.

마사토에게는 효과가 없었다. 마마코에게도 효과가 없었다. 포타에게도, 그리고 아직 관 상태인 와이즈에게도 효과가 없었다.

여제는 마법을 봉인 당했다.

"이…… 이럴 수가…… 마, 말도 안 돼……."

"그렇게 부정해댄 것치고는 모녀가 판박이네! ……포타, 굿 잡! 진짜 나이스야!"

"아뇨! 도움이 되어서 다행이에요!"

"그럼 가자, 엄마! 부모자식 사이라는 게 어떤 건지, 우리가 가르쳐주자고!"

"응! 그러자!"

마사토는 서있는 것조차 힘든 상태인데도 달리기 시작했다. 이 기회를 놓칠 수는 없다. 선수를 쳐서, 단숨에 몰아붙여야만 한다.

마사토의 공격. 마법을 봉인당해 당황한 여제의 코앞까지 파고들더니 필마멘트를 휘둘렀다. 어둠의 베일이 한 장 파괴됐다.

"큭! ……마법 봉인 따위는 금방 해제……!"

"그렇게는 안 돼요! 하앗!"

마사토의 뒤를 이은, 마마코의 공격. 그 자리에서 테라디마도레를 휘둘렀다. 지면에서 튀어나온 바위 칼날이 일제히 여제를 공격했다. 남은 한 장의 베일도 파괴됐다.

마마코가 연이어 공격을 펼치려던 순간, 당황한 여제가 마마코에게 말을 걸었다.

"자, 잠깐만! 당신, 마마코라고 했지? 저 남자애의 엄마 맞지?!"

"그래요! 저는 마 군의 엄마예요! 그게 어쨌다는 거죠?!"

"그럼 나름대로 마음속에 울분이 쌓여 있지 않아?! 멋대로 행동하는 아들한테 휘둘리며 지금까지 괴로움을 느꼈을 거잖아?! 안 그래?!"

"그건……"

마마코는 공세의 끈을 늦췄다. 마사토도 마마코가 뭐라고 대답할지 신경 쓰인 나머지 멈춰서고 말았다.

하지만 마마코라는 이름을 지닌 어머니의 마음은 눈곱만큼도 흔들리지 않았다.

"그래요. 슬플 때도 있었어요. 괴로울 때도 있었죠. ……하지만, 저는 알고 있답니다. 자식이란 원래 그런 존재예요."

"그런 존재라니…… 그렇게 간단히 납득할 수 있을 리가……!"

"당신의 말도 옳다고 생각해요. 당신이 언급한 심정은 제 마음 속에도 있죠. 부모도 인간이에요. 무슨 말을 듣더라도 흔들리지 않고, 상처 입지 않으며, 모든 것을 용서할 수 있는, 그런 신 같은 존재가 아니에요."

"그, 그렇지?! 그럼……!"

"하지만 저는 이렇게 생각해요. ……자식을 대하며 뭔가를 느끼는 것도…… 자식이 곁에 있을 동안에만 가능한 거죠. 그 모든 것이 지금 이 순간에만 겪을 수 있는, 그리고 부모만이 손에 넣을 수 있는 보물이랍니다. ……그러니까!"

마마코는 알투라를 휘둘렀다. 검의 궤적에 따라 생성된 물줄기에서 물방울 탄환이 발사되더니 여제의 몸을 인정사정없이 꿰뚫었다. 「큭?!」 여제는 대미지를 입었다.

"그러니까, 저는 자식의 모든 것을 받아줄 거랍니다. 모든 것을 받아주며, 안아주겠어요. 그 어떤 일이 있더라도, 절대 버리지 않을 거예요."

노도와도 같은 공격과 결연한 말이 자신을 향해 쏟아지자…….

여제는 불같이 화를 내며 고함을 질렀다.

"허, 헛소리 하지 마! 인정 못해! 그딴 건 그저 이상에 불과해! 현실은 그렇지 않아! ……올바른 건 나야! 나야말로 올바르단 말이야! 자식 따위는 제멋대로, 부모 말도 듣지 않으며, 폐만 끼쳐대는 존재야!"

여제의 곁으로 푸른색 토끼와 귀 문양의 나비, 그리고 보물을 머금은 회오리가 다가왔다. 여제가 자신의 방패로 삼기 위해 부른 것이다.

하지만 그것도 결국은 발버둥에 불과했다. 마사토가 공격을 펼쳤다.

"같은 소리 좀 작작해! 당신 자식이 당신과 화해하려고, 필사적으로 손을 뻗고 있잖아! 자식의 마음을 좀 헤아려주라고!"

마사토는 경쾌하게 껑충껑충 뛰어다니는 푸른색 토끼를 충격파로 베어서 격파했다.

마마코가 뒤이어 나섰다.

"당신의 마음은 이해해요! 하지만 자식의 마음을 받아줄 수 있는 건, 부모인 당신뿐이에요! 그러니 도망치지 마세요! 당신 자식과 다시 한 번 마주하는 거예요!"

마마코가 공격을 펼쳤다. 테라디마도레가 만들어낸 바위 칼날이 보물 회오리의 금은보화를 전부 꿰뚫으며 격파했다.

마마코는 연이어 공격을 펼쳤다. 알투라의 물방울 탄환이 일제히 발사됐지만, 표적인 나비는 엄청난 속도로 날아다니며 그 모든 공격을 피했다.

하지만, 바로 그때였다.

"스파라 라 마지아 펠 미라레…… 폭염!"
^{봄바 피암마}

느닷없이 하늘에 생겨난 불꽃이 부풀어 오르더니, 그 나비를 순식간에 불태워버렸다.

"그리고! 약체(弱體)!"
^{인디보리토}

연이어 펼쳐진 마법이 여제의 방어력을 저하시켰다.

연속마법을 펼친 사람은 바로 와이즈였다. 포타가 아이템으로 소생시킨 와이즈가 나비를 해치웠을 뿐만 아니라 여제도 약체화시킨 것이다.

"엄마! 이제 끝났어! 한방 제대로 얻어맞고 머리를 식힌 다음, 나와 제대로 이야기 좀 해! ……그 어떤 말을 듣더라도, 나는 역시 마마를 진심으로 미워할 수 없는 것 같아! 나는 역시 엄마의 딸이야!"

"겐야…… 너……."

"자, 마사토! 마마코 씨! 인정사정 봐주지 말고, 날려버려!"

"그, 그렇게는 안 돼! ……덤빌 테면 덤벼봐!"

여제가 그렇게 말한 순간, 칠흑빛 소용돌이가 움직이기 시작했다. 그것은 일그러진 형태를 지닌 두 장의 거대한 날개로 변하더니, 여제의 등에 딱 달라붙었다. 그리고 여제는 하늘 높이 날아올랐다. 하늘로 날아오르면 공격이 닿지 않을 거라고 생각한 것이리라.

하지만 그녀는 생각이 짧았다. 오히려 마사토에게 있어서는 바라마지 않던 상황이었다.

"마 군이 나설 차례네! 자, 부탁할게!"

"응! 하늘의 적은, 나한테 맡겨어어어어어엇!"

공중의 적에게 특화된 성검이 울부짖었다. 검에서 뿜어져 나간 충격파가 날개 한 장을 갈가리 찢었다.

날개가 한 장만 남은 악마가 하늘에서 떨어졌다. 그런 악마를 향해……

"엄마! 라스트!"

"이 엄마, 전력을 다할게! ……당신도 이걸 맞고, 자기가 자식을 둔 어머니라는 걸 떠올리세요!"

마마코의 연속 공격. 바위 칼날과 물방울 탄환이 일제히 발사됐다.

진심어린 소망이 담긴 그 공격은 전부 명중했다. 여제의 온몸을 꿰뚫고, 하복부에 구멍을 냈다.

결판이 났다.

"큭…… 이, 이럴 수가…… 내가, 졌어……?"

격퇴당한 여제가 지면을 향해 추락했다. 망연자실한 듯이 눈을 치켜뜨고, 희미한 통증이 느껴지는 배를 움켜쥔 채…….

하지만 지면에 격돌하기 직전, 여제의 낙하속도가 느려지더니…….

누군가가 여제를 받아냈다.

"어…… 겐야……?"

여제를 받아낸 사람은 바로 그녀의 딸이었다. 어머니를 등 뒤에서 꼭 끌어안은 채 등에 이마를 대더니, 그대로 아무 말도 하지 않았다.

여제는 그런 딸의 손을 살며시 쓰다듬으면서 한 방울의 눈물을 흘렸다.

그 모습을 상냥한 심정으로 응시하며…….

"엄마, 수고했어."

"응. 마 군도 수고 많았어."

저 두 사람을 방해하지 않기 위해 마사토와 마마코는 살며시 하이파이브를 했다. 「저, 저기, 저도……」, 「아, 깜빡했던 건 아냐」, 「포타 양도 수고 많았어」 세 사람은 다시 하이파이브를 했다.

이렇게, 이 싸움은 막을 내렸다.

에필로그

"아아, 정말 짜증나네! 뭐야! 내가 대체 뭘 잘못했다는 건데! 어차피 게임 안이니까 딱히 문제될 것도 없잖아! 이 엄마가 하고 싶은 대로 하게 해달란 말이야!"

"하고 싶은 대로 한 결과가 이거잖아! 주위에 얼마나 폐를 끼쳤는지 알기나 해?! 그리고 그 남자애들은 뭔데?! 미남을 가구로 써?! 완전 정신 나간 거 아냐?! 호스트클럽을 다니는 편이 차라리 나아!"

"그래? 그럼 그렇게 할게. 겐야, 돈 좀 줘. 너, 아르바이트하지?"

"바보 같은 소리 하지 마! 진짜 최악의 엄마라니깐! 적당히 좀 해! 지이이이인짜로, 적당히 좀 하라구!"

"아아, 거 되게 시끄럽네! 툭하면 앵~ 앵~ 거린다니깐! 겐야는 항상 그래! 이 엄마의 다리 사이에서 쑥~ 나왔을 때부터, 쭉 앵앵거리기만 했잖아!"

"다리 사이에서 쑥~ 같은 소리 하고 자빠졌네에에엣! 그리고 본명으로 나를 부르지 마아아아앗!"

"겐야라는 이름이 왜 그렇게 싫은 거니? 괜찮은 이름이잖아. ……아아, 오래간만에 만나고 싶네……. 넘버1이었던 겐야는 잘 지내고 있을까? 다음에 가게에 가면 매상 좀 올려줘야지."

"엄마가 좋아하는 호스트의 예명을 이름으로 가지게 된 딸의 분노를 느껴봐아아아아아아앗!"

"바보 딸 따위는 얼마든지 박살내주겠어! 그 납작한 가슴을 더욱 납작하게 만들어줄게!"

"유전의 원한도 담아서 날려버리겠어어어어어어어어엇!"

와이즈가 분노의 악마로 변하며 달려들었다.

한편 변화 마법이 풀려 인간의 모습으로 돌아온 밤의 여제—평범한 중년 주부이자 와이즈의 어머니인 카즈노도 철저하게 항전 태세를 취했다.

두 사람은 서로의 머리를 맞잡고 박치기를 날려댔다. 그리고 카즈노가 자세를 바꾸고 와이즈를 덮치면서 밀쳐 쓰러뜨리더니, 그대로 그라운드 기술의 응수를 시작했지만…….

"……아."

"응? 뭐야. 왜 그러니?"

"아, 그, 그게…… 뭐랄까…… 엄마의 향기를 맡은 것 같아서……."

"느, 느닷없이 그런 소리 좀 하지 마……. 겐야한테서도, 이 애는 내 애구나~ 같은 생각이 들게 하는 냄새가 난단 말이야."

"바, 방금 표현이 좀 이상했던 같은 느낌이 들어! 나는 향기라고 말했는데, 엄마는 냄새라고 말했잖아!"

"어머, 눈치챘니? 그래도 너한테서는 진짜로 땀 냄새가 나거든."

"엄마한테서도 땀 냄새가 풀풀 나거든?! 엄마, 엄청 냄새 난단 말이야! 노친네 냄새가 풀풀 나!"

"잠깐, 방금 그 말 만큼은 취소해! 이 엄마도 실은 신경 쓰고 있거든?!"

뭐, 아무튼 이런 다툼을……

마사토와 시라아세는 떨어진 곳에서 지켜보고 있었다.

"어~ 감동적인 장면에서 느닷없이 모녀 난투극으로 돌입했지만…… 그래도 사이가 좋아 보이기는 하는데, 시라아세 씨는 어떻게 생각하죠?"

"글쎄요……. 다툴 만큼 사이가 좋은 거라고도 할 수 있을 테고…… 주위에 피해를 끼치지 않는 범위에서 저런다면 그냥 눈감아주도록 할까요."

저런 것도 부모자식간의 유대라 할 수 있을지도 모른다.

"그런데 와이즈의 엄마는 이제부터 어떻게 되죠?"

"일단 로그아웃을 한 후, 철저하게 조사를 받을 겁니다."

"그리고 엄격한 처벌을 받게 되는 건가요?"

"치트 툴을 사용한 점은 간과할 수 없습니다. 하지만 자발적으로 전부 자백한 후, 앞으로의 게임 운영에 유익한 정보를 제공해준다면 처분을 완화시켜드릴 수도 있습니다. 저래 봬도 나름 부모자식간의 사이는 나쁘지 않은 것 같으니까요."

"그런가요……. 그럼, 저기…… 와이즈는 어떻게 되나요?"

"이 게임은 부모와 자식이 2인 1조로 참가하는 것이 전제이니, 카즈노 씨의 태도에 따라서는 와이즈 양도 어카운트 정지 조치를 받게 될 수도 있습니다만……."

시라아세는 고개를 돌리더니, 마사토가 오른손 약지에 낀 반지를 쳐다보았다.

"젊은 두 사람을 갈라놓는 것 같은 꼴사나운 짓을 할 생각은 없으니, 안심하시길. 게임 안에서 새로운 부모자식이 탄생하는 것도 운영 측에 있어서는 바람직한 결과니까요. ……단, 결혼 가능 연령 등의 법률을 준수해 주십시오."

"응? 응? 응? 무슨 말을 하는 건지 모르겠네요."

"뭐, 그런 이야기는 이쯤에서 끝내기로 하죠. 아무튼 마사토 군과 마마코 씨는 이번에 엄청난 활약을 하셨군요. 두 분이 보여주신 부모자식간의 힘에는 감복했습니다. 정말 멋졌어요."

"고마워요. ……하지만 후유증이 어마어마하네요……."

마사토가 뒤편을 힐끔 쳐다보니…….

"마마 씨, 밝아요! 태양 같아요! 눈부셔요!"

"너무 밝아서 미안해. 마 군과 힘을 합쳐서 열심히 싸운 게 너무 기뻐서…… 아아, 정말. 아직도 가슴이 두근거려……." 반짝————————!

포타와 담소 중인 마마코는 기분이 좋아서 그런지 상시 발동 중인 【어머니의 빛】이 너무 밝은 탓에 그녀의 모습을 제대로 확인할 수가 없을 지경이었다. 그 정도로 눈부셨다.

"어머니의 스킬을 좀 조정하는 편이 좋을 거라고 생각해요."

"흠, 그런가요. 그럼 테스트 플레이어의 의견으로서 보고해 두겠습니다. 다른 의견이 있다면 말씀해 주시죠."

"다른 의견…… 글쎄요. ……그 외에는……."

생각에 잠겨있던 마사토의 입에서 하암~ 하고 하품이 흘러 나왔다. HP는 이미 회복이 됐지만 역시 피로가 남아있는 것 같았다.

"꽤 피곤하신 것 같군요. 그럼 마사토 군과 마마코 씨는 숙박지로 돌아가서 쉬도록 하세요. 저 시끄러운 모녀는 시간이 더 걸릴 것 같으니 먼저 가시죠."

"시끄러운 모녀…… 뭐, 그렇게 할게요. 포타도 저희와 함께……."

"아뇨! 저는 남을래요! 모자간의 시간을 방해하고 싶지 않거든요!"

마사토는 그런 시추에이션을 피하고 싶어서 포타가 같이 가줬으면 했던 거지만, 그녀의 순수한 배려를 헛되이 하는 것은 좀 그랬다.

게다가 마마코와 단둘이 있는 것도 딱히 싫지는 않았다.

"그럼 엄마. 우리는 먼저 돌아가자."

"그래. 그럼 먼저 가자꾸나. 참, 마 군. 돌아가서 뭘 할까? 온천? 야식? 아니면, 이 엄마와 동침? 꺄아☆" 반짝~!

"헛소리 하지 마. 빛 좀 그만 뿜어. 그리고 야식으로는 우동을 먹고 싶어."

"오케이. 그럼 이 엄마가 성심성의를 다해 우동을 만들어줄게. ……우후후."

"왜, 왜 갑자기 웃는 거야?"

"그야 마 군이 나한테 뭐가 먹고 싶다는 말을 한 게 정말 오래간만이잖니. 집에서는 항상 「아무거나」, 「대충 줘」 같은 소리만 해서, 이 엄마는 쓸쓸했어."

"자, 잘못했어……."

"그런데 지금은 이렇게 자기가 먹고 싶은 걸 말해줄 뿐만 아니라 이야기도 나눠주다니…… 이 엄마, 너무 기뻐서…… 훌쩍……."

마마코의 눈에 희미하게 눈물이 맺혔다.

"잠깐만, 왜 우는 거야?! 울 일이 아니잖아?!"

"우후후. 맞아. 갑자기 울음을 터뜨리는 이상한 엄마라 미안해."

"정말…… 하아……. 엄마는 정말 알다가도 모를 생물이네……."

"그럴지도 모르겠네. 남자애는 이해를 못할지도 몰라. …… 그래도 괜찮아. 몰라도 돼. 이 엄마를 엄마라고 생각해주기만 하면, 그걸로 충분해."

"……그런 거야?"

"그렇단다."

마사토와 마마코는 그런 이야기를 나누며 자연스레 나란히 서더니…….

그리고 눈부신 모자지간은 마을을 향해 나란히 걸어갔다.

다음날.

환하게 웃고 있는 촌장과 이 마을 사람들에게 배웅을 받으면서, 마사토 일행은 마망 촌을 나섰다.

"여러분이 밤의 여제를 쓰러뜨려주신 덕분에 마을은 원래대로 되돌아갔습니다. 잡혀갔던 청년들도 제정신을 찾아서 고향으로 돌아갔죠. 정말 감사합니다. ……답례라기에는 약소합니다만, 부디 이걸 받아주십시오."

촌장이 그렇게 말하면서 내민 것은 바로 URL이었다. 그렇다. URL이다. 촌장은 알파벳과 숫자, 그리고 기호가 한 줄로 쭉 나열되어 막대 형태를 이루고 있는 그것을 받아달라는 듯이 내밀었다.

"으음…… 이게 뭐죠? 버그인가요?"

"스마트폰이나 핸드폰으로 이 URL에 접속하시면 전국 온천 협회에 가맹된 온천 여관에서 사용할 수 있는 무료 숙박권을 다운로드할 수 있습니다. 여러분께서 써주셨으면 합니다."

"무료숙박권! 만세!" 와이즈 완전 감격☆

"멋진 선물이잖니!" 마마코 환성☆

"거기 둘, 흥분하지 마. 진짜 어이가 없는 선물이네."

"무슨 소리를 하는 겁니까. 이건 정말 멋진 보수입니다. 게임 안에서 획득한 퀘스트 보수를 현실 세계에서 사용한다고 하는, 매우 획기적인 시도지요. 자, 받아 주십시오."

"하아…… 뭐, 그럼 일단 받아둘게요……. 포타, 잘 챙겨둬."

"예! 저한테 맡겨 주세요! 파티 스토리지에 보관해둘게요!"

포타가 자신의 가방에 URL코드(막대 형태)를 꾹꾹 눌러서 집어넣은 후…….

이제 출발할 때가 됐다.

날씨는 화창했다. 산들바람이 기분 좋게 불고 있으며, 새로운 모험을 찾아 여행을 떠나기에 딱 좋은 날씨였다.

"……그런데 와이즈."

"응? 왜?"

"네가 왜 여기 있는 거야?"

"뭐?! 그게 무슨 소리야?! 내가 방해되기라도 한다는 거야?!"

"아니, 그런 게 아니라……! ……너는 원래 자기 엄마와 다툰 바람에, 우리 엄마의 딸이 되어서 이 게임을 클리어 하는 게 목적이었잖아? 하지만 이제 엄마와 화해했지? 그럼 우리와 같이 다닐 이유가 없잖아."

"아, 응……. 그렇기는 한데……."

"그래서 나는 너희 모녀가 같이 로그아웃을 한 후, 현실세계에서 함께 살 거라고 생각했어."

"아~ 응. 뭐…… 그럴까도 했지만…… 좀 더 이곳에 있고 싶다는 생각이 들었어. 기왕이면 좀 더 모험이 하고 싶거든."

와이즈는 그렇게 말하면서 두 손을 등 뒤로 돌리더니, 오른손 약지에 낀 반지를 살며시 매만졌다.

그 행동에 어떤 의미가 있는지는 본인도 알지 못하는 것 같았다.

"그러니까 나를 파티에서 쫓아내는 건 꿈도 꾸지 마. 그것보다 내가 꼭 필요하지 않아? 초절정 현자인 내 힘이 말이야!"

"마법 봉인과 즉사에 대한 내성을 향상시키는 게 급선무지만 말이야."

"아, 알고 있거든?! 나도 내성을 올릴 생각이란 말이야!"

"좋아. 그럼 이제 출발하자."

일행은 걸음을 내디뎠다. 새로운 모험을 찾아서…….

새로운 모험을…… 모험을?

"……어머? 저기, 마 군."

"응~? 엄마, 왜 그래?"

"우리는 이제부터 뭘 하면 되니?"

"뭘 하면 되냐니…… 으음…… 뭘 하지?"

마사토가 무심코 되묻자 마마코는 고개를 갸웃거렸다. 와이즈는 「나도 모르거든?」 하고 말하며 어깨를 으쓱했다. 포타는 고개를 갸우뚱거렸다. 영구보존하고 싶을 정도로 귀여운 갸우뚱이었다. 저 얼굴을 반찬 삼으면 공깃밥을 세 그릇, 아니, 네 그릇을 먹을 수 있을 것이다.

바로 그때였다. 허공에 스크린이 펼쳐지더니, 예의 그 사람의 무표정한 얼굴이 표시되었다. 어떤 상황에서도 냉정하기 그지없는 눈동자가 마사토 일행을 향했다.

『여러분, 좋은 아침입니다. 언제나 여러분의 마음속 한편에 있는 시라세입니다.』

"지금 당장이라도 쫓아내버리고 싶네요."

『시라세는 설령 쫓겨나더라도 어느새 돌아와서 여러분 마음속에 눌러앉아있을 거라는 점을 알려드립니다. ……자, 이번 퀘스트에서는 신세 많이 졌습니다. 그럼 믿음직한 여러분에게 다음 의뢰를 드리고 싶습니다만, 괜찮겠습니까?』

"또 퀘스트인가요? ⋯⋯으음, 괜찮기는 한데⋯⋯."

"마 군, 잠깐 기다리렴. 이 엄마 생각인데 말이야. 이제 그만 게임 밖으로 나가는 편이 좋지 않을까? 마 군은 학교에 가야만 하잖니?"

"⋯⋯윽⋯⋯."

듣고 보니 그러했다. 게임 안에 들어오고 며칠이 지났지? 그 동안 학교를 계속 쉰데다, 앞으로도 계속 수업을 빼먹는다면 출석일수 문제로 유급을 할지도 모른다⋯⋯.

『그 점은 걱정하지 않으셔도 됩니다. 현재 여러분은 일본 정부의 주도 하에 진행되고 있는 프로그램에 참가하고 있습니다. 즉, 국가가 여러분을 초대했으며 국가의 요청으로 여러분은 특별 프로그램을 체험하고 있는 거죠. 학업의 일시적 면제는 물론이고, 수입의 보장과 자택 관리까지 전부 빈틈없이 이뤄지고 있습니다.』

"어머나! 그렇구나! 그럼 안심해도 되겠네!"

"완벽한 서포트 체제잖아! 역시 방만 운영의 귀재, 일본다워!"

『여러분께는 앞으로도 운영 측에서 해결할 수 없는 각종 문제를 퀘스트라는 명목으로 처리를 요청드릴 거니까요. 이 정도 지원은 당연하다고 할 수 있죠. 후후후.』

"그런 속내는 알려주지 않아도 될 것 같은데⋯⋯."

『그럼 여러분의 우려를 불식시켜드렸으니, 이제부터 여러분이 나아가야 할 길을 알려드리겠습니다. 시라세라는 제 이름을 걸고 말이죠. ……하앗!』

허공에 표시된 시라세가 옆쪽을 힐끔 쳐다본 순간, 그녀의 눈에서 빛이 뿜어져 나왔다. 반짝~. 이 빛이 가리키는 방향으로 가면 된다는 뜻 같았다. 「뭐 이딴 연출이 다 있죠?」, 『무슨 문제 있습니까? 저는 꽤 마음에 듭니다만?』 본인이 마음에 든다니 괜찮은 걸로 치기로 했다.

그럼…….

"자, 다 같이 다음 퀘……."

"자, 다 같이 다음 퀘스트를 하러 가자~! 오~!"

"엄마, 방금 그 말은 내가 하고 싶었거든? ……내가 용사이자 리더라고. 알겠어? 오케이?"

"어머나, 미안해. 하지만 이런 건 먼저 하는 사람이 임자잖니. 안 그래?"

"큭…… 뭐, 좋아."

사소한 일이다. 이런 걸 가지고 불평을 해봤자 한도 끝도 없다. 그냥 용서하고 넘어가기로 했다.

"그럼 출발해볼까. 오~!"

"예! 오~!"

"좋아, 가자!"

"마 군도 이 엄마의 뒤를 따르렴~! 엄마와 함께 모험을 하는 거야~! 오~!"

"이봐. 너무 우쭐대지 말라고, 엄마."

의기양양하게 걸음을 내딛는 마마코를 보고 약간 어이가

없었지만, 그래도 마사토 또한 걸음을 내디디려 했다.

바로 그때, 마사토는 문득 떠올렸다. 그러고 보니…….

【질문 : 어머니와 함께 모험을 한다면 사이가 좋아질 것 같습니까?】

이런 나날이 시작되기 전, 조사서에 그런 질문이 실려 있었다.

지금이라면 그 질문에 뭐라고 답할까?

"……뭐, 잘은 모르겠지만 아마 좋아질걸?"

결국, 모험을 시작하기 전과 별 다를 바 없는 말을 중얼거리면서…….

마사토는 자신도 모르게 미소를 머금더니, 어머니의 뒤를 따르듯 걸음을 내디뎠다.

■작가 후기

여러분, 처음 뵙겠습니다. 저는 이나카 다치마라고 합니다. 이 책을 구매해주셔서 정말 감사드립니다.

이 작품은 엄마가 메인 히로인입니다. 이 점에 있어서는 담당 편집자님도 『꽤나 과격한 아이디어』라고 평가하셨죠.

그럴 만도 합니다. 라이트노벨의 히로인은 팬으로부터 열렬한 사랑을 받기 위해 만들어지는 존재니까요. 그런 존재가 엄마라니…… 상당한 상급자가 아닌 한, 아내로 삼는 건 무리일 겁니다.

하지만, 바로 그럼 점이 좋은 겁니다.

마마코는 당신에게 사랑받기 위한 히로인이 아니라, 당신을 사랑하기 위한 히로인입니다. 당신의 모든 것을 인정해주고, 받아들이며, 깊이 사랑해주는 어머니죠.

그러니 『나한테는 다른 애정캐가 있어……』 하고 생각하시는 분들은 이 책을 책장 구석에 꽂아두십시오. 방해는 하지 않겠습니다. 그저 마마코의 따뜻한 눈길을 받으며, 그 캐릭터와 애정행각을 벌이시면…….

예? 무리라고요? 그럴지도 모르겠군요. 하지만 그래도 잘 부탁드립니다. 앞으로도 관심 부탁드립니다.

이 자리를 빌려, 관계자 여러분에게 인사를 드릴까 합니다.

제29회 판타지아 대상에서 본 작품을 뽑아주신 선고위원 여러분에게 진심으로 감사드립니다.

또한 일러스트를 맡아주신 이이다 포치。 씨, 이 작품의 출판에 관여해주신 많은 분들, 그리고 담당 편집자이신 K씨께는 감사 인사와 함께 앞으로도 잘 부탁드린다는 말씀을 드리고 싶습니다.

마지막으로, 쉰이 넘었는데도 불구하고 계약사원이 되어 포크리프트 면허를 취득해 열심히 몰고 다니는 어머님에게 이 작품을 바치고 싶습니다만…….

이미 손주가 있는 할머니에게 라이트노벨을 바쳐봤자 난처하기만 할…… 어? 읽는다고? 진짜?

그럼 바치겠습니다. 하지만 감상평은 해주지 않아도 돼요.

2016년 가을 이나카 다치마

다 음 권 예 고

"마 군, 같이
학교에 다니자."

퀘스트로 모험가 육성학교에
다니게 된 마사토 일행.
마마코도 수업참관이나
삼자면담으로 분주하다!
게다가…… 여고생 마마코라고?!
【엄마와 함께 학교에 다니면
사이가 좋아지나요?】

신감각 엄마동반 모험 코메디!
이번에는 학원 판타지?!

일반공격이 전체공격에 2회 공격인
엄마는 좋아하세요? 2

VOLUME 2

2018년 봄 발매 예정

IT IS GOING TO
RELEASE IT IN THE SPRING 2018

안녕하십니까. 근로청년 번역가 이승원입니다.

『일반공격이 전체공격에 2회 공격인 엄마를 좋아하세요?』1
권을 구매해주셔서 진심으로 감사드립니다.

『일반공격이 전체공격에 2회 공격인 엄마를 좋아하세요?』는
작가 선생님께서 후기에서 말씀하셨다시피 주인공의 어머니
가 메인 히로인(?!)인 라이트노벨입니다.

예. 어머니입니다. 엄마! 어머님! 마더! 맘! 바로 그 어머니입니
다!

……저도 독자 여러분과 마찬가지로 이 설정을 보고 충격과
공포를 어마어마하게 받았습니다. 게다가 일러스트를 담당하
신 이이다 포치. 선생님의 위명(?)도 익히 알고 있는지라.^^

그리고 뚜껑을 열고 보니, 나름 왕도적인 판타지 모험 라이
트노벨이어서 또 한 번 충격을 받을 수밖에 없었죠!

아들이 질풍노도의 시기에 접어들면서 서먹서먹해진 모자
지간이 함께 게임 속 판타지 세계를 모험하면서 부모자식 사
이의 유대를 되찾아가는 내용은 엄청난 반전이나 카타르시스
는 존재하지 않지만, 가족의 정을 통해 재미있게 꾸며지고 있

습니다.

그리고 서브 히로인(ㅠㅜ)인 와이즈와 포타가 감초 역할을 하면서 메인 히로인 자리를 호시탐탐 노리고 있습니다. 세 명의 여성 캐릭터가 각각 다른 매력을 자아내며 작품을 화사하게 만들어주고 있죠. 서브 히로인 두 사람의 하극상(?!)을 기대해 보는 것도 좋지 않을까 생각합니다, AHAHA.

그건 그렇고, 히로인 구성은 꽤 왕도적이군요. 동년배 츤데레 히로인인 와이즈, 강아지 속성 여동생 히로인인 포타, 그리고 쭉쭉빵빵 초절정 동안 글래머 유부녀(하지만 어머님) 히로인인 마마코…… 이, 이상하다고 생각하면 지는 겁니다, 독자 여러분! 저, 저는 지지 않을 겁니다아아아~!

……그리고 비ㅇ니 ㅇ머를 입은 어머님 일러스트가 없다는 건 슬픕니다. 으헝헝헝헝~!

그럼 이만 줄이겠습니다.

새로운 작품을 맡겨주신 L노벨 편집부 여러분에게 진심으로 감사드립니다. 신뢰에 부응할 수 있도록 앞으로도 최선을 다하겠습니다.

마ㅇ가Z 인피니티 4DX를 보러 함께 일본까지 간 악우여. 영화 잘 보고 온 건 좋다만, 왜 며칠 후에 메탈빌드 마ㅇ가Z를 예약했다는 걸 나한테 보고(?)하는 건데?! 가, 같이 죽자는 거냐?! 나, 요즘 하루 한 끼는 고구마, 다른 한 끼는 라면이거든?! 고기 구경 못한지 오래됐다고.ㅠㅜ

얀데레가 얼마나 무서운 존재인지 처절하게 알 수 있는(?) 2권 역자 후기 코너에서 다시 뵙겠습니다!

2018년 1월 말
역자 이승원 올림

일반공격이 전체공격에 2회 공격인 엄마는 좋아하세요? 1

1판 1쇄 발행 2018년 3월 10일
1판 2쇄 발행 2018년 3월 23일

지은이_ Dachima Inaka
일러스트_ Iida Pochi.
옮긴이_ 이승원

발행인_ 신현호
편집국장_ 김은주
편집진행_ 최은진 · 김기준 · 김승신 · 원현선 · 김솔함 · 권세라
편집디자인_ 양우연
국제업무_ 정아라 · 고금비
관리 · 영업_ 김민원 · 이주형 · 조인희

펴낸곳_ (주)디앤씨미디어
등록_ 2002년 4월 25일 제20-260호
주소_ 서울시 구로구 디지털로 26길 111 JnK디지털타워 503호
전화_ 02-333-2513(대표)
팩시밀리_ 02-333-2514
이메일_ lnovelpiya@naver.com
L노벨 공식 카페_ http://cafe.naver.com/lnovel11

TSUJO KOGEKI GA ZENTAI KOGEKI DE 2KAI KOGEKI NO OKASAN WA
SUKI DESUKA? Vol.1
©Dachima Inaka, Iida Pochi. 2017
First published in Japan in 2017 by KADOKAWA CORPORATION, Tokyo.
Korean translation rights arranged with KADOKAWA CORPORATION, Tokyo.

ISBN 979-11-278-4404-2 04830
ISBN 979-11-278-4403-5 (세트)

값 7,000원

©Natsume Akatsuki, Kurone Mishima 2017
KADOKAWA CORPORATION

이 멋진 세계에 축복을! 1~12권

아카츠키 나츠메 지음 | 미시마 쿠로네 일러스트 | 이승원 옮김

게임을 사랑하는 은둔형 외톨이 소년, 사토 카즈마의 인생은
너무하도 허무하게 그 막을 내린…… 줄 알았는데,
정신을 차려보니 눈앞에 여신을 자처하는 미소녀가 있었다.
"이세계에 가지 않을래? 원하는 걸 딱 하나만 가지고 가게 해줄게.",
"그럼 널 가지고 가겠어."
이리하여, 이세계로 넘어간 카즈마의 대모험이 시작……되나 싶었는데,
결국 시작된 것은 의식주 확보를 위한 노동이었다!
카즈마는 그저 평온하게 살고 싶지만,
문제를 연달아 일으키는 여신 때문에 결국 마왕군에게 찍히고 마는데?!

애니메이션 방영 화제작!!

백수, 마왕의 모습으로 이세계에 1~3권

아이아츠시 지음 | 카츠라이 요시아키 일러스트 | 김장준 옮김

한창 즐겼던 게임이 서비스 종료를 맞이한 날.
홀로 대보스를 토벌하고 사기급 능력을 입수한 요시키는
낯선 장소에서 눈을 떴다.
마왕으로 착각할 만할 중2병 장비를 걸친
자신의 캐릭터, 카이본의 모습으로!
심지어 갈피를 잡지 못하는 그의 앞에
요시키의 세컨드 캐릭터, 엘프 류에가 나타나고……?!
그녀와 둘이서 생활하는 동안 그는 알게 된다.
자신이 이 세계에서 신화 수준의 영웅으로 전해져 내려온다는 것을—!

마왕의 모습으로 세계를 누비는
유유자적 여행기, 개막!!

NOVEL